U0918889

阿摩司·奥兹作品

Amos Oz

Amos Oz
My Michael

我的米海尔

[以色列] 阿摩司·奥兹　著
钟志清　译

译林出版社

一

我之所以写下这些是因为我爱的人已经死了。我之所以写下这些是因为我在年轻时浑身充满着爱的力量，而今那爱的力量正在死去。我不想死。

我是个三十岁的已婚女子。丈夫米海尔·戈嫩博士是位地质学家，性情温厚。我爱他。十年前，我们在塔拉桑塔学院相识。那时我是希伯来大学一年级的学生[1]，当时的塔拉桑塔学院依旧设有讲座。

我们是这样认识的：

那是一个冬天，早晨九点钟，我从楼梯上滑了下来。有个素不相识的小伙子一把拽住我的胳膊。他的手既有力量又有分寸。我看见他手指短粗，指甲扁平，苍白手指的关节处

1　此处根据英译本译出，希伯来原文为“旁听生”。——本书脚注均为译注

有黑色的绒毛。他急忙止住了我的下滑。我靠着他的胳膊，直到疼痛消失。突然在陌生人面前滑倒，面对着敏锐、询问的目光与不可捉摸的微笑，我一阵慌乱。年轻陌生人的手宽厚而温暖，我觉得挺不好意思。他抓住我的时候，透过母亲为我编织的蓝色羊毛连衣裙袖子，我能感觉到他手指的温暖。此时正是耶路撒冷的冬天。

他问我伤着了没有。

我说可能是脚脖子扭了。

他说"脚脖子"这个词很好听。他笑了笑。那微笑本身十分尴尬，同样也让人尴尬。我脸红了。他邀我去一楼喝咖啡，我也没有拒绝。我的腿很疼。塔拉桑塔本是座基督教修道院，1948 年"独立战争"结束后，斯克普斯山[1]上的建筑一度遭到封锁，塔拉桑塔便被借给了希伯来大学。这幢建筑阴森森的，走廊宽敞高大。跟在刚才还紧紧将我把持的这位年轻人身后，我感到心神不定。我很乐意回应他的声音。我无法正视他，无法审视他的面孔。我意识到，但不是看到，他的脸瘦长而且黝黑。

他说："我们现在坐下吧。"

---

1 耶路撒冷一山名，按希伯来文可意译为"守望者"。

我们坐在那里，谁也没有看对方。他也没问我要什么，便点了两杯咖啡。这个世界上所有的男人当中，我最爱的是先父。当这位新伙伴转过头去，我看到他剪着平头，胡子刮得参差不齐，尤其是下巴底下还露出黑色的胡楂儿。不知道为什么，这一细节在我眼中竟然至关重要，实际上也是让我对他产生好感的重要因素。我喜欢他的微笑，喜欢他的手指，那手指正在摆弄着茶匙，就好像它们自己有独立的生命，不依附任何东西，小匙也喜欢听任它们摆布。我的手指有一种隐隐的冲动，要去碰他的下巴，触摸一下那刮得不太像样、钻出胡楂儿的地方。

他名叫米海尔·戈嫩。

他是地质系三年级学生，土生土长的霍隆人。“你的耶路撒冷太冷了。”

“我的耶路撒冷？你怎么知道我是耶路撒冷人？”

他说要是错了就向我道歉，但他认为自己没错。现在他已学会一眼就能认出耶路撒冷人。说着，他第一次正视我的双眼。他的眼睛是灰色的。目光里露出笑意，但绝对不是快乐。我说他猜得没错，我正是耶路撒冷人。

“猜的？不对。”

他装出被惹恼了的样子，嘴角露出微笑：不，不是猜的。

他能看出我是耶路撒冷人。"看出来?"这是他地质学课程的一部分内容吗？不，当然不是。其实，这是他从猫那儿学来的。从猫那儿？是啊，他喜欢看猫。猫从来不愿意跟不喜欢自己的人交朋友。猫从来不会看错人。

"看样子你是个乐天派。"我高兴地说。我笑了。这笑把我给出卖了。

随后，米海尔请我跟他到塔拉桑塔学院的三楼，那里正要放映有关死海和阿拉洼[1]的教学片。

上楼时，我们又经过刚才我滑倒的那个地方。米海尔又一次抓住我的袖子，就好像在那层楼梯上有再次摔倒的危险。透过蓝毛衣，我能感觉到他的每根手指。他干咳了两声。我瞥了他一眼。他觉察到我的目光，脸一下子红了，甚至红到耳根。雨击打着窗棂。

米海尔说："好大的雨啊。"

"是啊，好大的雨。"我热情地应和道，就好像突然间意识到我们之间有缘。

米海尔犹豫了一下。接着，他补充道：

---

1 地名，在死海附近。

“今天一早我就看见有雾，像是要刮大风了。”

“在我的耶路撒冷，冬天就是冬天。”我得意地说，并有意强调“我的耶路撒冷”，我是想提醒他记起刚刚说过的话。我想让他继续那个话题。可他却没有反应，因为他不是个聪明男人。他又一次笑了。那是耶路撒冷的一个雨天，是在塔拉桑塔学院一二楼之间的楼梯上。我没有忘记。

我们在影片中看到，水经过蒸发最后被提炼成精盐：洁白的晶体在灰泥巴上熠熠生辉；晶体里的矿物质就像毛细血管，纤弱、易裂。

灰泥巴渐渐在我们眼前剥落，因为是在教学片内，自然过程被人为地加快了进度。这是部无声电影。为避免日光照进屋子，他们将黑窗帘拉了下来。外面的光线其实也很微弱暗淡。有位老教授不时加以评论和解说，我听不懂他的话。老教授说话缓慢，嗓音洪亮，不禁让我回想起我九岁那年为我治好白喉的罗森塔尔博士的悦耳声音。教授不时用教鞭在重要的画面上指指点点，为的是不让学生们开小差。我只随便留意一下那些没有教学意义的细节，诸如那些一遍遍出现在钾碱采掘机周围的可怜然而顽强的沙漠植物。在昏暗的幻灯光下，我自由自在地端详着那位年迈的老教授的面容、手臂和那根教鞭，他看上去就像是我喜欢的一本旧书中的插图。我联想到《白鲸》中的黑色木版画。

外面传来阵阵沉闷的雷声。雨猛烈地击打在黑黝黝的窗子上，似乎要我们凝神谛听某个紧急情报。

二

先父约瑟经常说：强人几乎能做他想做的一切事情，但即使最强的人也不能挑选他想做的事情。我并不属于那类强人。

米海尔和我约定当晚在本-耶胡达街的阿特拉咖啡馆见面。门外，咆哮着的暴风雨凶猛地敲击着耶路撒冷的石墙。

简朴的老规矩当时还没有失效。侍者为我们端上代用咖啡和几小纸袋白糖。米海尔借此调侃，但他的打趣并不引人发笑，因为他不是个聪明的男人，也许他根本就不懂怎样讲笑话。我倒是挺喜欢他为此付出的努力，我也很高兴是我使得他这么煞费苦心。正是因为我，他才超越了自我，企图逗乐别人，也让别人逗乐他自己。我九岁时还常常期望自己能长成一个男人，而不是一个女人。小时候，我总是和男孩子玩耍，总是读男孩子的书。我摔跤，踢球，爬高。我们住在郊外卡塔蒙边上的施穆埃尔村。斜坡上有一块荒地，尽是石块、蓟花和碎铁片。斜坡脚下有所住宅，住着一对双胞胎。这对双胞胎是阿拉伯人拉希德·沙哈达之子，名叫哈利利与阿兹兹。我当女王，他们当保镖；我当征服者，他们当将帅；我当探险家，他们当地头蛇；我当船长，他们当船员；我当间谍头子，他们当随从。我们一起到离家很远的街上探险，在树丛中穿来穿去，饿着肚子，喘着粗气，取笑正统派犹太教徒的孩子，偷偷溜进圣西蒙修道院周围的矮树丛，嘴里嚷着英国警察的名字。追逐，逃遁，隐身，又突然冲出来。我统治着这对双胞胎。那是一种冷酷无情的快感，而如今这快感离我是那么遥远。

米海尔说：

“你是个很害羞的女孩子，是不是？”

喝过咖啡后，米海尔从大衣口袋里拿出烟斗，放在我们面前的桌子上。我身穿棕色灯芯绒裤子和一件厚厚的红毛衣。这是当时大学里女孩子们的流行装束，为的是产生一种挺随便的效果。米海尔不好意思地评论说，那天早晨穿的蓝色羊毛裙让我看上去更女孩子气，至少对他来说是这样。

“你今天早晨好像也不一样。”我说。

米海尔穿着一件灰色大衣，我们坐在阿特拉咖啡馆时他也一直没脱。他的双颊刚在外面冻过，显得容光焕发。他身材瘦削，脸部棱角分明。他拿起未点燃的烟斗在桌布上来来回回勾画着，那摆弄着烟斗的手指给我一种平静的感觉。或许他已突然后悔对我衣服所做的评论。似乎是为了弥补过失，米海尔说他觉得我是个漂亮姑娘。说这话时，他眼睛盯着烟斗。我并不特别坚强，但是比起这个年轻人我还是要坚强一些。

“给我讲讲你自己吧。”我说。

米海尔说：

“我没在帕尔马赫[1]中打过仗。我在信号团，是卡罗马利纵队的无线电话务员。”

接着，他给我讲他父亲。他父亲是个鳏夫，在霍隆市的水利部门工作。

双胞胎的父亲拉希德·沙哈达是英辖耶路撒冷托管区技术部的一个职员。他是个很有教养的阿拉伯人，在陌生人面前，举止就像个侍者。

米海尔告诉我说，他父亲把收入的一大部分花在供他读

1 1928 年至 1948 年间活跃在巴勒斯坦的犹太地下军事组织“哈戈纳”的先锋力量。

书上。米海尔是家里的独子，父亲对他寄予厚望。他不肯承认自己的儿子只是个平庸的年轻人。比如，他常常诚惶诚恐地读米海尔的地质学课作业，总使用“科学杰作”“十分精确”等词语加以评价。他父亲的最大愿望是想让米海尔成为耶路撒冷的教授，因为他的祖父曾在格罗德诺的希伯来教育学院讲授自然科学，人们对他祖父评价很高。米海尔的父亲想，要是这一链条能够一代代延续下去就好了。

“家庭不是把职业当作火炬的接力赛。”我说。

“但我不能对父亲说这话。”米海尔说，“他是个多愁善感的人，使用希伯来词语时就像人们对待易碎的名贵瓷器那样小心翼翼。现在也跟我说说你自己的家吧。”

我对他说我父亲死于1943年。“他很文静。对人讲话时好像是要抚慰他们，以换取一种他本不该得到的同情。他经销无线电和电器业务，并做简单的修理。父亲死后，妈妈到诺夫哈里姆基布兹同哥哥伊曼纽尔住在一起，晚上她同我哥嫂坐在一起喝茶，试图教他们的儿子学会懂得礼貌，因为孩子的父母属于鄙夷礼貌的一代人。白天，她把自己关在基布兹边上的一间小屋子里，读屠格涅夫和高尔基的俄文原作，用蹩脚的希伯来文给我写信，打毛衣，听收音机。我今早穿的那件你喜欢的毛衣就是母亲为我编织的。”

米海尔笑了。

“要是让你妈妈和我爸爸见见面倒是件好事。我相信他们会找到许多话题。不像我们，汉娜——坐在这里谈论父母。你烦了吗?”他急切地问，问话时他畏缩了一下，好像被他自己的问话伤害了。

“没有，”我说，“我没烦。我喜欢这个样子。”

米海尔问我这样回答是否只是出于礼貌。我否认了。我求他再多讲讲他父亲。我说我喜欢他讲话时的样子。

米海尔的父亲朴素而又谦逊。他自愿牺牲晚上时间管理霍隆工人俱乐部。管理?就是摆放板凳，整理单据，复印通知，会后捡烟头。要是我们的父母能够见面或许是件好事……噢，他已经说过一遍了。他为重复此话惹我心烦表示歉意。我在大学里学什么?是考古吗?

我告诉他说，我现在住在阿赫瓦一个正统派犹太教徒的家里。上午我在凯里姆亚伯拉罕的撒拉·杰尔丁幼儿园里任教，下午去听希伯来文学课。但我只是个一年级学生。

“学生和谨慎挺押韵。”米海尔力图显得机智以避免话题中断，故而要起玩弄辞藻的把戏。但其用意却不太清楚，他想方设法再做解释。突然，他不再说话，用不太熟练的动作很恼火地点燃他那顽固的烟斗。看到他那副狼狈的样子我倒蛮开心。当时，我依然反感朋友们所崇拜的那种粗俗男人：那些壮得像笨熊、对你倾泻虚情假意的帕尔马赫人；还有那粗胳膊粗腿的拖拉机手，他们酷似从沦陷城市掳掠女人的抢劫犯，从内盖夫风尘仆仆地一路赶过来。我喜欢于一个冬天的夜晚看学生米海尔·戈嫩在阿特拉咖啡馆的窘相。

一位名学者在两个女人的陪伴下来到咖啡馆。米海尔伏在我耳边低声说出学者的名字，他的嘴唇几乎掠过了我的头发。我说：

“我现在能够看透你的心思，猜中你在想些什么。你在对自己说：‘下面该要发生什么事呢？我们从这儿离开后又该上哪儿呢？’对不对？”

米海尔像个偷糖的孩子被人抓住似的突然红了脸。

“我以前从没有固定的女朋友。”

“以前？”

米海尔若有所思地挪开空杯子。他看着我。温顺的目光深处潜藏着一种强压的轻蔑。

“直到现在。”

一刻钟后，名学者与其中一位女人离开了咖啡馆。她的朋友挪到角落的一张桌子旁点上一支烟，脸上的表情是苦涩的。

米海尔说：

“那女人忌妒了。”

“忌妒我们?”

“或许是你吧。”他试图掩饰自己，但因为太刻意，显得很不自在。我要是能够对他说，他的努力已经赢得我的好感，他的手指很吸引人，那该有多好。我不能讲，但我害怕沉默。我告诉米海尔，我喜欢见到耶路撒冷的名作家与名学者。这是我从父亲那里继承下来的一个嗜好。小时候，父亲经常在街上把他们指给我看。父亲极喜欢“世界知名”一词。他会激动地低声说，刚刚走进花店里的教授是位世界知名人士，不然就是买过东西的某个人享有国际声誉。而我只会看到一个身材矮小的老头，小心翼翼一步一步地朝前赶路，就像来到一座陌生城市的流浪汉。我在学校读《先知书》时，想象着先知就像父亲指给我看的作家和学者。他们相貌文雅，戴着眼镜，留着整齐的白胡子，步履蹒跚，像是走在冰山的陡坡上。每每想起这些弱不禁风的老头子怒喝人类罪孽时的样子我便忍俊不禁。我想，他们义愤填膺时，声音一定干巴巴的，只能发出尖叫来。要是作家或教授光顾他在雅法路所开的那爿小店，父亲回家时的样子简直像是看到了圣灵显圣。

他会庄严地重复他们随便讲出的话语，反复咀嚼，好像那些话是什么稀罕钱币。他总在那些人的话中寻找隐含的意义，因为他把人生当作一堂课，认为从中应该学到一则教义。他是个很专心的人。一个安息日的上午，父亲带我和哥哥到电影院听马丁·布伯[1]和雨果·伯格曼[2]在由和平组织援助的集会上进行的演说。我依然记得一段奇妙的插曲。我们离开讲堂时，伯格曼站在父亲面前说："真没想到今天能在这里见到您，亲爱的利伯曼博士。对不起——您不是利伯曼博士？但是我敢肯定我们见过面。先生，您很面熟。"父亲结结巴巴。他面色苍白，好像是被指控做了什么丑事。教授也很慌乱，为他的过失致歉。或许是因为感到尴尬，教授拍了拍我的肩膀。"不管怎么说，亲爱的先生，你女儿——是你女儿吧？——是个非常漂亮可爱的女孩子。"教授露出一丝笑意。父亲在有生之年从没忘记这段奇遇，他总是激动而欣喜地一遍遍向人讲述此事。即使坐在扶手椅里，身上穿着睡袍，眼镜高高地挂在前额上，嘴角疲倦地下垂时，父亲的那副样子

---

1 马丁·布伯（1878—1965），20世纪著名犹太哲学家、思想家，生于德国，曾为耶路撒冷希伯来大学教授，卒于耶路撒冷。

2 雨果·伯格曼（1883—1975），犹太哲学家，生于捷克，曾为耶路撒冷希伯来大学教授，卒于耶路撒冷。

也像是在倾听某种具有神秘力量的声音。“米海尔，你知道，直到现在我有时仍在想象，自己会嫁给一个注定要举世闻名的年轻学者。在台灯的灯光下，我丈夫埋头于成堆成摞的古旧德文经卷中，我蹑手蹑脚地走进去，往他的桌上放上一杯茶，倒空烟灰缸，轻轻地关好百叶窗，趁他不注意时悄悄离开。现在你该笑话我了吧。”

三

十点钟。

米海尔和我像学生一样，各自付了账，走进夜幕之中。严霜打在脸上，火烧火燎般疼痛。我呼出一口气。只见我呼出的气息与他的融为一体。他的大衣布料粗糙、厚实，手碰上去感觉很舒服。我没戴手套，米海尔执意要我戴他的。他的皮手套很粗糙，皮面已经磨损。水流沿着街沟流向锡安广场[1]，好像市中心那边正在发生着耸人听闻的事件。一对裹得严严实实的情侣从我们身边走过，他们紧紧偎依着。姑娘说：

“这不可能。我不信。”

她的伙伴笑了。

“你太天真了。”

1　位于耶路撒冷市中心。

我们立在那儿好一阵子，不知该怎么办。我们只知道不愿意分手。雨停了下来，天更冷了。我冻得受不了，浑身直打战。我们眼看着雨水流进沟里。马路光溜溜的，反射出稀疏、昏黄的车头灯光。我的脑海里闪现出各种杂乱无章的念头——该怎样多留他一会儿呢？

米海尔说：

“我正在打你的主意呢，汉娜。”

我说：

“你怕是要害人反害己了。可得小心点啊，米海尔。”

“我正对你居心不良呢，汉娜。”

抖动的双唇把他给出卖了。他一下子像个可怜的大孩子，一个几乎剃光了头发的孩子。我要给他买顶帽子。我要触摸他。

米海尔突然扬了扬手。一辆出租车发出刺耳的尖叫，湿漉漉地停在眼前。我们一起钻进暖融融的车内。米海尔对司机说，随便开到哪儿都行，他不在乎。司机诡秘地瞥了我一眼，目光中露出猥亵的快意。仪表板上小灯暗红的光线洒在他脸上，就像是他的脸皮被剥掉之后露出了殷红的血肉。司机那副面孔活像萨梯[1]的翻版。我没有忘记。

---

1 希腊神话中的森林之神，具人形而有羊的尾、耳、角等，嗜嬉戏，好色。

我们乘车行驶了有二十分钟，并不知道要开往哪里。我们呼出的热气蒙住了车窗玻璃。米海尔谈起了地质学：在美国的得克萨斯州，人们在找水时突然挖出了油井，原油砰然涌出。说不定在以色列也潜藏着丰富的原油资源。米海尔说起“岩石圈”，说起“沙石”，说起“白垩层”，说起“前寒武纪”“变质岩”“火成岩”“大地构造学”。那是我平生第一次感到一种内在的紧张，即使现在听到丈夫那些奇怪的名词术语我也还是有这种感觉。这些语词讲述着对我来说、只有对我一个人来说有意义的事实，就像用密电码发出的信息。在地表下面，内外力的相互作用是永恒的。薄薄的沉积岩在压力作用下总处在永不停息的剥蚀过程中。岩石圈就是地壳。地壳下是炽烈奔涌的地核。

我不敢绝对肯定米海尔是在1950年的一个深夜，在耶路撒冷乘出租车漫游时使用这些精确的词语的。但有一些是我在那个夜晚平生第一次听他说起，我被深深地吸引住了。就像是怪异、不祥的信息，让我无法破解。就像是为了重构已在记忆中淡漠了的一场梦魇所做的失败尝试。就像梦一样难以捉摸。

米海尔说话时声音深沉压抑。仪表板上的灯在黑暗中发出红光。他讲解这个话题时神情庄重，好像一个身负重任的人。精确本身此时似乎至关重要。如果他把我的手抓过去，我也不会缩回的。可是，我爱的人却沉浸在被压制的感情潮水中。我静静地悲悯，也十分动情。我错了。他做事时会很强悍，比我强多了。我接受了他。他的话让我恍恍惚惚进入了一种宁静的状态。这种宁静酷似午睡后我所体验到的那种静谧；酷似黄昏醒来时那段温馨时光的静谧，那段时间里我温柔，周围一切都温柔。

汽车穿过一条条泥泞的街道。窗玻璃蒙上一层雾气，我们分辨不清是哪条街。挡风玻璃上的刮水器来回交叉，发出有节奏的声响，像是在执行某种严格的律法。

车开了二十分钟后，米海尔叫司机停车，因为他不是富人，我们的漫游已花去了他在马米拉街学生餐馆的五顿午餐费。

我们在一个陌生的地方下了出租车，这是一条铺着整整齐齐石板的小弄。铺筑的石面上掉了几个雨点，随即又开始下雨了。一阵寒风迎头袭来。我们走得很慢。浑身上下都湿透了。米海尔的头发全湿了，脸的样子也很滑稽，简直像个哭泣的孩子。这中间他伸出一根手指拂掉我下巴上的一颗水珠。我们突然发现自己站在了杰那瑞利[1]楼前。一尊长着翅膀

1 耶路撒冷一保险公司名。

的石狮，一个湿漉漉、僵挺挺的石狮在窥视着我们。米海尔发誓说，石狮正在窃笑呢。

“你听到了吗，汉娜？笑了！它在看着我们笑呢。我说得没错。”

我说：

“或许令人遗憾的是，耶路撒冷只是一座小城，你在这座城市里根本无法迷路。”

米海尔陪我来到麦里桑达街、先知街，接着又到施特劳斯街，健康中心就在那条街上。我们并未看到任何活的东西，好像是市民们已弃城而去，我们二人成了这座城市的主人。小时候，我常玩一种名叫“城中王子”的游戏。邻居家的双胞胎装扮成顺民。有时我也让他们扮成反民，然后无情地镇压他们的气焰。那曾是极大的快事。

冬天的夜晚，耶路撒冷的建筑就像凝固在黑色幕布上的灰色图案。一幅充满暴力的景观。有时，耶路撒冷化为一个抽象的城市：石头、松树、锈铁。

尾巴硬挺挺的猫穿过空无一人的街道。胡同的墙壁似乎回荡着我们的脚步声，脚步声因而变得单调而冗长。在我的房门外我们站了足有五分钟。我说：

“米海尔，我不能请你进屋喝杯热茶，因为房东夫妇是教徒。我租房子时曾向他们保证过，不在这儿招待男人。现在已是晚上十一点半了。”

当我说到“男人”一词时，我俩都笑了。

米海尔说：

“我不希望你现在就把我请进房间。”

我说：

“米海尔·戈嫩，你真是个地地道道的君子，我为今晚感激你，为今天整个晚上感激你。要是以后你请我度过同样一个夜晚，我想我是不会拒绝的。”

他朝我弯下身子，使劲用右手抓住我的左手，接着便吻了一下。他的动作很猛，好像经过了一路的彩排，好像吻我之前就已数过了一二三。透过走出咖啡馆时他给我的皮手套，一股强烈的暖流冲击着我的全身。一阵潮湿的微风掀动了一下树梢，接着又停了一下。米海尔就像英国电影中的王子，隔着手套吻了我。只是他淋得透湿，忘记了应该微笑，还有，那手套该是白色的。

我摘下手套，递给米海尔。他趁着里面尚有我的余温连忙戴上。从二楼紧闭的百叶窗内传来病人的咳嗽声。

“你今天的样子好怪啊。”我笑着说。

好像我从前就认识他。

四

我愉快地回想起自己九岁那年患过的一场白喉。那是一个冬天。一连好几个星期，我躺在床上，脸冲着南墙的窗户。烟雨蒙蒙的天空透过窗户映入我的眼帘：南耶路撒冷，伯利恒山影，埃梅克雷费姆，山谷中富饶的阿拉伯郊区。这是一片缺少细节的隆冬世界，是一片由浅到深的灰蒙蒙的世界。我也能看见火车，看着它们沿着埃梅克雷费姆驶过长长的一段路，从熏得黑乎乎的车站驶向贝特-萨法阿拉伯村庄脚下的弯道。我是火车上的将军，对我忠心耿耿的士兵控制着制高点。我是位流亡的国王，其权威性并未因时空距离而减弱。在梦中，南方郊区变成我在哥哥集邮册中见过的圣皮埃尔岛和密克隆岛。那些名字牵动着我的心弦。我习惯于在清醒的世界中继续自己的梦。夜与昼变成了一个连续的世界。高烧加剧了这种变形效果。那是头晕目眩而又丰富多彩的几个星期。我是女王。我那有条不紊的统治遭到公开的反叛。我曾被暴民俘虏，受到监禁、凌辱与折磨。但是，一群忠心耿耿的支持者也在筹划着要营救我。我对他们充满信心。我喜欢受难，因为从受难中可产生一种自豪感。身份失而复得。我的医生罗森塔尔博士常说，是我不愿意恢复，因为有些孩子喜欢生病，拒绝接受治疗，这是由于生病在某种程度上可达到一种自由境界。这是一种不好的习性。冬季即将到来之际，身体复原了，我却产生一种遭受放逐的感觉。我失去了自己的法术，失去了让美梦带我跨越睡眠与清醒的能力。直至今日，我醒来时还会产生某种失落感。我嘲笑自己想要大病一场的模糊渴望。

同米海尔分手后，我回到自己的房间。烧了杯热茶。约有一刻钟的时间，我站在煤油炉前取暖，什么也不想。我削了一个苹果，这是哥哥伊曼纽尔从诺夫哈里姆基布兹送来的。我想起米海尔试图点燃烟斗，点了三四次都没有成功。得克萨斯是个令人神往的地方：有人在院子里挖坑种果树，突然从树坑里冒出一股石油。我以前没往这方面想过，从没想过脚下沉睡的世界是什么样子。矿藏、石英、白云岩和诸如此类的东西。

接着，我给母亲及哥哥一家写了封短信。告诉大家我一切都好。得记着早晨去买张邮票。

在希伯来启蒙时期的文学作品中，时常可见光明与黑暗的冲突。作家喜欢让光明赢得最终胜利。应该说我喜欢黑暗，因为它比光明要有生机，而且更加温暖宜人。尤其是在夏天。明晃晃的日光在耶路撒冷肆虐，给城市蒙上了一层耻辱。但在我的内心深处，光明与黑暗并没有冲突。我记得那天早晨自己怎样在塔拉桑塔学院滑了一跤。那一刻很让人难堪。我喜欢躺在床上的原因之一就是我讨厌做出决定。梦中有时会出现一些棘手的事，但总是有某种力量为你做出决定，你自由得像一叶轻舟。它载着睡熟的船员，任睡梦带你去漂流远行。柔和的冰丘，海鸥，以及表面上阵阵涟漪、幽深之处却又卷动着漩涡的无垠海水。我知道，深水被视作幽冷的所在。但并不总是这样，并非完完全全是这样。我曾在一本书中读到水下暖流与火山的事。在封冻着的海面下，纵深之处往往隐藏着一个温暖的洞穴。小时候，我喜欢一遍遍地阅读哥哥那本儒勒·凡尔纳的《海底两万里》。在那些丰富多彩的夜晚，我发现了一个秘密通道。沿着这个通道，我穿过海水深处，穿过黑暗，在黏糊糊的绿色海水生物中，我敲开一个温暖的洞穴之门。这是我的所在。一位轮廓不清的船长在那里等我，四周是书、烟斗和图表。船长长着胡子，露出饥饿的目光。他像个野人似的抓住我，我平息了他的愤恨。小鱼儿在我们身边游来游去，好像我们都是水的造物。鱼儿游过时释放出一种炽烈的快感。

我读了两章玛普[1]的《锡安之恋》，为明天的专题讨论课做准备。如果我是塔玛，我就会让阿默农在我面前跪上七个晚上。当他最后用《圣经》上的语言表白他在忍受着爱的煎熬时，我将命令他用帆船把我带到爱琴岛。在那个遥远的地方，红种印第安人化作身长银斑并且放射出电火花的美味海生物，海鸥在蔚蓝的天空上自由自在地飞翔。

有时，我在夜晚能够看到荒无人烟的俄罗斯大地。封冻的平原上披上了一层严霜，凄清的月光时隐时现。雪橇，熊皮地毯，停尸车车夫的黑色后背，桀骜不驯的奔马，暗处闪闪发光的狼眼，白雪皑皑的斜坡上立着的一棵枯树，这是夜幕中的平原景色。星星阴险地注视着这一切。突然，车夫的厚脸朝我转了过来，那张脸像是醉醺醺的雕刻家刻出来的。乱七八糟的胡子上挂着冰凌。他微张着嘴，似乎是在发出阴风般的怒号。斜坡上的死树偶然会变换位置，它具有我在清

---

1 即亚伯拉罕·玛普（1808—1867），现代希伯来文学史上第一位小说家。

醒时无法名状的作用。但即使醒来之后，我仍记得它具有某种作用。所以我并非空手而归。

早晨，我出去买邮票。我把写给诺夫哈里姆基布兹的信寄了出去。我吃过面包卷、酸奶，接着又喝了一杯茶。房东塔诺波拉太太走进房里，要我回来时买一罐煤油。喝茶时，我又抢读了一章玛普的作品。在撒拉·杰尔丁幼儿园，有个小女孩说：

“汉娜，你今天像小姑娘那么快活。”

我穿着那件蓝色羊毛裙，脖子上系了条红丝方巾。照镜子时，我欣喜地发现，自己戴上方巾的样子酷似一个即将走上断头台的勇敢女子。

中午时分，米海尔站在塔拉桑塔入口处那两扇镶有黑色金属饰物的沉重铁门旁等我。他手上拿着一个装满地质标本的盒子。这样，即使我想同他握手也做不到。

我说：“噢，是你呀？谁让你在这儿等我了？你要见谁？”

“现在没下雨，没把你淋湿。”米海尔说，“当你被淋湿的时候，你就不这么勇敢了。”

接着，米海尔把我的视线引向楼顶上狡黠地微笑着的圣母铜像。她展开双臂，仿佛要拥抱整座城市。

我下楼来到图书馆地下室。在阴暗、狭窄的过道放着一排黑乎乎的密封箱子。我碰见好心的图书管理员，他矮矮的，戴着一顶滑稽的小帽。我们一向互相打招呼并打趣。他像是发现新大陆似的问我：

“你今天这是怎么了，年轻人？有什么喜事吧？要是你不介意的话，我可要说汉娜简直快乐得光彩照人了。”

在关于玛普的专题讨论课上，老师讲述了一则颇为典型的轶事，说的是一个狂热的正统派犹太教教徒，声称自亚伯拉罕·玛普的《锡安之恋》出版以来，伤风败俗的事多了起来。天理难容。

今天大家过得怎么样？他们互相说什么了吗？

女房东塔诺波拉买了一个新火炉。她慈祥地冲我微笑着。

五

那天晚上，天空亮堂了一些。蓝色的云朵向东飘去。空气湿漉漉的。

米海尔和我约好在爱迪生电影院门口见面。谁来得早谁就买上嘉宝主演的两张电影票。女主人公把身心献给一个猥琐鄙俗的男人之后，在单相思中死去。看电影的整个过程中，我一直控制着自己想发笑的强烈冲动。她的痛苦与他的鄙俗就像简单方程式中的两项，我从没有兴趣去求解。我感到无限的满足和充实。把头靠在米海尔肩上，斜视着银幕，直到图像转换成一串五颜六色的光点，在以浅灰为主体色调的黑白幕布上跳荡。

走出电影院时，米海尔说：

“一个人心满意足、无所事事的时候，感情就会像恶性肿瘤一样蔓延开来。”

我说：

“陈腐的论调。”

米海尔说：

“汉娜，你可记住了，我不是搞艺术的，我只是像人们所说的那种卑微的科学工作者。”

我没有就此罢休。

“这也叫陈腐。”

米海尔微笑着。

“嗯？”

只要他无言以对，他就微笑，就像一个看到成年人做了什么滑稽事的小孩，那是一种既尴尬又让人尴尬的微笑。

我们从以赛亚街逛到盖乌拉街。明亮的星星在耶路撒冷上空闪烁。英托管时期的许多路灯都已毁于“独立战争”的炮火之中。到了1950年，多数路灯已被损坏。街道另一端掩映在远山的阴影里。

“这不是一座城市，”我说，“只是一个幻影。四面八方都是山：卡斯塔尔山、斯克普斯山、奥古斯塔维多利亚山、奈比萨姆维尔山、密斯凯里山。整座城市突然间显得非常虚幻。”

米海尔说：

“雨后的耶路撒冷让人感到十分伤心。实际上，它没有不让人伤心的时候。然而在不同的时刻、不同的季节，伤心的程度又不尽相同。”

我感到米海尔的手臂勾住了我的肩膀。我把双手揣进温暖的灯芯绒裤兜。这当儿，我掏出一只手摸了一下他的下巴。今天，他的脸刮得很整齐，不像我们在塔拉桑塔第一次见面时那样。不用说，他刮脸是为了讨我喜欢。

米海尔很不好意思，谎称他今天买了一把新的剃须刀。我大笑起来，他迟疑片刻，也同我一起笑了起来。

盖乌拉大街上，我们看到一位头上包着一块白头巾的正统派犹太教妇女。她推开三楼的窗户，探出半个身子，看样子是想跳下来。但这女人只是把沉重的铁百叶窗关上。铰链呻吟着，似乎发出某种绝望之声。

经过撒拉·杰尔丁幼儿园的游乐场时，我告诉米海尔自己在那里工作。我是个严厉的教师吗？他猜是这样。他为什么要这样想？他不知道怎么回答。我说，他像个孩子，开始叙说一件事，却不知道如何结尾。发表某种见解，但不敢维护。一个孩子。

米海尔笑了。

在马拉哈伊街拐角，从一个院子里传出了猫叫。那是一声响亮而又歇斯底里的尖叫，接着又是两声几近窒息的哀号，最后是一声低沉的呜咽，微弱而又谦恭，仿佛没有感觉，没有希望。呜咽声消失了。

米海尔说：

“它们是在求偶。你知道吗，汉娜？猫发情是在冬季，在最寒冷的日子里。以后我结了婚要养只猫。我一直想有只猫，但我爸爸不让。我是个独子。猫在求偶时嗥叫，因为它们不受任何限制，不受任何习俗的约束。在我的想象中，发情期的猫就好像是被陌生人逮住、往死里挤压那样。这是一种肉体上的痛苦。烧灼，不，我在地质学中没学过。我这样说话恐怕你又要取笑我了吧。咱们走吧。”

我说：

“你在家里一定是个被惯坏了的孩子。”

“我曾经是家里的希望。”米海尔说，“现在也是。我父亲和他的四个姐妹都在为我打赌。我在他们眼里像是一匹赛马，我的大学教育仿佛是一场越障赛马。汉娜，你上午在幼儿园里做些什么呢？”

“多可笑的问题。做的正是其他幼儿园老师做的事。在上个月的光明节[1]上，我们一起糊好头箍，用硬纸板剪出马加

1 又名净殿节。犹太人的传统节日，纪念公元前165年犹太人在马加比率领下，战胜叙利亚人后在耶路撒冷的净殿活动。

比。有时清扫院中路上的落叶，有时弹钢琴。我经常给孩子们讲故事，讲自己记忆中的印第安人、岛屿、旅行和潜水艇。小时候，我很喜欢哥哥买的儒勒·凡尔纳与詹姆斯·库珀写的书。我以为，要是摔跤、爬树、读男孩子的书，自己就会长成男孩。我恨自己是个女孩。已婚妇女总是让我腻烦。即使现在，我也渴望遇见一个米海尔·斯特洛果夫[1]式的男人。高大魁梧，但同时又稳重少言。他一定非常安静、忠诚、温和，但只是用一种力量才控制住汹涌澎湃的内在激情。你这是什么意思——当然，我不把你比作米海尔·斯特洛果夫。为什么要把你比作他呢？当然不是。”

米海尔说：

“要是我们小时候就见面的话，你会把我打翻在地的。我在低年级时，常被比较结实的女孩子们击倒。我就属于你说的那种好男孩：没精打采，但却用功，责任心强，爱干净，非常诚实。可如今我再也不是没精打采的了。”

我向米海尔讲起双胞胎的事。我以前常和他们一起使劲地摔跤。后来，十二岁那年，我爱上了他们两个人。我管他们叫哈利兹兹——哈利利与阿兹兹。他们长得很帅。

---

1 凡尔纳著名作品《沙皇的信使》中的男主人公。

尼摩船长[1]手下一对强健、驯服的水手。他们几乎不说话。要么沉默，要么只发出喉音。他们不喜欢词汇。两条大灰狼。长有白色利齿，非常机警。阴森可怕的野人。强盗。你知道些什么呢，小米海尔？

接着，米海尔又向我讲起了他妈妈。“我三岁那年，妈妈就去世了。我记得妈妈那双白皙的手，但却想不起她长的什么样。照片倒是有一些，但难以看清楚。父亲抚养我长大。他把我当成一个小犹太社会主义者，给我讲哈斯蒙孩子的故事，讲犹太村孩子的故事，讲非法移民孩子的故事，讲基布兹孩子的故事。讲俄国十月革命时期印度那些忍饥挨饿的孩子的故事。讲德·亚米契斯《爱的教育》中的故事：受伤的孩子拯救他们的小城，孩子们分享他们最后一片面包。被剥削的孩子，参加战斗的孩子。另一方面，四位姑母，即父亲的四个姐妹又持不同态度：小孩子应该干净，勤劳，用功读书，在生活中积极进取。将来，要么做一名年轻的医生，为国家奉献，并为自己扬名；要

---

1 尼摩船长也是凡尔纳创作的一个人物，在《海底两万里》和《神秘岛》中均有出现。

么做一名年轻的律师，在英国法官面前慷慨陈词，被各大报纸争相报道。在宣布独立的那天，父亲把自己的姓氏甘茨改为戈嫩。我本来叫米海尔·甘茨，霍隆的朋友还在叫我甘茨。但是，汉娜，你用不着叫我甘茨，你得继续叫我米海尔。”

我们经过施耐勒军营的围墙。许多年前，这里有一座叙利亚孤儿院。它的名字让我联想到某些古老的悲哀，其原因我已忘却。东方传来悠扬的钟声。我努力不去数它到底响了多少下。我和米海尔手挽着手。我的手冻僵了，米海尔的手很温暖。米海尔调侃地说：

“手冷——心热，手热呢——心却冷。”

我说：

“我父亲倒是拥有一双热手和一副热心肠。他经营无线电和电器生意，却是个很糟糕的生意人。我记得他的样子：腰上围着妈妈的围裙，站在那儿洗碗。用抹布擦拭灰尘。敲打床罩。娴熟地煎鸡蛋饼。漫不经心地站在光明节蜡烛前祈祷。把饭桶们对他的评价视为珍宝。总是在设法取悦别人。好像大家都在审查他，而他虽然疲惫不堪，却总是被迫在无休无止的测试中好好表现一番，以弥补某种不经意的过失。”

米海尔说：

“汉娜，要做你丈夫的那个人一定得很强悍。”

雨丝又徐徐飘落，迷雾沉沉。建筑物显得有些失重。走到麦括尔巴鲁赫，一辆摩托车从我们身边驶过，溅起一片水花。米海尔陷入了沉思。在我的屋门外，我踮起脚尖吻他的脸颊。他抚摸并擦干我的前额。嘴唇怯生生地触到了我的皮肤上。他称我是耶路撒冷的冷美人。我对他说我喜欢他。我要做他妻子就不会让他这么瘦削。他在黑暗中显得有些单薄。米海尔笑了。我说，我要做他妻子就会教他要在交谈时回答问题，不要总是微笑，微笑，就好像世界上已经没有了文字。米海尔咽了口唾沫，盯着弯弯扭扭的栏杆扶手说：

“我想和你结婚。请不要立即给我答复。”

冰碴儿又一次散落下来。我直打寒噤。有那么片刻，我庆幸自己不知道米海尔的年龄。我现在发抖的的确确是他的过错。当然，我不能请他进我的屋子。但是，他为什么不建议我去他那里呢？有那么一两次，当我们从电影院出来后，米海尔想说些什么，我立即打断了他的话，说他的话题太俗气了。至于米海尔想说什么，我已记不清了。当然，我会让他在家里养猫。他让我觉得是那么安宁。为什么同我结婚的男人非要很强悍呢？

六

一星期以后，我们一起去参观坐落在耶路撒冷丛山上的惕拉特伊阿尔基布兹。

惕拉特伊阿尔有一位米海尔学生时代的女友，同基布兹的一个小伙子结了婚。米海尔要求我和他一块儿去。这对他很重要，他说要把我介绍给他的老朋友。

米海尔的老朋友又高又瘦，尖酸刻薄。她满头灰发，嘴唇噘起的样子就像个精明的小老头儿。两个辨不出年龄的孩子蜷在墙角。我脸上，要么就是衣服上的什么东西引得他们哧哧直笑。我有些慌乱。米海尔同朋友及朋友的丈夫快活地交谈了两个小时。我在三四句寒暄之后就被遗忘了。招待我的只有温茶和饼干。整整两个小时，我坐在那儿怒目而视，摆弄着米海尔公文包的拉手，打开，又拉上。他把我带到这里来干什么？我为什么要跟来？将我置于尴尬境地的究竟是个什么样的男人？用功、负责、诚实、干净——还有，无聊透顶。还有他那可悲的玩笑。这样一个木讷的人应该永远不会开玩笑。但是，米海尔总是尽其所能，以使自己显得聪明睿智、开朗活泼。他们讲述着无聊老师们的无聊轶事。谈论体操教师耶海伊姆·佩莱德的私生活时，米海尔和朋友们爆发出男生们特有的那种浪笑。接着是有关约旦国王阿卜杜拉与戈尔达·梅厄[1]在“独立战争”前夜会晤时的激烈争论。米海尔旧友的丈夫敲打着桌子，连米海尔也提高了声音。当他歇斯底里喊叫的时候，声音又高又颤。那是我第一次看见他同别人在一起。我以前看错了他。

后来，我们摸黑走到了主街上。一条两边长着松柏的小径把惕拉特伊阿尔同耶路撒冷的主街连在了一起。冷风吹得我周身寒彻。耶路撒冷的丛山在落日的余晖中似乎在策划着什么恶作剧。米海尔在我身边走着，一声不吭。他找不出一句话可对我说。我们形同陌路。记得在一个奇怪的瞬间，有种强烈的感情占据了我的心房：这一切都是在做梦，这不是真的。此种感觉以前时常出现。要么就是许多年前，有人曾

1 戈尔达·梅厄（1898—1978），曾任以色列总理，1948年参加签署了《以色列独立宣言》。

严厉地警告过我，不要在黑暗中沿着这条小径同一个坏人并行。时光不再均匀缓慢地流淌，它化作了几股激流。或许是在童年。或许是在梦里，在一个恐怖的故事中。忽然间，我开始惧怕起这个在我身边移动、默不作声的人形。他的衣领竖起来，遮住了下巴。身体瘦得像个鬼影。脸上的其他部分也被拉得低低的黑色学生皮帽掩盖了。他是谁？你了解他什么？他不是你兄弟，和你非亲非故，不过是个远离尘世、在暗夜中踯躅的怪影。也许他在思忖着要袭击你。也许他身体有病。没人带着责任感向你讲述他的什么事。他为什么不和我说话？他为什么不向我敞开心扉？他为什么把我带到这里来？他心里想干些什么？这是在深夜，在荒郊野外。我孤身一人。他孤身一人。或许他对我所讲的一切都是假的。他不是学生。不叫米海尔·戈嫩。他是从大学里逃出来的。他很危险。这是以前什么时候发生在我身上的事？很久以前，有人曾对我说起过将会发生这场大祸。黑暗的田野中接连不断传来的是什么声音？柏树屏障甚至挡住了闪烁的星光。果园里会有人吧？如果我不住地呼喊，又有谁会听见呢？一个陌生人，脚步匆匆而又笨重，全然不注意我的步态。我故意落后了几步，他也没在意。我连冻带吓，牙齿直打战。寒风怒号如割。黑色剪影只是一个遥远封闭的躯壳，并不属于我，我好像只是他臆想出来的东西，并不是真实的存在。米海尔，我是个真实的人。我冷。他没有听见。要么就是我说话时并没有发出声音。我竭尽全力地喊道：

“我冷啊，我不能跑这么快。”

米海尔就像一个被打断思路的人，冷不丁地对我说：

“没多远，马上就到车站了。耐心点。”

说完话，他又缩回大衣里，一声不吭。我喉咙哽咽着。眼眶里噙着泪。我感到受了伤害。感到屈辱。恐惧。我想挽住他的手臂。我只知道他的手臂，并不知道他这个人。一点也不知道。

冷风用轻柔而又充满敌意的语调向松柏诉说着。这世界上再无幸福可言。柏树林中，破碎的山路上，漆黑的山丘里，都没有幸福可言。

“米海尔，”我绝望地说，“米海尔，上星期你对我说你喜欢‘脚脖子’这个词。苍天在上，请你告诉我，你现在是否知道我鞋里浸满了水，脚脖子疼得像是走在荆棘路上？告诉我，这是谁的过错呢？”

米海尔惊恐地疾转身，在黑暗中困惑地盯着我，随后把湿漉漉的脸颊贴在我脸上，温暖的嘴唇像婴儿吮吸乳汁一样压住我的颈项。他的脸潮湿、冰冷。胡子参差不齐，我可以感觉到每根胡楂儿。我喜欢他粗糙的大衣面料，那上面似乎有股静谧的暖流。他解开大衣，把我揽入怀中。我们依偎在一起。我吮吸着他的气息。那时的我觉得他是个真实的存在。我也一样真实。我不再是他臆想出来的东西，他也不再让我感到恐惧。我们是活生生的人。我体味到他心灵深处的惶恐，并为此陶醉。你是我的，我喃喃地说，别再离我远去。我的嘴唇触到了他的前额，他的手指抚摸着我的后颈。他的抚摸小心而又微妙。我们的牙齿都在打战。我猛然想起，塔拉桑塔咖啡馆中的茶匙在米海尔的手指中间是那样快乐。米海尔要是个坏蛋，那么他的手指也一定很邪恶。

七

举行婚礼的两星期前，我和米海尔前去探望他在霍隆的父亲和几个姑妈，以及我在诺夫哈里姆基布兹的母亲和哥哥全家。

米海尔父亲的住处拥挤阴暗。这是工人住宅区里的一个两室套房。到霍隆的那个晚上，我们正巧碰上停电。耶海兹克尔·戈嫩借着暗淡的煤油灯光做了自我介绍。他感冒了，不愿意吻我，免得我在举行婚礼前染上感冒。他身穿一件暖和的居家长袍，面带菜色。他对我说，相信我手上正拿着一个宝贵的负担——他的米海尔。接着，耶海兹克尔·戈嫩有些不好意思，为向我说了这些话感到抱歉。他努力想把此话当成笑话岔过去。老人又急又羞地数落着米海尔小时候患过的各种疾病。接着，他把话题停在米海尔十岁时一次近乎有生命危险的高烧上。最后他强调说，米海尔从十四岁以后就再没生过病。不管怎么样，咱们的米海尔即使算不上最强壮的人，也绝对称得上健康的小伙子。

记得父亲向顾客推销他的二手收音机时就是这副说话腔调：坦诚，公平，含蓄的友好，极度渴望取悦他人。

耶海兹克尔同我说话时口气颇为礼貌，而同他儿子讲话时则判若两人。他只是对儿子说，收到他的来信并得知信中所述情况后十分震惊。他很抱歉不能给我们泡茶或冲咖啡，这是因为停电，没有煤油炉，也没有煤气炉。米海尔的母亲托娃——上帝与她同在——在世时……要是她能在这个场合和我们在一起的话，一切都会比较喜庆。托娃是个不平凡的女性。但眼下他不想再提起她，因为他不愿在欢乐之中掺进伤感。有朝一日他会给我讲述一个极其伤感的故事的。

"我用什么来招待你们呢？噢，对了，巧克力！"

于是，好像被指控犯有渎职罪的人，耶海兹克尔·戈嫩在抽屉里翻腾了半天，找出一个旧盒子，盒子依旧像礼品似的包裹着。"给你们，我亲爱的孩子，快点吃。"

"对不起，我并不十分清楚你在大学学些什么东西。对了，当然是希伯来文学。现在记住了。跟随克劳斯纳[1]教授？

1　即约瑟夫·克劳斯纳（1874—1958），犹太历史学家、希伯来语言学家、文学批评家，曾经为耶路撒冷希伯来大学教授。

对了，对了，尽管克劳斯纳不喜欢工人运动，可他很伟大。噢，顺便告诉你，我还有一卷他的《第二圣殿史》呢！我找出来给你看。事实上，我是想把这卷书送给你做礼物：你比我更需要它。你前途无量，而我已是日薄西山了。停电时不容易找到这本书，但是为了儿媳妇我是不怕麻烦的。”

当耶海兹克尔弯腰在书架底层找那本书时，四位姑妈中来了三位。她们应邀前来看我。由于停电，姑妈们来晚了，也没找到吉塔姑妈，所以只到了三位。为了我，为了这个非常时刻，她们特意叫了出租车从特拉维夫来霍隆，以便能准时到达。整个路上一片漆黑。

姑妈们用有点过分的怜悯朝我转过身，似乎我所有的伎俩已在她们面前暴露无遗，可她们还是宽宏大量地饶恕了我。她们很高兴同我相识。米海尔在给她们的信中说了我许多好话。当发现米海尔并未夸大其词时，她们该有多么开心。利亚姑妈在耶路撒冷有位朋友，名叫卡迪什曼，是一位颇具文化修养又有影响力的人物，在利亚姑妈的请求下，卡迪什曼先生调查了我的家境。于是，四位姑妈得知：我出身于良民之家。

杰妮娅姑妈想同我单独说几句话。“很抱歉，我知道在众人面前说悄悄话不好，但是一家人没必要讲究严格的礼教，我想从今以后我们就是一家人啦。”

我们来到另一个房间，摸黑坐到了耶海兹克尔的硬床上。杰妮娅姑妈打开手电，好像我二人正于夜间孤独地走在户外田野上。我们的身影每时每刻都在对面墙上疯狂地跳跃着。那是因为手电在她手上抖动。我脑海里忽然闪现出一个荒诞的念头：杰妮娅姑妈会让我脱光衣服。这大概是米海尔曾经对我说过杰妮娅姑妈是位儿科专家的缘故吧！

姑妈开始坚定而勇敢地说：“耶海兹克尔，我是说米海尔的父亲，经济状况不太乐观。实际上一点也不乐观。他只是个地位低微的小职员。对你这样一个聪明姑娘就没有必要解释什么是地位低微的小职员了。他把大部分收入都花在供米海尔读书上。至于负担到底有多重，我就没必要告诉你了。米海尔不能中断学业。我必须清楚明白、毫不含糊地让你知道，全家人绝对不会同意米海尔中断学业。这是确定无疑的。

“我们坐车来这儿的路上已经商量好了这件事。我们打算尽力帮助你们，就是说，每人出五百镑左右。吉塔姑妈尽管今天晚上没到，但也一定会捐这笔钱的。用不着向我们道谢。我们家，若是用希伯来文形容的话，那可是家庭味儿很浓的哟。要是将来米海尔成了个大教授，你们可以把钱还给我们，哈哈。

“这算不了什么。关键是这笔钱现在还不够成家的。这些日子物价涨得让我难以置信。货币本身也每天都在贬值。我们想知道，你们是否决定3月结婚？能不能往后拖一拖？我现在像对家里人一样，直言不讳地再问一个问题：是否发生过什么事，因而不能拖延婚期？没有吗？那为什么这么急？我跟你说，我是在库夫诺和丈夫订婚六年后才结婚的。六年呢！我当然知道，现在订婚没有这么长时间的，要等六年。但一年怎么样？不行？那好。你在幼儿园当然也攒不了什么钱吧？还得付房租和学费。你应该认识到，经济从一开始就拮据会导致婚姻生活的失败。我这是经验之谈。以后我肯定会给你讲一个令人震惊的故事。作为医生，我坦诚地告诉你，在连续一个月、两个月、半年内，性生活可解决一切问题。但之后呢？你是个聪明姑娘，请你理智地思考一下。听说你们家住在某个基布兹，叫什么来着？你从父亲遗嘱里将继承三千镑的嫁妆？这倒是个好消息，非常好的消息。你看，汉娜啊，这件事米海尔在信中忘记说了。总而言之，我们的米海尔仍然很不现实。做学问他是个天才，但在生活中却又是个孩子。好吧，那么你们就决定在3月举行婚礼了？3月就3月吧！老人不能把自己的意愿强加给年轻人。你们前途无量，我们却是日薄西山了。每一代人都应从自己身上汲取教训。祝你们好运。还有，无论你需要什么建议或帮助，一定要来找我。我的生活经验要远远超过十个普通女性。现在我们回到众人当中去吧。祝贺你，耶海兹克尔。祝贺你，米海尔。祝你们生活幸福，身体健康。”

在加利利的诺夫哈里姆基布兹，哥哥伊曼纽尔紧紧拥抱米海尔，开心地拍打米海尔的肩膀，欢迎他的到来，那情形好似碰见了失踪的弟兄。伊曼纽尔陪同他兴致勃勃地做了一个二十分钟的旅行，转了整个基布兹。

“你是在帕尔马赫吗？不是？那有什么？没关系。在外面也一样做很重要的工作。”

伊曼纽尔半开玩笑半认真地建议我们住到这个基布兹来。“这有什么？聪明的年轻人在这里照样能够像在耶路撒冷一样有所作为，开创美满的生活。的确，我一眼就看出你不是一头雄狮。你外表给人的印象是这样，但这又有什么？我们这儿又不是足球队。你可以到养鸡场或领导办公室工作。瑞娜，瑞娜，快去把我们在普珥节[1]舞会上赢的那瓶白兰地拿来，快点儿，我们的好妹夫在这儿等着呢！你怎么啦，汉娜啊，干

---

1 犹太教节日，纪念犹太人免遭波斯宰相哈曼的屠杀。

吗闷着呢？姑娘快出嫁了，可那副样子倒让人觉得她是个寡妇。米海尔，我的老朋友，你是否听说他们为什么解散帕尔马赫吗？噢，别绞尽脑汁了，我只是想问问你听没听说这个笑话。没听过吗？你们耶路撒冷人已经落伍了，落伍了。听着，我讲给你听。”

最后是妈妈。

妈妈同米海尔说话时哭了。她用支离破碎的希伯来语向米海尔讲述了我爸爸的死。一边说，一边泣不成声。她想量一下米海尔的身材。量身材？对，是量身材。她想给米海尔织件白毛衣。她会尽量在婚礼之前把它织好。他有黑色套装吗？他愿意穿可怜而又可爱的约瑟那套套装去参加婚礼吗？她能够轻而易举地把衣服替他改得合身。不费什么事。不大也不小，非常合体。她非常希望为米海尔改衣服。这是她的一份心意，也是她能够赠送的唯一一件礼物。

母亲操着浓重的俄罗斯口音重复了好几遍，好像一定得征得他的同意后才肯罢休。

“汉娜是个好姑娘，非常好的姑娘，吃过很多苦。你是应该知道的。并且……我不知道这话用希伯来文怎么说……并且也是个非常好的姑娘。你也应该知道的。”

八

先父约瑟常常说：普通人不可能彻头彻尾地撒谎，欺骗总是要露出马脚的，就像一条极短的厚毛毯，你遮住脚就露出了头，盖住头又露出了脚。人们煞费苦心地寻找借口，目的是想隐瞒什么，但却未曾想到，借口本身就会暴露出某些令人不快的事实。另一方面，纯粹的事实又很消极，起不了什么作用。普通人还能做些什么呢？我们只能一言不发地观看。一言不发地观看，这是我们所能做的。

婚礼前十天，我们在耶路撒冷西北部的麦括尔巴鲁赫区租到一套两居室的房子。50 年代居住在这里的人们，除正统派犹太教教徒外，多是在政府部门及代办处工作的那些地位低微的小职员，要么就是纺织品零售商，电影院或英-巴银行的出纳。这是一个正在逐渐消失的居住区。现代耶路撒冷正向南部和西南部扩展。我们的公寓非常阴暗，管道装置也十分陈旧。但房子却很高，这点我倒是非常喜欢。我们商量好用鲜亮的涂料粉刷墙壁，再在花盆里种些花草。但直到此时我们还不知道，在耶路撒冷，花盆里的植物长势并不好，这大概是由于水中含有大量铁锈和化学净化剂的缘故吧。

我们利用空余时间在城里购买必需品：必备的家具、刷子、笤帚、厨房用具，以及衣物。我突然惊奇地发现，米海尔知道讨价还价，而且不觉得难为情。我从未见他发过脾气。我为此而自豪。我的好友哈达萨最近同一位前程远大的年轻经济学家结了婚，她对米海尔的大体印象是：

“是个谦虚而聪明的小伙子。也许不太卓越，但很可靠。”

父母故交、耶路撒冷的老住户们说：

“他给我们的印象不错。”

我们手挽着手出入。我尽力从每个熟人的脸上捕捉他们对米海尔的评价。米海尔不爱说话。他目光敏锐。在生人面前表现得随和得体。人们说：

“地质学家？这简直不可思议。你不觉得他像个搞艺术的吗？”

晚上我就去毛斯拉拉地区米海尔租住的地方。我们买的东西全部存放在那儿。我晚上的大部分时间是坐在那儿绣枕头，在新买的衣服上绣上我们的姓氏：戈嫩。米海尔喜欢刺绣品，我呢，又很擅长刺绣。

我喜欢坐在扶手椅上休息。椅子是我们买的，想放在新家的阳台上。米海尔坐在书桌旁，专心致志地准备地质学论文，他想在婚礼前完成并提交。他是这样承诺过的。借着写字台灯的灯光，我看到他瘦长黝黑的面孔，一头密密麻麻的短发。我眼中的米海尔就像教会学校里的小学生，要么就是迪斯金孤儿院中的孩子。小时候，我曾望着那群孩子经过我们街口去火车站。他们剃着光头，两人一排，手拉着手。神情忧郁顺从。透过这层恭顺我能感觉到某种压抑着的暴力情绪。

米海尔又在不经意地刮胡子了。他下巴颏上钻出了黑色的胡楂儿。他那把新剃须刀丢了吗？没有。他曾承认，我们在一起的第二个晚上，他是在骗我。他根本就没买新剃须刀。他刮脸主要是想让我高兴。他为什么要撒谎？因为是我让他感到难堪了。他为什么现在又是两天刮一次脸？因为眼下他已不再为我的出现而感到不自在了。“我恨刮胡子，我要是个艺术家而不是地质学家的话，一定会蓄长胡子。”

我努力想象着那幅画面，不禁爆发出一阵大笑。

米海尔抬起头，吃惊地看着我。

“你为什么这样大笑?”

“你生气了?”

“没有，一点都没生气。”

“那你为什么这样瞧着我呢?”

“因为我终于让你放声大笑了。多少次我都想逗你发笑。但你一直没有笑。而现在，我不费吹灰之力却成功了。这件事让我特别开心。”

米海尔的眼睛是灰色的。微笑时嘴角抖动。我那总是自我克制的灰色米海尔啊。

每隔两个小时我都要给他泡一杯他很喜欢的柠檬茶。我们很少说话，因为我不想打扰他工作。我喜欢“地貌学”一词。有一次，我悄悄地爬起来，在他伏案工作时，打着赤脚偷偷站到他身后。米海尔不知道我站在那儿。透过他的臂膀我可以看到几个句子。米海尔的字齐整浑圆，像小学女生那种整齐的字体。但字的内容却让我战栗：矿物开采，向外冲击的火山力，固体熔岩，玄武岩。顺向河与后成河。始于数千年前并仍在延续的地壳构造过程。渐进剥蚀与突发性剥蚀。

地震干扰极其轻微，只能通过最灵敏的机器才可探测得知。

我又一次让这些词汇弄得惊愕不已：我正在接受一条用密码传递的信息。这是我生活的依靠。但我手上没有密码本。

接着，我又坐回安乐椅中继续刺绣。米海尔抬起头说：

“我从没见过像你这样的女人。”

而后又抢在我之前补充说：

“真陈腐。”

这里我想做个记载：直到新婚之夜，我始终没同米海尔发生过肉体关系。

父亲去世前几个月，把我叫到他的房间，随即把房门关上并反锁。疾病使他面目全非。双颊凹陷，皮肤枯黄。他没有看我，而是紧盯着眼前的地毯，好像正在照着地毯念出要说给我听的话。父亲对我说，确实有那么一些坏男人，他们用甜言蜜语引诱女性，得手后又将她们无情地抛弃。当时我只是个十三岁的小姑娘。所有这些话我已从那些咯咯傻笑的女孩子或是脸上长着雀斑的男孩子口中听说过了。但是，爸爸说这话时一点没有开玩笑的意思，语调里却带着一种淡淡的悲哀。他阐述着自己的种种见解，就好像两性关系是这个世界上滋生痛苦的不正当行为，是一种人们竭尽全力才能减弱其恶劣后果的不正当行为。最后他告诉我，要是我在逆境中还会记起他的话语，或许能避免做出错误的决定。

我觉得这并非我在婚前避免同米海尔进行肉体接触的真正原因。真正的原因是什么，我不想写在这里。人们在使用“原因”一词时得非常慎重。这是谁对我说的？怎么竟是米海尔本人呢？当米海尔用双臂搂住我的肩膀时，他很用力，但也很克制。他大概同我一样，也有几分羞怯。他不用语言恳求我，而是用手指传达他的请求，但从不坚持。有一回，他用手指慢慢地顺着我的后背向下抚摸，接着又挪开，看看手指，再看看我；看看我，又看看手指，好像是小心翼翼地把两件东西拿来比较。我的米海尔啊。

一天晚上，当我离开米海尔回自己的住处（我在阿赫瓦同塔诺波拉太太住不了一个星期了）时，我说：

“米海尔，你听说后肯定会大吃一惊的，我知道什么是顺向河和后成河，没准儿连你都不知道呢。如果你是个好小伙子，有朝一日我会把我所知道的都告诉你。”

说着，我用手指挠了挠他剃过的头发：简直像个刺猬。我此时究竟在想些什么，连我自己也不明白。

婚礼前两天的那个夜晚，我做了一个噩梦。梦见米海尔和我一起到杰里科[1]去，在市场上买东西。市场两边是低矮的泥棚。（1938年，爸爸、哥哥和我一起到杰里科。当时正值住棚节[2]。我们乘坐的是阿拉伯人的汽车。当时我八岁。我没有忘记。我是住棚节期间出生的。）

我和米海尔买了一张地席、几个东方式大蒲团和一张考究的沙发。米海尔不想买这些家具。我挑东西，他一言不发地付账。杰里科的市场五光十色，熙熙攘攘。人们大吵大闹。我穿着一条便裙静静地从他们当中穿过。毒花花的太阳当空而照，就像我在梵高画中见到的一样。一辆军用吉普在我们附近停下。一位矮小精干的英国军官从车上跳了下来，拍了拍米海尔的肩头。米海尔突然一个急转身，着魔似的拔腿就逃，奔跑之中撞翻了几个摊位，然后就消失在人流中。剩下我孤零零的一个人。女人们尖声叫喊。两个男人出现在眼前，伸出胳膊将我抓住。他们裹得严严实实，只露出闪闪发光的两只眼睛。他们力气很大，抓得我生疼。我被拖到通往城郊的羊肠小道上。这地方就像耶路撒冷新城东区埃塞俄比亚街

1 约旦河西岸一城市名。

2 犹太人的传统节日，为犹太教三大节日之一，纪念其祖先在旷野流浪的时候居住在帐篷里。节期在十月初，前后八天。见《旧约·出埃及记》第23章16节。

后面那陡峻的小巷。他们顺着一段漫长的楼梯把我推到一个地窖里。地窖里点着一盏脏兮兮的煤油灯，黑咕隆咚的。我被摔在地上。一股潮气扑面而来。空气中散发着恶臭味。外面隐约传来狗叫。双胞胎突然扯掉了他们身上的外袍。我们三个是同龄人。他们家就在我家对面，中间隔着一片荒地，坐落在卡塔蒙与克里亚特施穆埃尔之间。他们家有个四四方方的庭院，房子绕庭院而建。这是一座内宅。别墅的墙上爬满了葡萄藤。墙由红石砌成，这种石头在耶路撒冷南郊的阿拉伯富人区比较流行。

我害怕双胞胎。他们拿我开心。这两个人牙齿雪白，皮肤黝黑，身子灵巧。真是两只大灰狼。“米海尔，米海尔。”我叫喊着，但却发不出声音。我成了哑巴。黑暗将我吞没。只有当我经历了极度的快乐或痛苦之后，黑暗才会希望米海尔前来解救我。要是双胞胎能够想起我们的童年就好啦，可他们没有露出哪怕是一丝丝这方面的意思，只是一味大笑。他们在地窖的地板上跳来跳去，好像快要冻僵了似的，但天气并不冷。他们精力旺盛地蹦蹦跳跳，他们兴高采烈。我控制不住自己，爆发出一阵紧张、骇人的狂笑。阿兹兹比他哥哥稍高一点，也略黑一些。他从我身边跑过，打开一扇我未曾注意的门。他用手指着门，谦卑地鞠了一躬。我自由了。

可以出去了。这是令人生厌的瞬间。我可以出去，但我没有出去。哈利利发出一声低沉颤抖的呻吟，把门关住、插上。阿兹兹从长袍夹缝中掏出一把亮闪闪的大刀。这刀正是我和米海尔昨天在锡安广场的一家商店里买来切面包用的。阿兹兹两眼放光，四肢着地趴在那儿。他的双眼在冒火，眼白浑浊而布满血丝。我退却着，后背紧贴着地窖的墙壁。地窖的墙壁肮脏不堪。一股黏糊糊、臭烘烘的烂东西渗入我的衣服，触到了我的皮肤。我使出吃奶的力气尖叫起来。

早晨，塔诺波拉太太进屋告诉我，我在睡梦中哭叫。倘若汉娜小姐在婚礼两天前的夜里大喊大叫，一定预示着大麻烦。梦告诉你该做什么，不该做什么。塔诺波拉太太说，在梦中我们得为自己所做的错事付出代价。她如果是我妈妈，即使我再生气她也会说，她不愿我去和一个在街上偶遇的人结婚。也许我会有机会碰上另一个截然不同的人，或者什么人也碰不上！这一切将导致什么？导致的是灾祸！“你们结婚就像普珥节上的转瓶子游戏[1]。我自己是由媒婆介绍结婚的，媒婆知道按照天意行事，因为她熟悉两个家庭，仔细考察过新娘新郎的根底。毕竟，家庭就是人本身。父母、祖父母、

1 为英文译者所加，希伯来文只说“你们的婚姻像普珥节上的游戏”。

叔叔婶婶、大伯大娘、兄弟姐妹，如同井就是水一样。今晚你上床睡觉之前，我会给你泡上一杯薄荷茶。这对平息受惊吓的灵魂很有效。你所仇恨的每个人在婚礼前夜也要做这样的噩梦。汉娜小姐，这些事发生在你身上，是因为人们结婚就像《旧约》中的偶像崇拜一样：少女碰到一个男人，不了解他是做什么的就和他海誓山盟，并订下婚期，似乎人生在世就是害怕孤单。”

塔诺波拉太太在说“少女”一词时，倦怠地笑了一笑。我没有说话。

九

我和米海尔在3月中旬结婚。婚礼在雅法路上旧拉比楼的平台上举行，楼对面是斯泰玛斯基外文书店。灰蒙蒙的天空中涌动着大团大团的乌云。

米海尔和他父亲身穿黑色西装，都在上衣小兜里插了一块白手绢。他们长得如此相像，有那么两次我都弄混了。冲着丈夫米海尔喊耶海兹克尔。

米海尔按照惯例用力踩碎玻璃瓶。碎玻璃发出干巴巴的响声。人们在瑟瑟低语。利亚姑妈哭了。母亲也哭了。

哥哥伊曼纽尔忘了戴小帽。他往头上盖了一块花格手绢。瑞娜嫂子用手紧紧抓住我，好像我有可能会晕倒似的。我没忘记此事。

晚上，在拉蒂斯博纳楼的一间教室举行舞会。十年前，即我们举行婚礼的那个时候，大学的多数院系都设在基督教女修道院的侧房。独立战争把斯克普斯山上的大学教学楼同城市分割开来。老耶路撒冷人坚信，这只是一种暂时现象。关于政局的小道消息数不胜数。许多事情悬而未决。

举行舞会的拉蒂斯博纳修道院的房间高大苍凉，天花板乌黑一片。装饰过的屋顶上，许多图案已模糊不清，色彩业已剥落。我费了很大劲儿，终于从画上弄明白耶稣从降生到钉上十字架的各个时期的生活场景。我把视线从天花板上移开。

母亲身穿一条黑裙，这是 1943 年父亲去世后她自己缝制的。此刻，她在裙子上刻意别了一枚铜胸针，以便区别欢乐与忧伤。她戴着一条沉甸甸的项链，项链在数盏旧荧光灯的映照下显得熠熠生辉。

前来参加舞会的有三四十个学生。他们多数来自地质系，但也有一部分是希伯来文学系一年级的学生。我的挚友哈达萨携同她年轻的丈夫前来，送给我一幅时髦的也门老妇画像复制品作为礼物。父亲的旧友凑份子送给我们一张支票。哥哥伊曼纽尔从基布兹带来七个年轻人。他们的礼物是一只镀金花瓶。伊曼纽尔和他的朋友竭力想为舞会营造一种欢乐的气氛，但大学生们的出现又使得他们有些局促不安。

接着，两位地质系的学生朗读了一段借地层影射性生活的既无聊又冗长的对白，其中充满了猥亵的暗示与意义双关的表述，目的是想取悦我们。

幼儿园面容苍老、满脸皱纹的撒拉·杰尔丁带来一套茶具。每件物品上都镶有金边，画着身穿蓝色服装的一对情侣。她拥抱了我妈妈，她们互相亲吻，用意第绪语交谈着，频频点头。

米海尔的四位姑妈，他父亲的姐妹们，围坐在一张放满三明治的桌子前，喋喋不休地议论着我。她们并不刻意放低调门儿。她们不喜欢我。这些年来，米海尔一直是个又听话又可靠的孩子，现在他闪电式地结婚，毋庸置疑会惹来许多闲言碎语。杰妮娅姑妈在库夫诺时同第一个丈夫订婚六年后才结婚。四位姑妈用波兰语谈论我们火速结婚将会招致的纷纷议论。

哥哥伊曼纽尔和他基布兹来的朋友喝得太多了。他们吵吵闹闹，又乱七八糟地唱起一支著名的祝酒歌。他们挑逗女孩子，浪笑声、尖叫声混成一片。地质系女生雅德娜长着一头漂亮的金发，裙子上缀满亮闪闪的金属片，她一脚蹬掉鞋子，跳起了疯狂的西班牙舞。其他客人伴着她打着拍子。哥哥伊曼纽尔摔了一瓶橘子水为她助兴。雅德娜从椅子上站起身，手上拿着满满一杯酒，唱起一支著名的美国失恋歌曲。

我必须写下另一件事：舞会结束时，丈夫企图突如其来地吻一下我的脖子。他悄悄来到我身后，没准儿是他同学给出的点子。我当时手上正拿着哥哥硬塞给我的一杯酒。米海尔的嘴唇刚一碰到我的脖子，我便腾地跳起来。酒洒在我雪白的结婚礼服上，还溅到了杰妮娅姑妈的棕色套装上。这段细节有那么重要吗？自房东太太对我梦中哭泣之事讲了那些话之后，我的脑海里就一直萦绕着象征与暗示的困扰。像先父一样。先父是位事事留心的人。他把人生当成一门基础课，人们可以从中学到东西并积累经验。

十

周末，教授来向我道喜。那是在塔拉桑塔学院的门厅，在他每周一次的玛普讲座的休息时分。“夫人……噢，对了，戈嫩夫人，我刚刚听到这个好消息，立即向你的，对了，是婚礼，表示祝贺。我真心希望你家会立即成为一个地地道道的犹太人家庭，地地道道的，噢，开明家庭。接下来呢，我祝你一切如意。新郎是做什么的？对了，是在地质系。多么具有象征意义的专业结合：一个地质，一个文学，都是挖掘深层次的东西，寻找珍藏着的宝藏。戈嫩夫人，你还打算继续你的学业吗？好的，我很高兴。你知道，我把学生看得像子女一样宝贵。”

丈夫买了一个大书架。那时他没什么书，也就二三十册吧，但会不断增多。我们设想把一面墙全部用来放书。眼下书架几乎是空的。我从幼儿园带回自己用铁丝和彩色纤维板做成的玩具，放在上面，让它显得不太空荡。这只是为了应急。

热水管道出了故障。米海尔试图自己动手去修。他说小时候经常给父亲和姑妈她们修水管。但这次却没有修好，或许弄得更糟糕了。于是请来了水管工，这是位漂亮的西班牙小伙子，他轻而易举地解决了问题。米海尔为自己的失败感到不好意思，默默地站在那儿，像个受罚的孩子。我喜欢他这副狼狈相。水管工说：

“好一对甜蜜蜜的年轻人，我不会多收你们钱的。”

最初的那些夜晚，我只有服下安眠药之后方可入睡。我八岁那年，哥哥伊曼纽尔有了一间自己的卧室。从此我便一个人睡。米海尔闭上眼睛熟睡的那副样子真奇怪。直到新婚之夜我才看见他入睡的样子。他用被子蒙住头，身子全裹在里面。有时，我提醒自己，那有节奏的嘶嘶声显然就是他的呼吸声，从现在开始，这个世界上没有比他同我更为亲近的男人了。躺在几乎没花什么钱便从前任房客手中买下的二手床上，我辗转反侧，直至天明。床壁上饰有花色雕纹，漆得棕黑锃亮。床像多数旧式家具一样，有些过于宽大。有一次，我甚至以为米海尔已经起床，悄悄走了。他离我远远的，裹得严严实实的。某些可感知的东西差不多在黎明时分会来到我身边。来得美妙而猛烈。来得朦胧、恬静、轻柔。

我从来也不想找一个不开化的男人，为什么要遭此恶报？小时候，我总想嫁一个注定要举世闻名的青年学者。我会蹑手蹑脚来到他布置考究的书房，把一杯茶放在堆满书桌的德文经卷中，倒空烟灰缸，轻轻关上百叶窗，在他毫无觉察的时候，踮起脚尖悄悄走出去。如果丈夫像个饥渴至极的人一样扑向我，我就该为自己感到耻辱。要是米海尔靠近我时，把我当成一件易碎的器皿，或者像科学家摆弄的一支试管，我为什么会感到心烦意乱呢？夜晚，我想到我们一起从惕拉特伊阿尔走向汽车站的那个深夜他所穿的那件温暖粗糙的大衣。在最初的那些夜晚，我总是想到在塔拉桑塔摆弄茶匙的手指。

一天早晨，我手上摇晃着一杯咖啡，眼睛却盯着地上一块有裂缝的瓷砖，问丈夫我是不是好女人。他思忖片刻，用一种学究的方式回答我说，因为他以前从未接触过别的女人，所以不能做出判断。米海尔回答得很坦率。我不知道我的手为什么还要晃动，把咖啡溅到了崭新的桌布上。

每天早晨我都要煎一个双黄蛋饼，给我们二人冲咖啡。

米海尔切面包。

我喜欢穿上蓝围裙，在厨房中重新摆放各种用具与器皿。日子过得很平静。八点钟，米海尔去上课。他手提新的公文包，这只又黑又大的公文包是父亲作为结婚礼物送给他的。我在街道拐角同他道别，接着便转身走向撒拉·杰尔丁幼儿园。我给自己买了件崭新的春装，这是一件印有黄花的棉织品。但春天迟迟没有来临，冬天仍在继续。耶路撒冷 1950 年的冬天漫长又难熬。

由于服用安眠药，我每天都在做梦。老撒拉·杰尔丁透过金丝眼镜会意地审视着我。她大概在想象着疯狂的夜晚。我想修正她的错误，但又找不出合适的词句。我们的夜晚很平静。有时，我觉得有种朦胧的期待涌上心头，爬上脊背。好像决定性的事件尚未发生，一切似乎都是序曲、彩排、预备。我正在练习一个即将要扮演的复杂角色。生活中不久就会发生一个重要事件。

这里我将写下关于佩雷茨·斯默伦斯基[1]的一件怪事。

教授在结束关于亚伯拉罕·玛普的系列讲座后，便开始

---

1 佩雷茨·斯默伦斯基（1840—1885），现代希伯来文学史上重要的小说家。

对斯默伦斯基《人生路上的徘徊者》一书进行讨论。教授向我们详细讲述了作者的旅行以及他的感情遭遇。那些年，评论家依然相信，作家的经历会影响作品的创作。

我记得，有好几次我在一瞬间强烈地意识到自己认识佩雷茨·斯默伦斯基本人。也许是他书中的照片让我想起了某个与我相识的人。但我觉得这并非真正的原因。我感到，儿时听他所讲的一些东西对我的人生产生了影响，所以应该马上再见到他。我必须，必须在脑海里归纳好恰当的问题，那样才知道该问什么。实际上，我所要思考的是查尔斯·狄更斯对斯默伦斯基创作的影响。

每天下午，我坐在塔拉桑塔楼阅览室里的一张书桌前，读英文版的《大卫·科波菲尔》。狄更斯笔下的孤儿科波菲尔酷似斯默伦斯基书中的孤儿约瑟。两个孤儿都经受了各种艰难困苦。两位作家都同情孤儿，因而都鞭挞社会。我会静静地坐上两三个小时，看痛苦与暴虐，就像在阅读有关恐龙灭绝的传说，或者在阅读没什么教育意义的寓言。那是一种超然的理解。

那时，塔拉桑塔地下阅览室的图书管理员中有一位戴便帽的小老头儿，他既知道我做姑娘时的名字，也知道我婚后的姓氏。现在他肯定已经不在人世了。我特别喜欢听他说话。

“汉娜·格林鲍姆——戈嫩夫人，汉娜与戈嫩的第一个字母在希伯来文中拼在一起正好是‘节日’一词。我祝你们天天快乐。”

3月结束了。4月也已经过半。耶路撒冷1950年的冬天漫长又难熬。黄昏时分，我伫立窗前，等候丈夫的归来。我往玻璃上哈出一口气，画一颗心，用尖尖的手指在里面写上HG、MG和HM[1]几个字母。有时也画其他图形。一看见米海尔的身影出现在街头，我便赶紧把这些东西全部擦掉。米海尔在远处以为我是向他招手，也朝我招招手。他进门时，我那刚刚擦过玻璃窗的手潮湿冰冷。米海尔喜欢说：

“手冷着呢，心却是热的。”

从诺夫哈里姆基布兹寄来一个邮包，里面装着妈妈编织的两件毛衣。白色那件是给米海尔的，给我的那件是蓝灰色的，像米海尔宁静的双眸。

---

1 HG、MG、HM为主人公名字的英文缩写。HG指汉娜·戈嫩，MG指米海尔·戈嫩，HM指汉娜、米海尔。

十一

一个天空蔚蓝的安息日早晨，春意突然降临到山丘上。我们从耶路撒冷出发徒步旅行到惕拉特伊阿尔。早上七点钟，我们出了家门，走在通往卡法利弗塔的路上。我们手拉着手。这是一个湛蓝的早晨。蓝天掩映着山峦，仿佛彩笔勾勒出的画面。岩石罅隙中是一簇簇破土而出的仙客来。山坡上银莲盛开。大地潮乎乎的。石穴中依然汪着雨水，松柏被冲刷得干干净净。一棵孤零零的柏树耸立在克隆尼亚毁弃了的阿拉伯村庄的废墟上，尽情地吮吸着大地的芬芳。

有那么几次，米海尔停下来，让我看一些地形特征，并告诉我这些地形特征的名称，问我是否知道，数万年前这里的山峦曾被大海淹没着。

“大海最终会重新淹没耶路撒冷的。”我断然地说。

米海尔笑了：

“汉娜也变成先知了吗?”

他兴高采烈。不时捡起石子，猛地扔出去，像是在指责它们。我们爬上城堡，一只鸟——不知是雄鹰还是秃鹫——飞过来，在我们头顶上盘旋。

“我们还没死呢!”我兴冲冲地叫着。

石头仍然很滑。我故意打了个趔趄，为的是纪念塔拉桑塔那一跤。我也对米海尔讲了婚礼前塔诺波拉太太对我说过的话：我们这种人的婚姻像《圣经》中的偶像崇拜，像普珥节上的游戏。少女把目光集中在一个与她萍水相逢的男人身上，但她也能碰到另一个截然不同的人。

接着，我又采了一枝仙客来，把它别在米海尔的纽扣眼上。他抓住我的手。我的手冰凉，而他的手指却是热乎乎的。

“我正在想一句很俗气的格言。”米海尔哈哈大笑。这件事我没有忘记。忘记意味着死亡。我不想死。

丈夫的朋友利奥拉正赶上安息日值班。她无法腾身招待我们，只是问了一下我们是否过得还好，便回到了厨房。

我们在餐厅吃过午饭，而后懒洋洋地躺到草坪上。丈夫枕着我的膝头。我差点对米海尔说出我的苦楚，说出那对双胞胎。折磨人的恐惧占据了我的心房。我没有讲。

之后，我们步行去阿奎阿贝拉泉。附近的灌木丛旁边站着一群骑车从耶路撒冷赶来的年轻男女。一个男孩子正在修车胎。有些话传到我的耳际。

“谎话是说不得的。”修车胎的小伙子说，“昨天，我跟爸爸说要去俱乐部，却去了锡安影院看《参孙与大利拉》。你们猜坐在我身后的是谁，正是我父亲本人。”

一会儿又听到两个女孩子在说话。

“我姐姐埃斯特结婚是为了钱，我将来只为爱情结婚，因为人生不是游戏。”朋友回答说：“事实上，我并不完全反对要一点儿自由恋爱，但二十岁的你又怎能知道三十岁上还有爱情呢？我听过一位青年领袖曾在做报告时说，现代人的恋爱应该单纯而自然，就像喝一杯白开水。的确，我没有想到需要陷进去。任何事情都得有个限度。别像瑞拜卡，每周都换男朋友。但也不要像达利亚。如果有男人走近她，只是问问时间，她便脸一红，立即跑开，好像人们都要强奸她。在生活中，人们要适度，避免走极端。茨威格在书中写道：生活没有节制的人将会折寿。”

我们乘安息日结束后的头班车返回耶路撒冷。晚上，刮起了强劲的西北风。天空彤云密布。早上的春意一定是虚构出来的。耶路撒冷依然是冬天。我们放弃了进城到锡安影院看《参孙与大利拉》的计划。回家便早早躺在床上。米海尔读着周末增刊。我明天有个讨论课，于是就在读佩雷茨·斯默伦斯基的小说《驴子的葬礼》。屋子里静极了。百叶窗紧闭着。床头灯投射下暗影。我不想再看书了。厨房里传来滴水声。我凝神听着那节奏。

又过了一会儿，一群刚从青年俱乐部回来的青年人从门前经过，小伙子们唱着：

姑娘是撒旦的骨肉，

我爱一个已经足够。

姑娘们尖叫着。

米海尔放下报纸，问能否打扰我一下。他说："要是我们有了钱，就买一台收音机，这样就可以在家中听音乐会了。但我们借了些债，今年就买不了收音机。吝啬的老撒拉·杰尔丁没准儿下个月会给你加薪。跟你说，修热水管道的那个水管工热情可爱，但现在管子又坏了。"

米海尔关上灯。在黑暗中摸索我的手。但他的眼睛还没有适应从百叶窗渗进来的微光，他的胳膊重重地撞在我的下巴上，我疼得哼了一声。米海尔向我道歉，抚摸我的头发。我很累，有些心不在焉。他把脸贴在我的脸上。今天我们愉快地旅行了这么长时间，所以他没有时间刮脸。胡楂儿蹭在我的皮肤上。记得那是个很糟糕的时刻，我突然想起了一个挺俗气的笑话：从前有个新娘，竟然不明白丈夫的性意图。难道双人床不够我俩睡吗？那一刻很屈辱。

就在那个夜晚，我梦见了塔诺波拉太太。我们来到一个平原小镇，或许就是霍隆，或许就是我公公住的地方。塔诺波拉太太给我倒了一杯薄荷茶。茶的味道很苦，让人倒胃口。我一恶心，弄脏了洁白的结婚礼服。塔诺波拉太太粗声大笑。“我提醒过你，”她夸口说，“我事先就提醒过你，但你却不顾一切征兆。”一只尖钩利爪的恶鸟朝我扑过来了。利爪划着了我的眼球。我惊醒了，摇着米海尔的胳膊。他生气地嘟哝着：“你简直有毛病，别来烦我。我得睡觉，明天还有许多事情要做。”我吃了一片安眠药。一小时以后又吃了一片。最后沉沉地睡着了。第二天早晨，我有点儿发烧，没去上班。吃午饭时同米海尔吵了一架，说了些伤害他的话。米海尔克制着自己，一言不发。晚上，我们和解了。我们都责备自己不该吵架。朋友哈达萨和丈夫来家里串门。哈达萨的丈夫是位经济学家，话题于是转向了严肃的政治。按哈达萨丈夫的说法，政府所采取的措施是以荒谬的空想为基础的，把以色列当成了一场伟大的青年运动。哈达萨引用风靡耶路撒冷的一场令人震惊的腐败案，说官员只知关心自己的家庭。米海尔沉吟片刻之后发表见解，说对生活要求过高是错误的。我不明白他是在替政府说话还是在附和我们的客人。我问他是什么意思，他冲我微笑，好像我不是要他回答问题，只是要他微笑。我起身到厨房弄些咖啡、茶和蛋糕。透过敞开的房门，我能听见朋友哈达萨的说话声。她在我丈夫面前夸我，说我曾是班上最好的学生、最有发展前途的孩子，接着又把话题转向希伯来大学。这么年轻的一所学校，却受到这么多传统戒律的约束。

十二

结婚三个月之后的6月份，我怀孕了。

我把消息告诉米海尔时，他一点也不高兴，再三追问我是不是真的。婚前，他曾在医学书中了解到，此事很容易弄错，尤其是第一次。也许我把征兆弄错了。

他说此话时，我起身离开房间。他还是站在镜子前，在嘴唇与下巴之间这一敏感部位移动着剃须刀。或许在他刮脸时说这话不是时候。

第二天，儿科专家杰妮娅姑妈从特拉维夫赶来。米海尔早晨打电话给她，她便放下一切，风风火火地赶来了。

杰妮娅姑妈说话时神情严峻。埋怨我不负责任。我将毁掉米海尔的全部心血。难道我就没有体会到自己的命运与米海尔的进步息息相关吗？正赶上大学将要举行期末考试这个节骨眼！

“简直像个孩子，”杰妮娅姑妈说，“简直像个孩子。”

她拒绝住我们家。居然傻乎乎地抛下一切冲到耶路撒冷。她很后悔。为很多事后悔。“不过是一次二十分钟的手术，就像给孩子割扁桃体一样简单。但世界上也有连简单事情也搞不懂的复杂女人。你呢，米海尔，竟像个哑巴似的坐在那儿，好像此事与你无关。有时我觉得，长辈为年轻人做自我牺牲并没有任何意义。我最好还是闭口不说吧，不能想什么就说什么呀。再见吧。”

杰妮娅姑妈拿起自己那顶蓝帽子，横冲直撞地走了出去。米海尔半张着嘴巴坐在那儿，默默无言，像刚听完恐怖故事的孩子。我走进厨房，锁上门，哭了。我站在橱柜前，刨了一只胡萝卜，撒上糖，加上些柠檬汁，哭泣着。即使丈夫敲门，我也不会开的。我现在几乎可以确信，米海尔不会敲门的。

1951 年 3 月，婚后近一年，历经痛苦的妊娠之后，我们的儿子亚伊尔出生了。

夏天，刚开始怀孕时，我在街上丢了两个粮本。一个是米海尔的，一个是我自己的。没有粮本就不能买必需的口粮。

一连几个星期，我出现维生素缺乏症。米海尔连粗盐也不肯在黑市上买。这是他从父亲那里继承的人生准则：一定要严格遵守国家法律。领到新粮本以后，我继续忍受新的煎熬。有一次，我不小心在操场上跌了一跤，医生于是不允许我继续工作。这一决定对我们来说很残酷，因为我们的经济状况很紧张。医生还给我开药方，补充肝汁与钙。我患有慢性头痛，似乎有块冰冷的金属片戳在太阳穴上。我又开始噩梦缠身，经常在尖叫中醒来。米海尔给家里写信，告诉他们我不再工作了，并说明了我的精神状况。多亏哈达萨的丈夫，米海尔从学生助学金管理机构借到了一小笔钱。

8月末，杰妮娅姑妈寄来一封挂号信。她没给我们写一行字，但我们却在信封内发现一张折好的支票，面值三百镑。米海尔说，要是自尊心驱使我把钱退回去的话，他愿意中断学业前去打工，于是我留下了杰妮娅姑妈的钱。我对丈夫说我不喜欢“自尊”一词，说我充满感激地将钱收下。这样一来，米海尔总让我想起中断学业前去打工的事。

“我会记住的，米海尔。你了解我，我不知如何去忘却。”

我不再去大学听课，不再去学希伯来文学了。我在笔记中写道，强烈的孤儿情绪在希伯来文学复兴时期诗人们的创作中十分普遍。但这种孤儿意识从何而来？又包括哪些内容？我就不得而知了。

家务活也顾不上了。整个上午，我几乎是独自一人坐在小小的阳台上，俯瞰一片荒凉的院落。我坐在折叠椅上，扔面包屑喂猫。喜欢看邻居家的孩子在院子里玩耍。父亲时不时使用一个短语“静观默察”。我默不作声地观看，但是离宁静却相去甚远，与父亲所说的那种默察大概还是相去甚远。孩子们气喘吁吁地激烈竞争，其乐趣何在？游戏令人疲惫，胜利乃是一片虚空。成功的期待又是什么？夜幕即将降临。冬天将要重回。暴风雨将要冲刷一切。耶路撒冷重会吹起劲风。或许会有一场战争。捉迷藏的游戏太愚蠢可笑了。我从阳台上可把一切看得清清楚楚。谁能真正藏匿起来呢？是谁在做准备呢？热情是个多奇怪的东西啊！疲倦的孩子们啊，休息一下，放松一会儿吧！冬天虽然非常遥远，但已经在积蓄力量了。距离是靠不住的。

午饭后，我像干过什么重活似的，精疲力竭地往床上一倒，连报纸都看不动了。

米海尔早上八点离家，晚上六点回来。时值夏天。我不能往窗子上哈气、在玻璃上画东西了。为了叫我省心，米海尔重新开始了过去的生活，与他的同窗好友一起到马米拉街的学生餐馆吃饭。

12 月是我怀孕的第六个月。米海尔参加第一学位考试。考取了第二名。对他的喜悦我无动于衷。让他独自庆贺去吧，留我一个人待着。10 月份，丈夫已开始攻读第二学位。晚上，他疲惫不堪地回来时，会主动请令买杂货、买菜、买药。有一回，我让他去诊所替我取化验结果，他因而没有前去做一个重要的实验。

那天晚上，米海尔一扫往日的沉默。他试图向我解释他自己目前的日子也不好过，不应该想象他一切都称心如意。

“米海尔，我并没那么想。”

那么，我为什么让他感到负疚呢？

我让他感到负疚了吗？他必须意识到，我不能适应眼前这种浪漫。连件孕妇装也没有。每天穿着便服，既不合体，也不舒服。怎么能够使自己妩媚动人呢？

不，这不是他所要求的。他缺少的不是我的美丽。他所要求的无非就是我别这么倔强，别这么歇斯底里。

的确，在这期间，我们之间有一种不稳定的妥协。我们就像两个在漫长的火车旅行中被命运安排在一起的乘客，双方得互相体谅，彬彬有礼，互不干扰，互不侵犯，少打听对方的私事。要谦恭有礼，体谅他人。或许可以时不时地闲聊一番，让对方高兴。没有要求。甚至不时流露出适度的同情。

但车窗外却是一片平淡阴郁的景色：干涸的土地，低矮的灌木丛。

我要是让他关上窗子，他会很愿意去做的。

这只是某种冷漠的和谐。既小心又费力。就像走在被雨水打湿的一段石阶上。啊，歇息歇息吧。

我承认，经常是我自己打破了这种和谐。若不是米海尔那坚实的手臂我该是跌倒了。整个夜晚我故意静坐在那儿。好像房间里只剩下我一个人。要是米海尔问我感觉怎么样，我会说：

“你管得着吗？”

如果第二天早晨他胆敢斗气，不问我感觉怎么样，我就会咆哮起来，说他不关心我，所以不问候我。

冬天伊始，有那么一两次，我用眼泪把丈夫弄得狼狈不堪。我叫他畜生，骂他木讷无情。米海尔温和地驳回这些指控，措辞冷静而又耐心，好像是他犯了错误，我成了被抚慰的对象。我仍像个反叛的孩子一样不肯罢休。我恨他，恨得喉咙哽咽。我想弄得他不得安宁。

米海尔冷静又彻底地洗刷地板，摊开抹布，把地板揩了两遍。接着，他问我感觉是否好了一些。他给我热牛奶，撇去了上面让我讨厌的奶皮，他为在我怀孩子的状态下还惹我生气而道歉。他要我告诉他，究竟是哪件事惹我生气了，以便他不再犯同样的错误。而后，他出去到街上买了一罐煤油。

怀孕的最后几个月，我觉得自己奇丑无比，不敢去照镜子。脸上的妊娠斑令我面目全非。由于静脉曲张，我不得不穿上弹力长筒袜。我这时的样子大概像房东太太，或者像老撒拉·杰尔丁。

“你觉得我变丑了吗，米海尔?”

“你对我来说贵如珍宝，汉娜。”

“你要是没觉得我丑，为什么不拥抱我?”

“因为，我要是做了，你就会落泪，说我是装的。你忘了今天早晨你对我说什么来着? 叫我不要碰你。所以我没有拥抱你。”

米海尔出门时，我又体验到儿时的渴望，就是想大病一场。

十三

耶海兹克尔用散文诗体写来一封信，祝贺他儿子期末考试的成功。将“得胜在考场”与“欣喜赋诗章”“汉娜喜洋洋”押韵。米海尔冲我大声朗读来信，说他也想从我这儿得到一件小纪念品，或许是一只新烟斗吧，以庆祝他第一学位终考的成功。说这话时，他露出既尴尬又使别人尴尬的微笑。他的话让我生气，他的微笑也让我生气。我对他说过多少遍了，我的头像被冷铁打了一样疼痛。为什么他总为自己考虑，从来不为我着想？

因为我的缘故，米海尔三次放弃了所有同窗都参加的重要地质考察。第一次是去发现过铁矿的迈那拉山，第二次是去内盖夫，第三次是去萨达姆的钾碱场。就连他已婚的朋友也全都参加了这些旅行。我并不感激米海尔所做的牺牲。但有一天晚上，我的脑海里冒出两句记不太清楚的著名童谣，说的是一个叫作米海尔的孩子。

> 小米海尔蹦蹦跳跳过了整整五年。
>
> 六岁时向心爱的和平鸽道声再见。

我爆发出一阵大笑。

米海尔惊愕地睁大眼睛看着我。他说我这种高兴并不常见。他想知道我为什么突然这样放声大笑。

我望着他那双惊愕的眼睛，依然大笑不止。

米海尔陷入沉思之中。稍过片刻，他缓过神来，开始给我讲他今天从学生食堂里听来的一个政治笑话。

母亲从上加利利的诺夫哈里姆基布兹赶来，一直同我们住到孩子出生，帮助我们料理全部家务。父亲 1943 年去世后母亲就搬到诺夫哈里姆基布兹，从此，她再没机会做家务。她干起活来充满激情，又麻利快捷。刚进门做过第一顿午饭后，她对米海尔说，她知道他不爱吃茄子，可实际上他吃了三碟用茄子做的菜肴却浑然不觉。能把菜做成这样简直是个奇迹。他真的没尝出来这是茄子吗？一点也没尝出来吗？

米海尔礼貌地回答说，一点也没吃出来，您做饭的功夫简直绝了。

母亲支使米海尔干这干那。她的洁癖让米海尔深受其苦。他得经常洗手。大家在吃饭时不要把钱放在桌上。要把纱窗拿下来好好擦洗一下。“你在干什么呢？别在阳台上弄，你怎么就不明白呢，灰尘会重新飞到屋子里，不要在阳台上弄，下楼去，到院子里。现在好了，好多了。”

她知道米海尔自幼丧母，所以不对他发脾气。但她却无法理解，这样一个又聪明又有教养的大学生，竟然不知道世界上遍布着细菌。

米海尔驯服得像个懂事的孩了。需要我帮什么忙？让我来吧。碍事吗？好的，我这就下楼去买。当然我会问卖菜的。好的，一定早点从学校回来。我要带上菜篮子。不会的，我不会忘的，汉娜已经列了菜单。他同意放弃购买新版《希伯来大百科全书》前几卷的想法。买书并不是至关重要的，现在他知道我们得尽量节俭。

晚上，米海尔打散工，帮助系图书馆管理员做事，以挣点钱贴补家用。这些日子我连晚上看到阁下大驾光临的荣幸都没有了，我咕哝着。米海尔甚至不在大房间吸烟斗，因为母亲受不了烟味，也因为母亲告诉米海尔，抽烟对孩子没好处。

实在憋得受不了，米海尔就走到街上，站在电线杆下抽上一会儿，就像诗人在寻找灵感。有一次，我站在窗前远远地看着。借着街灯，我看见他的平头短发。烟圈在他周围缭绕，好像他是一个让死者召唤着的精灵。我想起很久以前米海尔对我说过的话。猫从来不会看错人。“脚脖子”一词很好听。我是个耶路撒冷的冷美人。按他自己的说法，他是位普普通通的小伙子。在认识我之前他没有固定的女朋友。在雨中，杰那瑞利楼前的石狮无声地嘲笑。当人们心满意足、无所事事之际，情感就像恶性肿瘤。耶路撒冷是一座令人伤心的城市，然而在不同的时刻、不同的季节，这伤心的程度又不尽相同。那已是很久很久以前的事了，米海尔肯定全都忘了。只有我不愿将一切都抛弃给无情的时间魔鬼。我问自己：时间作用于陈腐语词的最奇妙变化是什么？世间万物中有一种神奇的魔力，此乃生命的内在韵律。那位青年领袖曾对我们在阿奎阿贝拉见过的那两个姑娘说，现代的爱情当像喝杯白开水一样简单。这个说法大错特错。而在盖乌拉大街上，对我说我找的丈夫得是个强者的米海尔则非常正确。在那一刻我觉得，尽管他在路灯下站着吸烟，像个失宠的孩子，但他也无权为自己的这种煎熬来指责我，因为不久我将死去，所以我不必体谅他。米海尔敲了敲烟斗，朝回家的方向走来。

我赶紧躺在床上，脸冲墙壁。母亲让米海尔帮她打开罐头。他回答说他很乐意帮忙。远处响起了救护车的呼啸声。

一天夜里，我们一言不发地熄了灯后，米海尔小声对我说，有时他觉得我已不再爱他。说这话时他十分平静，好像在背诵一些矿物质的名称。

我说：

“我只是难过，其他没什么。”

米海尔表现出一种理解。我情况特殊，健康状况不好，生活条件艰难。米海尔倒不如干脆使用“心理变态”“身心失调”等词语。整整一个冬天，耶路撒冷的寒风都在吹动着松柏，而风离去时却没有留下任何痕迹。你是个陌生人，米海尔。你夜里躺在我的身旁，可你却如此陌生。

十四

1951 年 3 月，我们的儿子亚伊尔出生了。

先父的名字约瑟让哥哥伊曼纽尔的儿子叫了。我们给儿子取了两个名：亚伊尔和扎尔曼，以纪念米海尔的祖父扎尔曼·甘茨。

耶海兹克尔·戈嫩在孩子出生的第二天即赶到耶路撒冷。米海尔带他来到沙阿莱兹迪克医院的妇产科，这是上个世纪建造的一所阴暗沉闷的建筑，床对面的墙皮已经剥落。我凝视着墙壁，发现了稀奇古怪的图案：凹凸不平的山峦，凝固在歇斯底里状态中的几个黑衣女人。

耶海兹克尔·戈嫩也非常忧郁，闷闷不乐。他在我床边坐了好一阵子。他拉着米海尔的手，喋喋不休地念叨着他的不幸遭遇：他是怎么从霍隆来到耶路撒冷，怎么误去了开往梅沙阿里姆方向而不是到麦括尔巴鲁赫方向的车站。梅沙阿里姆摇摇欲坠的楼梯与歪歪扭扭的晾衣绳令他想起波兰的拉多姆。他说，我们根本无法想象他遭的罪、他的渴望、他的伤心。噢，他到了梅沙阿里姆逢人便问，人家告诉了他；他又问，人家又把路给指错了——他不敢相信传统派犹太教的孩子竟施这样的诡计，大概是耶路撒冷街上具有某种欺骗本性吧。最后，他精疲力竭，终于找到了，这也仅仅是碰对了。“最后终于好了，就像大家所说的那样，全都好了。这一切都不重要。重要的是，我要吻一下你的前额——以便——向你表示我的祝福，以及四位姑妈的祝福。我交给你一个信封，里面装着一百四十七镑，这是我的全部积蓄。很抱歉忘了给你买花。我希望并恳求你给我的孙子取名叫扎尔曼。”

说完，他用破帽子扇着疲倦的面颊，像从井口搬开一块石头似的轻轻吁了一口气。“为什么要管孩子叫扎尔曼呢？我得简明扼要地向你解释一下原因。因为我对这个名字怀有感情。亲爱的，这些话让你感到烦吗？对了，是有感情，扎尔曼是我父亲、我们亲爱的米海尔祖父的名字。扎尔曼·甘茨是个杰出的犹太人。就像犹太人通常所说，你们有责任将他铭记在心。他是位老师，一位不折不扣的老师。在希伯来教育学院教自然科学。咱们的米海尔就是从他那里继承了学习自然科学的天赋。好了，我们言归正传。我请求你们。以前我从未求过你们。顺便问一下，什么时候能让我看到孩子？好。我从未求过你们什么。我总是把我的一切都给你们。现在，亲爱的孩子们，求你们给我一个恩惠，一个特殊的恩惠，这对我的意义无比重大。请给我孙子取名扎尔曼。”

耶海兹克尔起身走出房门，以便让我和米海尔商量一下。这是位善解人意的老人。我给弄得哭笑不得。“扎尔曼”，这算什么名字！

米海尔十分谨慎，建议在出生证上写下“亚伊尔·扎尔曼”。他只是建议，但并不执意，最后还是由我来拿主意。米海尔提议，孩子长大成人之前，要将他的第二个名字秘而不宣，以免给孩子的生活蒙上一层阴影。

你太聪明了，我的米海尔。太聪明了。

丈夫戳了一下我的脸颊，问他回来时还要顺便买些什么东西。接着，他和我道别，出去向父亲宣布我们采纳了他的建议。我想象丈夫会向公公称赞我乐意接受这个安排，其他的女人若处在我的位置，等等。

我没去参加割礼。医生发现我患有轻微的并发症，限制我待在床上。下午，杰妮娅姑妈，是医生杰妮娅·甘茨·克里斯滨姑妈来看我。她旋风似的冲过妇产科，来到办公室朝医生大声咆哮。她用德文和波兰文吼叫着。她威胁说要用私人救护车把我转到特拉维夫的一家医院，她在那儿的小儿科做一级护理。她严厉地责备了负责我的那位医生。她当着其他护理人员的面，谴责医生的玩忽职守。“真可怕！”她叫嚷着，“简直就像有些亚洲医院。天哪！”

我不知道杰妮娅姑妈和医生之间的冲突究竟是怎么一回事，也不了解她为什么如此上火。她只在我床边待了一小会儿。她的双唇，还有那唇上的绒毛，在我脸上蹭了蹭，她要我别着急，一切由她去料理。若有必要，她将毫不犹豫地到医院的最高领导那里去兴师问罪。按她的说法，米海尔生活在象牙塔之中，就像他的父亲一样。

杰妮娅姑妈说话时，把手放在我洁白的毛毯上。我看见那是只手指粗短的男人式的手。杰妮娅姑妈的手指剧烈地抽搐着，好像当她把手放在我床上时，在竭力抑制住抽泣。

杰妮娅姑妈年轻时吃了不少苦。米海尔曾跟我讲过她的生活经历。开始她同一个名叫利帕·弗洛伊德的妇产科医生结了婚。1934 年，弗洛伊德离开杰妮娅姑妈，追随一位捷克女运动员去了开罗，后在近东一家一流的饭店卧室里自缢身亡。二战期间，杰妮娅姑妈又同一位名叫阿尔伯特·克里斯滨的男演员结了婚。这位丈夫患有严重的精神分裂症，恢复神志后变得神情木然。十年前，他被送进纳哈里亚一家寄宿院。整天就是吃饭、睡觉和发呆。杰妮娅姑妈用自己的钱养活他。

我问自己，为什么别人的遭遇听起来就像戏剧中的一个情节。只是因为这是别人的事吗？父亲不时地说，即使最强的人也不能挑选他想做的事情。杰妮娅姑妈临走时说：

“汉娜，等着瞧吧，那位医生一定会后悔今天碰上了我。这个大坏蛋。无论你走到哪儿，都会碰见蠢货和坏蛋。早点康复吧，汉娜！”

我说：

“也祝你健康，杰妮娅姑妈。我很感激你。为了我，你不遗余力。”

“哪里，哪里，别这么说，汉娜。人该是人，不该是畜生。除了钙片，他们给你什么药你都别吃。就说是我说的。”

十五

那天夜里，妇产科一位东方女人绝望地恸哭。值班医护人员试图安慰她，使她平静下来。他们求她说出哪儿不舒服，以便能够帮她。但东方女人还是有节奏地一个劲儿地哭，好像这世界已经没有了语言，没有了旁人的存在。

医护人员对她讲话时就像在审讯罪犯。他们时而粗暴，时而轻声细语，变换着方式威胁她，让她相信一切都会好起来。

东方女人对他们的话无动于衷，或许是那种执拗的自尊不容许她这样做。借着昏暗的灯光，我可以看见她的脸。她没有表情地哭泣着。脸上皮肤光滑，没有皱纹。但她声音凄厉，泪水慢慢地流淌着。

午夜，医护人员开了一个会。护士把婴儿抱给泣妇，但按照严格的规定现在还没到时间。女人从毯子底下伸出一只动物爪子般的手，摸了摸孩子的头，随即像摸到炽热的烙铁一样把手缩了回去。她们把孩子放在她的床上。女人仍然哭泣着。孩子被抱走之后，她还是哭。最后，护士抓住她纤细的胳膊打了一支安定。女人缓缓地来回摇着头，神色茫然，好像被那些执着关心她的聪明人给弄蒙了。难道他们意识不到这个世界上什么都已不重要了吗?

一整夜她都在持续着令人揪心的哭泣。脏兮兮的妇产科渐渐在我眼前消失了。暗淡的夜灯也消失了。我看到耶路撒冷发生了一场地震。

一位老人沿着兹法尼亚街行走。他身体笨重，表情阴郁，肩上背着一个大口袋。到了阿摩司街拐角，他停了下来，吆喝着：修炉子咧！修炉子咧！街上没有行人。没有风。没有鸟。随后，尾巴直挺挺的猫一起从院子里溜出来。它们瘦骨嶙峋，佝偻着身子，躲躲闪闪。它们扑向人行道旁的大树，爬到树枝最高处，接着从上面往下偷看，竖起毛发，恶狠狠地嘶叫着，好像一只恶狗正在经过凯里姆亚伯拉罕地区。老人把口袋往马路中间一放。街上已经没有了活物，这是由于英国军队颁布了宵禁令。老人挠挠脖子，这个姿势表示了他的愤怒。他手上有颗锈铁钉，他将铁钉插到沥青中。他划了一条小缝，裂缝越来越宽，就像教学片中铁路网快放镜头那样在迅速扩展。我攥紧拳头，为的是不发出惊叫。我听到石子顺着兹法尼亚街向布哈拉区滚动的声响。小石子碰着我时，我一点也没有疼痛的感觉。就像小棉球。但是空气有些不安地抖动，就像猫扑出去之前的颤动与毛骨耸立。接着，巨石从斯克普斯山滚下，经过贝特以色列，似乎房子是由多米诺骨牌搭建而成的。继之滚到了先知以西结街上。我觉得，巨石无权滚上山坡，应该顺着山坡下来，否则就不公平。我害怕自己的新项链会给人从脖子上扯下来，丢掉项链我会受到惩罚的。我转身就逃。但老人把口袋往路上一摊，站在上面。我挪不动口袋，因为那个人太重了。我身子紧紧贴住篱笆墙，尽管我知道这会弄脏我最喜欢的裙子。接着，巨石把我盖住，它像绒毛一样柔软，一点也不坚硬。高楼大厦摇摇欲坠，倒下，像戏剧中的正面主人公，慢慢地走向毁灭，辉煌地死去。瓦砾并没有让人感到疼痛，而是像温暖的绒毛、轻柔的羽毛一样将我盖住。这是一种温柔惬意、半真半假的拥抱。从废墟中站起了衣衫褴褛的女人们，其中一位是塔诺波拉太太。她们唱起一首东方歌曲，好像是我参加父亲葬礼时在比库尔医院太平间外面见到的那些雇来的悲悼者。成千上万的孩子们，正统派犹太教的孩子们，身穿黑色华达呢、身体单薄的鬈毛孩子们，一言不发地从阿赫瓦、盖乌拉、桑海迪里亚、贝特以色列、梅沙阿里姆、特拉阿兹阿鱼贯而出。他们定居在废墟上。他们在废墟上寻找着，心怀叵测地寻找着，情绪十分高涨。若是不成为他们中的一员，观察他们的确很难。我就是他们中的一分子。一个孩子身穿警服，站在一座独立建筑的破平台上。他见到我在路上躺着，欣喜地放声大笑。这个孩子很俗气。我瘫倒在路上，看见一辆橄榄绿的英国军车徐徐开来。炮塔上的喇叭传来希伯来语广播。那声音冷静浑厚，颤巍巍地传到我的脚边。它在宣布宵禁令。擅自到户外者格杀勿论。医生们站在我身边，因为我倒在路上，起不来了。他们讲波兰语。他们说："有瘟疫的危险。"波兰语曾是希伯来语，但不是我们的希伯来语。帽子上饰有红圈的苏格兰宪兵等候着两艘英国驱逐舰"龙"号和"虎"号上的血红帽子的增援。突然，穿警服的那个孩子从平台上飘落下来，徐徐地落到了人行道上，好像巴勒斯坦的最高行政官坎宁安将军暂停了万有引力定律。他徐徐地向着废墟飘落，飘落。我叫不出声来。

两点钟之前，护士把我叫醒。用吱吱作响的小车把我的儿子推来喂奶。梦魇依然纠缠着我，我哭个不停，甚至比正在呜咽的东方女人哭得还要厉害。我边哭边透过模糊的泪眼请求医生向我解释：我的孩子为什么还活着？他是怎样逃离劫难的？

十六

时间与记忆钟爱琐碎的词语，极为友善地对待它们，在它们周围闪烁着黄昏的柔光。

我对记忆与词语的依附像人在高处凭倚栏杆。

例如，有首摇篮曲的歌词就在我的记忆中挥之不去。

小丑儿，小丑儿，想和我一起跳？

可爱的小丑儿要和大家一起跳。

我喜欢这样说：第二句歌词是第一句歌词的回答，但回答本身却令人大失所望。

孩子出生后的第十天，医生允许我出院，但是我得待在床上，不能用力。米海尔极为耐心，孜孜不倦。

同新生儿一起坐出租车从医院回家后，母亲和杰妮娅姑妈之间爆发了一次争吵。杰妮娅姑妈为来耶路撒冷指导我和米海尔又耽误了一天工作。她想让我养成合理的习惯。

杰妮娅姑妈让米海尔把婴儿摇篮靠南墙摆放，这样，拉开百叶窗后阳光就不会晒着孩子。母亲则让我把摇篮放在我床边。她没质疑医生的用药，一点也没有。人既有肉体也有灵魂，母亲说，只有做母亲的才能了解一位母亲的灵魂。母亲和婴儿需要靠近，需要互相感受。家不是医院。这不是用药问题，而是感情问题。母亲用她极为蹩脚的希伯来语讲出这些话。杰妮娅姑妈看都没看她一眼，就冲着米海尔说："格林鲍姆太太的感情可以理解，但至少你我还是有理智的人。"

接下来的是一场言语恶毒又出奇礼貌的冲突。结果，两个女人互相让步，并坚持说这件事并不值得争吵。但两人又都拒绝接受对方的妥协。

米海尔身穿灰色套装，站在那儿一言不发。孩子在他怀中睡着了。米海尔用眼神请求女人们把孩子抱走。他那副样子就像要打喷嚏的人在使劲地克制自己。我冲他微微一笑。

两位女人手拉着手，拍打着对方的肩膀，互相称呼着"格林鲍姆太太"和"医生太太"。争论于是又换成叽里咕噜的波兰语。

米海尔结结巴巴。

“没必要，没必要。”

他没说两个建议中哪一个没必要。

最后，杰妮娅姑妈像是灵机一动，建议孩子的父母自己定夺。

米海尔说：

“汉娜？”

我累了。我接受了杰妮娅姑妈的建议，因为今天早晨她来耶路撒冷时给我买了一件法兰绒便装。穿着她给我买的漂亮衣服，我不能伤害她的感情。

杰妮娅姑妈笑逐颜开。她拍拍米海尔的肩膀，像一位漂亮女士祝贺一位刚刚骑着她的骏马赢得胜利的小伙子。母亲病恹恹地说：“行了，行了。汉娜愿意就行。哟！”

那天晚上，杰妮娅姑妈走后不久，母亲便决定第二天就回诺夫哈里姆基布兹。她在这儿帮不了什么忙。她不想妨碍我们。那边非常需要她。一切都会好的。汉娜生下来的时候，日子比现在还要困难呢。一切都会好的。

两个女人从家中走后，我发现丈夫已经学会了热牛奶、喂孩子。喂奶时他还不时地抬动一下孩子，让他打嗝，这样凉气就不会滞存在肚子里了。

医生禁止我哺乳婴儿，因为我又出现了新的并发症。新并发症并不特别严重，但有时弄得我疼痛不已。

每次睡觉醒来时，孩子就会睁开眼睛，露出纯蓝的瞳仁。我感觉这是他内在的颜色，孩子瞳孔显示的只是躯体内那湛蓝湛蓝的液滴。我记得，儿子看我时却看不见我。这种想法把我吓了一跳。我不能指望大自然成功地再现事物的既定顺序。我对人体本身的自然过程一窍不通。米海尔也点拨不了什么。“一般说来，”他说，“物质世界由恒定的规律所制约。我不是生物学家，但是作为自然科学家，在你不断提出的自然现象和因果关系问题上我未曾找到任何意义。因果关系总是那么晦涩，容易产生误解。”

当丈夫把白尿布铺在他的灰夹克上、洗手、小心抬动儿子时，我非常喜欢他。

“你很勤劳，米海尔。”我轻声笑着。

他心平气和地说：“你不必拿我取笑嘛。”

小时候，妈妈经常给我唱一支动听的儿歌，歌词说的是一个叫大卫的好孩子：

小大卫，真可爱，

总是干净又整洁。

想不起来下面写的是什么了。我要是好好的，应该进城给米海尔买件礼物。买只新烟斗。买一套鲜亮的彩色梳妆用具。我在做梦。

米海尔早上五点钟起床，烧开水，洗尿布，后来便看见他一言不发、毕恭毕敬地站在我面前。他递给我一杯热蜂蜜牛奶。我昏昏欲睡。有时甚至不去接杯子，因为我觉得只是梦见了米海尔，他并非真人。

有些夜晚，米海尔甚至连衣服也没脱过。他叼着空烟斗，坐在书桌旁一直读到天明。我没忘记那敲击书桌的声音。他有时就趴在桌上，打个把小时的盹儿。

孩子要是吵夜，米海尔就把他抱起来，在屋子里来回溜达，从窗前到门口，再从门口到窗前，在孩子耳边叨咕着自己必须记住的东西。夜里，我在似睡非睡时听见一些模糊不清的词语：泥盆纪、二叠纪、三叠纪、陆界、铁陨圈。有一次做梦，梦见希伯来文学教授正在赞赏作家门德勒的语言综合能力。教授对我说："格林鲍姆小姐，你能迅速形容一下环境的内在模糊意义吗?"我梦见这位老教授竟然朝我微笑。这笑容温柔、友好，像是爱抚。

在那些夜晚，米海尔写了一篇长论文，论述在地球起源问题上水成论者与火成论者之间由来已久的冲突。这一争端先于康德-拉普拉斯星云理论。我发现“星云理论”一词是那么引人入胜。

“地球究竟是怎样形成的?”我问丈夫。

米海尔只是微笑，好像我只希望他以微笑作答。的确，我不期望有什么答案。我不再问了。我病了。

1951 年夏天，米海尔告诉我，他梦想扩展论文，作为独创性研究的一个部分在几年后发表。他问我是否可以想象得出他的老父到那时该有多么高兴? 我找不出鼓励的字眼。我退缩了。在精神上退缩了。仿佛在海边丢失了一件珍宝。在一片淡绿的暮色中，我迷惘了很长时间。痛苦、绝望、噩梦日日夜夜伴随着我。我几乎未曾注意到米海尔的黑色眼袋。他的确极其疲倦。他得手持我的粮本排上几个小时的长队，领取供给哺乳妈妈的免费食品。他毫无怨言，像平时一样干巴巴地说着笑话，说这食品该发给他，因为实际上是他在喂孩子。

十七

小亚伊尔酷似哥哥伊曼纽尔。宽阔而健康的脸庞，红鼻头，高颧骨。我不喜欢这种面相。这是个贪吃的胖孩子。喝水时咕咚咕咚，睡觉时鼾声如雷。皮肤粉红。纯净的蓝瞳仁变成小巧而好奇的灰眼睛。有时会莫名其妙地爆发一阵愤怒，握紧拳头打四周的空气。我觉得，他的拳头要不是这么小，你走到近前一定会有危险。每逢此时，我都管儿子叫“吼叫的老鼠”，这是部电影名。米海尔更喜欢称他“熊崽”。我们的儿子出生才三个月，头发就比其他孩子的长得多。

有时，孩子哭时米海尔偏不在家，我便赤脚从床上爬起来，使劲儿去摇晃摇篮，带着痛苦的喜悦叫他扎尔曼-亚伊尔、亚伊尔-扎尔曼。好像儿子伤害了我。孩子出生的几个月，我是个冷漠的母亲。我想起开始怀孕时杰妮娅姑妈令人生厌的来访，有时竟然想象是我自己要打掉孩子，而姑妈强迫我别那么做。还感觉过不了多久我便会死去，这样便不欠任何人的了，甚至对这个粉红、健康、邪恶的孩子也不欠什么了。亚伊尔是个邪恶的孩子。在我怀里他经常尖叫，脸憋得通红，像俄罗斯电影中醉醺醺的庄稼汉。只有当米海尔把他从我怀里抱走、低声给他唱歌时，亚伊尔才变得比较安静。我真是气愤不已，好像叫一个怪人用丑陋的、忘恩负义的行径给羞辱了一番。

我记得。我没有忘记。当米海尔抱着孩子在窗门之间来回踱步、在他耳边念叨那些凶险的词语时，我会突然地看看他们俩，又看看我们三个。那是怎样的一种忧郁啊，我只能用“忧郁”来形容，因为再没有别的字眼了。

我病了。即使当乌巴赫医生向我宣布，他很高兴并发症已经治好，我可以过正常人的生活了，我还是病着。但我决定把米海尔的行军床搬出安放摇篮的那间屋子。从此，我便开始自己照顾孩子。丈夫住在客厅，这样就不会打搅他工作了。他便可以继续从事耽搁了几个月的研究工作了。

晚上八点，我喂孩子，哄他入睡，从里面反锁房门，身子往宽大的床上一摊。有时，米海尔会在九点半或十点钟的样子敲敲门。我要是把门打开，他会说：

“我从门缝里看见里面有光，知道你还没睡，所以才敲门的。”

他说话时，灰眼睛瞧着我，像一个沉思的长子。我冷冷地说：

“我病了，米海尔。你知道我身体不好。”

他使劲儿地攥着空烟斗，手指都变红了。

“我也只是想问问，如果……如果我不打扰你的话……如果有什么事需要帮忙，或者……是不是需要我？不是现在？噢，汉娜，你知道，我就在隔壁房子里，你要是需要什么……我没做什么重要的事，只是在第三遍阅读戈德施米特的书。”

很久以前，米海尔·戈嫩曾对我说，猫从不会看错人。猫从不与不喜欢它们的人交朋友。那么，好吧。

我在黎明之前醒来。耶路撒冷是一座极其遥远的城市，即使你身居其中，即使你生于此地。我醒来了，聆听着麦括尔巴鲁赫狭窄街道上的风声。后院和旧阳台上搭有瓦楞铁棚子，风吹卷着它们。湿衣服搭在横穿街道的晾衣绳上。清洁工在人行道上清理着垃圾。其中一位总是粗声谩骂。在某个后院，一只公鸡气鼓鼓地打鸣。四面传来隐隐约约的吵闹声。周围是一片寂静、紧张的狂热。猫疯狂地发出求偶的叫声。北方黑暗深处传来一声枪响。摩托车在远处咆哮。隔壁单元传来女人的呻吟。遥远的东方钟声悠扬，这声音可能来自老城的教堂。一股清风掀动着树梢。耶路撒冷是一座长满松柏的城市。严松与劲风和谐浑然。特勒皮特、卡塔蒙、贝特哈凯里姆、施耐勒丛林背后的古松。埃因凯里姆小村黎明时分的薄雾色彩纷呈。村子里的修道院紧锁在大院深墙之中。墙内也有低诉的松柏。晨光熹微中孕育着邪恶，好像我并不存在。轮胎声窸窸窣窣，那是送奶人的自行车。他的脚步很轻。他压低咳嗽。狗在院子里吠叫。院子里一片可怕的景象，狗能看见，我却看不见。百叶窗在低声哭泣。它们知道我在这儿醒着发抖。它们在合谋，无视我的存在。它们的靶子是我。

每天早晨，买完东西并收拾过房间后，我推着小亚伊尔出去溜达。正值耶路撒冷的夏天，天空宁静蔚蓝。我们前去马哈耐耶胡达市场买便宜的煎锅或筷子。小时候，我喜欢看市场上搬运工们赤裸裸的棕色后背。我喜欢他们身上的汗味。即使现在，市场上空飘散的气味也让我产生一种宁静感。有时我坐在塔赫凯莫尼正统派犹太教学校栏杆对面的板凳上，把婴儿车放在身边，看着课间休息的孩子们在操场上摔跤。

我们经常远涉施耐勒丛林。每次远征我都准备一瓶柠檬茶、甜饼、我的编织活、小灰地毯及一些玩具。我们在丛林里会待上约莫一小时的样子。丛林很小，坐落在山坡上，地面上覆盖了一层枯死的松针，从小我就称这片灌木丛为“森林”。

我铺上毯子，让亚伊尔坐在上面玩玩具，我则和三四个家庭妇女坐在一块凉石头上。这些女人都很好，她们很愿意给我讲述她们的生活和家庭，但并不过多地暗示我得把自己的秘密告诉她们作为回报。为在她们面前显得不卑不亢，我同她们讨论各种编织法的长处，我对她们讲玛阿延·斯图伯商店正在处理质地轻柔的漂亮衬衫。一位妇女告诉我怎样用药物吸入的方法治疗小孩感冒。有时，我试图用米海尔带回家的政治笑话，如供应部长达夫·约瑟如何如何，一位新移民对本-古里安讲了什么话，来逗她们发笑。但当我转过头来，却看到沙阿法特的阿拉伯村庄在边境上无精打采，沐浴在蓝光之中。远处的瓦舍红砖墁顶，近旁，树梢的鸟儿在晨曦中用一种我听不懂的语言在歌唱。

不久，我就累了。回到家里，喂孩子，把他安放在摇篮里睡觉，而后昏昏沉沉地倒在床上。蚂蚁爬到了厨房，大概是它们突然发现我竟然那么虚弱。

5月中旬，我允许米海尔在家里用烟斗抽烟，我和孩子住的那间房子除外。要是米海尔病了，或是有点小毛病，我们该怎么办？他自从十四岁那年起就再也没有生过病。他是否可以休几天假去旅游一下？再过那么一年半载，他拿下了第二学位，也就可以轻松一些了。那么我们全家就可以休一个愉快的假期了。我能做什么事让他高兴呢？我给他买穿的？对了，他还在攒钱购买即将出版的《希伯来大百科全书》。为实现这一愿望，他每星期四次走到学校，不坐公共汽车，用这种方法已经攒了大约有二十五镑。

6月初，孩子已表现出能够认出父亲的迹象。米海尔从门口走近他，他就咯咯直笑。接着，米海尔又从窗子那儿逗他，他惊喜得狂呼乱叫。我不喜欢孩子欣喜若狂的样子。我对米海尔说，恐怕孩子不是那种特别聪明的人。米海尔瞠目结舌，开始想说什么，但犹豫了一下，又改变了主意，陷于沉默。后来，他给父亲及姑妈们写了一封信，把孩子能够认出他的消息告诉了大家。丈夫相信，他和儿子定会成为心心相印的朋友。

“你小时候肯定被他们宠坏了。”我说。

十八

6 月，学年接近尾声。米海尔获得了奖学金，这是对他刻苦勤奋的肯定与鼓励。在一次私下聊天中，他的教授跟他谈到他的前程：一个稳重、勤奋的年轻人不应被埋没，米海尔必将成为助教。一天晚上，丈夫邀请了几位同窗好友庆祝他的成功。举办了一次出人意料的小型聚会。

我们很少有客人。每隔三个月有那么一两位姑妈来和我们待上半天。老撒拉·杰尔丁偶尔晚上来那么十来分钟，给我们讲述养育孩子的经验。米海尔的朋友利奥拉的丈夫带着一篮苹果从基布兹赶来。有一次，哥哥伊曼纽尔半夜三更来到我们家。

“快把这只脏兮兮的老母鸡拿进去。快点儿。你们还有气儿吗？汉娜，我给你们带来一只鸡。还活着。好，祝你们一切顺利。你们听说过三个宇航员的那个笑话吗？好咧，亲一亲孩子。我的卡车停在门外等着呢，很快就会按喇叭叫我的。”

安息日，我最好的朋友哈达萨有时独自过来，有时同丈夫一起过来。她总想劝我重新回到大学。利亚姑妈的朋友卡迪什曼先生也时不时来看看我们，同米海尔下下棋。

那场聚会上来了八个学生。其中有位金发女郎，乍看上去让人炫目，细一端详又觉得面容粗糙。显然，她就是在结婚舞会上跳西班牙布鲁斯的那个姑娘。她叫我“甜甜”，称米海尔“天才”。

我的丈夫给大家倒酒，分发甜饼，接着又登上桌子，模仿教授的腔调。朋友们很有礼貌地笑着，只有那个金发姑娘雅德娜真在聚精会神地听着。她欢呼着：“米哈[1]，米哈。你太伟大了。”

我为丈夫感到羞愧，因为他并不能引人发笑。他的快乐非常呆板费劲儿。即使他说笑话，我也笑不起来，因为他讲故事的方式像在宣读讲演稿。

两个小时后，客人们走了。

丈夫收起狼藉的杯盘，把它们送回厨房。接着又倒烟灰

---

1 米海尔的昵称。

缸，打扫房间。他系上围裙，重又走回厨房。经过门厅时，他像受罚的小学生那样看了我一眼。他建议我去睡觉，并发誓说他将一声不出。他以为，一番热闹之后我一定很疲倦。他错了。现在，他能明白以前他是大错特错了。他不该请生人来，因为我的精神仍不太好，很容易疲倦。连他也奇怪，为什么以前竟然没有想到。还有，在他眼里，那个叫雅德娜的女孩子谈吐粗俗。我会原谅他晚上所做的一切吗？

米海尔要我原谅他安排的小型聚会时，我想起第一次去惕拉特伊阿尔旅行归来的那个夜晚，我感到怎样的失落，我们怎样站在两排漆黑的松柏中间，冷雨怎样抽打我的脸庞，米海尔怎样突然解开质地粗糙的大衣的纽扣，把我揽进怀中。

眼下，他弯腰站在洗涤槽旁，好像脖子出了毛病，那副姿势非常疲倦。他先把杯子放在热水中洗过，又放进冷水中冲一遍。我光脚溜到他身后，吻了一下他剪得短短的头发，双臂绕住他的肩膀，抓住他毛茸茸的坚实的双手。我很高兴他能感到我把胸脯放在他的后背上，因为自开始怀孕起，丈夫和我就一直没有亲近过。正在洗刷的米海尔手是湿的，手指上贴了块脏兮兮的胶布。大概是切破了手，不愿让我知道。

胶布也是湿的。他把瘦长的脸朝我扭过来，同我们在塔拉桑塔第一次见面时相比，这张脸消瘦了许多。我注意到他整个人全瘦了。颧骨突出，鼻子右侧已出现一道皱纹。我抚摸着他的脸颊。他并未露出惊异的神情，好像已经等了很久。好像他早就知道今天晚上会有变化。

很久以前，有个叫汉娜的小姑娘，身穿雪白的裙子，去庆祝安息日。她也有一双漂亮的山羊羔皮鞋。汉娜长着可爱的鬈发，鬈发上系着漂亮的丝巾。汉娜出门去找朋友，看见一个卖炭翁，黑口袋把他的腰都压弯了。安息日就要到了，小汉娜心肠好，急忙去帮卖炭翁抬口袋。但这时，她的新裙子撒上了煤渣，羊皮鞋也弄脏了。汉娜放声大哭，因为她是个好姑娘，一贯整洁又干净。天上好心的月亮听到汉娜的哭声就轻轻将月光送下来，把每块污渍都变成金灿灿的小花，把每个黑点都化作银光闪闪的小星星。在这个世界上，任何悲伤都能转化为快乐。

我哄孩子睡下后，身穿长长的透明睡裙来到丈夫房间，睡裙一直拖到脚脖子。米海尔把一枚书签插进书里，合上书，放下烟斗，熄灭台灯。然后他站起身，将我拦腰抱住，没有说话。

后来，我从心底里找出最动人的词语：米海尔，你现在告诉我，你为什么喜欢“脚脖子”一词？我爱你就是因为你对我说“脚脖子”一词很动听。你是个细腻而又敏感的人，对你说这句话或许尚不为迟。你很罕见，米海尔。米海尔，你写你的论文，我给你誊抄。你的论文准确无误，我和儿子为你感到骄傲。你的父亲也会因此感到骄傲。我们拥有未来。我们将十分惬意。我爱你。从塔拉桑塔看到你的那一刻我就爱上了你。是你的手指吸引了我，对你说这句话或许尚不为迟。我不知道该用哪个词才能准确地告诉你，我非常愿意做你的妻子。非常，非常愿意。

米海尔睡着了。我该责备他吗？我用最温存的声音和他说话，而他已疲惫至极。夜复一夜伏案到凌晨两三点钟，空嚼烟斗写他的论文。因我之故，他给一年级学生批改论文，把科技文章从英文译成希伯来文。用挣来的钱给我买了个电炉，给儿子亚伊尔买带有彩色顶篷、价格昂贵的弹力婴儿车。他太累了。我柔声细语，他已进入梦乡。

我轻轻地向不经意的丈夫讲述心中珍藏的一切。讲述双胞胎，讲述做双胞胎王后的那个被囚禁的小女孩。我丝毫没有隐瞒。一整夜，我一直在暗中用手指摆弄他的左手。他把头蒙在被褥中，全然没有觉察。我重新躺在了丈夫身边。

早晨，米海尔像往常一样，轻手轻脚，效率很高。最近他鼻子右下角出现一道皱纹。现在还不太明显，但如果深深的皱纹遍布他的整个面孔，那么我的米海尔就越来越像他爸爸了。

十九

我在休息静养，对一切都无动于衷。这是我自己的空间。我在这儿。像现在这副样子。岁月如旧。我也如旧。即使穿着新买的高腰夏裙，我也没有变化。我被小心翼翼地打点，漂漂亮亮地装扮，系上红丝带，陈列在架子上展示，被购买，拆封，使用，搁置一边。岁月一天天流逝，周而复始，没有起色。尤其是耶路撒冷的夏天。

我刚刚写下的是一则令人生厌的谎言。例如，1953 年 6 月底的一天就是充满生机与活力的一天，一个阳光明媚的夏天。清晨，英俊的卖菜人，我们的波斯菜商伊莱贾·莫西阿和他的女儿拉文娜。大卫耶林街的电工古特曼先生答应我两天之内把电熨斗修好，并保证要信守诺言。他还主动卖给我一只黄颜色的灯泡，以便晚上能驱走我家阳台上的蚊虫。亚伊尔两岁零三个月。他摔倒在楼梯上，于是他抡起两只小拳头使劲儿捶打楼梯。膝盖上现出了血渍。我给孩子包扎伤口，但没看他脸上的表情。昨天晚上，我们在爱迪生影院看了一场现代意大利电影《偷自行车的人》。中午，米海尔对这部电影表示了有保留的认可。他在城里买了一份报纸，里面谈到了南朝鲜问题及内盖夫的渗透活动。两个传统派犹太教妇女在街上争吵。救护车在拉什街或附近什么街道上嘶鸣。一位邻居向我嘟哝说鱼很贵，质量又不好。米海尔眼睛过于劳累，所以戴上了眼镜，这不过是一副阅读用的镜子。我在约翰王街的艾伦比咖啡馆给亚伊尔买了一份冰激凌，自己也买了一份。我把冰激凌洒在了我绿衬衫的袖子上。

楼上邻居凯姆尼扎家有个儿子叫约拉姆，这是个富有梦幻色彩的十四岁金发男孩。约拉姆是个诗人。他的诗表达出一种孤独情绪。他把诗稿拿来读给我听，因为他知道我年轻时学过文学。我品评他的诗。他声音发颤，双唇抖动，眼睛里闪烁着晶莹的泪光。约拉姆写了一首新诗，纪念女诗人拉结[1]。在诗中，他把缺少爱情的生活比作贫瘠的荒漠。一个孤独的旅行者在沙漠中寻找甘泉，却在幻想中误入歧途。当来到真正的甘泉边上，他已精疲力竭、奄奄一息了。

---

1 拉结（1890—1931），希伯来女诗人，其诗歌格调感伤。

我笑了。“虔诚的年轻人，像你这样的正统派犹太教孩子竟写爱情诗。”

约拉姆立刻同我放声狂笑，但是放在椅子上的手臂却已绷得紧紧的，手指像女孩子的那样苍白。他和我一起大笑，忽然眼里盈满了泪水。一下子抓起诗稿并将其揉皱。接着，他一转身从我家跑出去，到门口时停了下来，低声对我说：

“对不起，戈嫩太太。再见。”

真遗憾。

那天晚上，利亚姑妈的朋友老卡迪什曼博士来看我们。他一边同我们喝着咖啡，一边抨击右翼党派。日子过得确实单调。岁月悠然而逝，没有留下任何痕迹。我给自己布置了一项庄严的任务：提笔记述每日每时所发生的一切。因为时间是我自己的，无所事事时岁月就会悠然而逝，像在开往耶路撒冷的火车上所看到的山丘一样。我会死，米海尔会死，卖菜的波斯人会死，拉文娜会死，约拉姆会死，卡迪什曼会死，所有邻居都会死去，所有的人都会死去，所有的耶路撒冷人也都会死去。接着便是一列满载陌生人的陌生列车，陌生人会像我们一样站在窗前，看奇怪的山丘恍然而逝。就连在厨房里踩死一只蟑螂时我都会联想到自己。

我在思考深藏在体内的极为精微的东西。这些精微的东西是我自己的，全是我自己的，像心脏、神经和子宫。它们属于我，只属于我一个人，但我却不可看，不可触摸，因为世上的一切都是那么遥远。

我很想控制内燃机车，做火车上的女王，操纵两个行动敏捷的双胞胎，把他们视为我的左膀右臂。

要么，在1953年8月17日凌晨六点钟，有位身强力壮的布哈拉司机拉哈明·拉哈米姆夫终于到来。他脸上露出微笑，站在门前的石阶上敲门，彬彬有礼地询问伊冯娜·阿祖莱小姐是否准备起程。我绝对愿意同他一起驶往里达机场，乘着"奥林匹克"号，飞往白茫茫的俄罗斯平原。夜晚身着熊皮坐在雪橇上。司机硕大的头颅影影绰绰，冰天雪地中瘦骨嶙峋的恶狼眼中闪着寒光。月光映照在孤零零的树桩上。停一下，司机，你停一下，转过头来让我看看你的脸。他的脸是一尊木雕，在洁白柔和的月光下瘢痕累累。乱糟糟的胡梢上挂着冰碴儿。

潜水艇"鹦鹉螺"号[1]过去有，现在还有。它在深海里遨游，灯光明亮，没有噪声，带着巨大的冲击力越驶越深。它知道驶向何方，知道为什么前行，知道为何不能像块石头、

---

1 《海底两万里》中的潜水艇名，其船长叫尼摩。

像个疲倦女人一样歇息一下。

在纽芬兰海岸北部，英国“龙”号驱逐舰上的巡逻员在北极光下仔细巡视。其船员深知，得一刻不停地警惕那头著名的白鲸。9月，“龙”号驱逐舰从纽芬兰驶往新喀里多尼亚，为驻军运送粮饷。“龙”啊，千万别将远方的海法港、巴勒斯坦和汉娜遗忘。

连续几年，米海尔一直强烈地希望把房子从麦括尔巴鲁赫换到热哈维亚或贝特哈凯里姆区。他不喜欢住在此地。几位姑妈也弄不懂，为什么米海尔情愿住在正统派犹太教教徒当中，而不换到一个开明之处。姑妈们坚持说，学者们需要安静，而这里太吵了。

迄至今日，我们仍未攒够买一套房子的钱。这是我的过错。米海尔十分体谅，并未把此事告诉姑妈。每逢秋天来临，我就成了购物狂：电动玩具，能遮住一面墙的漂亮的银灰窗帘，许许多多新衣服。我做姑娘时很少买衣服。上大学时整个冬天都穿同样的衣服，要么就是母亲为我编织的蓝毛裙，要么就是给棕色灯芯绒裤子配一件厚厚的红毛衣。这是当时大学里女生的流行装束，以便产生一种很随便的效果。现在呢，刚穿了几个星期的衣服我就不喜欢了。秋天一到我便产生了强烈的购买欲，我发疯似的出没一个个商店，好像有个大奖在等着我似的，但总是事与愿违。

米海尔不知道我为什么不再穿那条高腰裙。不到六个星期前，我买这条裙子时是那样喜不自胜。他收敛起惊奇，默不作声地摇了摇头，好像表达一种令我热血沸腾的理解。大概正因为这样我才跑到大街上，故意用我的挥霍来震撼他。我喜欢他的自我克制。我想打破这种克制。

还有梦。

每天夜里，令人费解的东西总来纠缠我。黎明时分，双胞胎在杰里科东南部的朱迪亚沙漠中练习投掷手榴弹。他们不使用词语。身体的动作和谐一致。肩上扛着冲锋枪。穿着旧突击队员制服，上面满是油渍。哈利利的前额上青筋暴起。阿兹兹躬着身子往前冲。哈利利低下头。阿兹兹挺直腰板投掷手榴弹。爆炸声噼啪作响。山谷里响起回声。死海像燃烧的油湖，在群山背后泛起苍白的光亮。

二十

耶路撒冷一带出没着许多上年纪的小贩。他们不像小汉娜裙子故事中的那个卖炭翁。他们脸上缺少内在的神采，人也充满了冷冰冰的敌意。上年纪的小贩。古怪的手艺人在城中游荡。他们不可思议。我认识他们已经多年，了解他们的性格特点和喜怒哀乐。从五六岁时起我便对他们具有一种恐惧感。我也要把这些写下，或许他们就不会在夜里吓唬我了。我努力破解他们的路径与行为方式。事先猜出哪一个前来我们这里卖货。他们当然也隶属某种体制或常规模式。“修玻璃——修玻璃”，那声音嘶哑沉闷。他没带工具，也没带窗格玻璃，似乎只有听任自己的呼叫得不到回应。“捡破烂的咧！”[1] 他肩背一个大口袋，像儿童故事书中所画的强盗。“燃

1 原文为意第绪语。

气炉子咧!”这是个像典型的铁匠那般长着大头骨的壮汉。“床垫——床垫”,声音中带有某种猥亵。磨刀师傅扛着一个装有脚踏板的木轮。他一口牙全掉光了。耳朵毛茸茸地凸了出来,像只大蝙蝠。上了年纪的老工匠,古怪的手艺人,年复一年地在耶路撒冷一带出没,没有时间概念。好像耶路撒冷是北方的一个幽灵之乡,他们则是躺在那儿等待复仇的精灵。

我在1930年住棚节期间出生在卡塔蒙旁的克亚里特施穆埃尔。有时,我会奇怪地觉得,有一片荒漠将父母与丈夫的家隔开。我从未光顾自己出生的那条街。一个安息日早晨,米海尔、亚伊尔和我三人旅行来到特里比耶边上。我拒绝再往前走,像个被宠坏的孩子,跺着脚。不嘛,不嘛。儿子和丈夫都笑话我,可他们妥协了。

在梅沙阿里姆、贝特以色列、桑海迪里亚、凯里姆亚伯拉罕、阿赫瓦、杰哈伦摩西和纳哈来特谢瓦,居住着传统派犹太教教徒。德裔犹太人头戴皮帽,西班牙裔犹太人身穿条纹长袍。老太太们默不作声地挤坐在矮凳上,好像展现在她们眼前的不是一座小城,而是一片广袤的土地,于是乎睁开苍鹰般锐利的双眼,日日夜夜地巡视着遥远的地平线。

耶路撒冷没有尽头。南方被一片遗忘的陆地特勒皮特隐没在风萧声动的松林中。一股微蓝的蒸汽从与特勒皮特东部毗邻的朱迪亚沙漠上徐徐升腾。这股微蓝的蒸汽触摸着一座座小型别墅，触摸着掩映在苍松下的花园。贝特哈凯里姆是一个坐落在风声如诉的平原上的居住区，四周是一片石地。巴伊特瓦冈山上孤堡终日紧闭的百叶窗内传出小提琴声。夜晚，胡狼冲着南方嗥叫。太阳落山后，热哈维亚、沙迪亚戈恩街一片死寂。明亮的窗儿下，一位头发花白的学者在伏案工作。他的手指敲击着打字机键盘。在这条街的另一端，贫民窟似乎已不复存在。在那里，女人打着赤脚，夜晚在随风飘荡的花花绿绿的床单中徘徊。狡猾的猫从一个院落溜到另一个院落。用德式打字机的学者能没有意识到这一切的存在吗？似乎在他的西阳台下没有十字架的幽谷，古老的园林蔓延到斜坡上，紧紧衔住热哈维亚尽头的房舍，仿佛要用茂盛的植被将它们覆盖并包容。一堆堆篝火在山谷中摇曳，低沉悠扬的歌声在森林上空飘扬，飞向窗棂。暮色中，一群牙齿洁白的顽童从城边来到热哈维亚居住区，用尖利的石块打碎庄严的街灯。吉姆奇、迈蒙尼德、纳赫曼尼德斯、阿哈里兹、阿夫拉瓦内尔、伊本埃兹拉、伊本加比罗尔、萨阿迪亚加翁等街道上依然万籁俱寂。但那时，英国驱逐舰“龙”号的船员在下面悄然哗变之后，甲板上依然安静。夜幕降临时，你从耶路撒冷的街道尽头可以看到，苍茫的山丘在翘首企盼黑暗降临这座封闭了的城市。

耶路撒冷北部的特拉阿里兹住着一位年迈的女琴师。她没有休止、不知疲倦地弹啊弹。她正在准备舒伯特、肖邦作品独奏会。奈比萨姆维尔塔孤零零地耸立在北方山头，日日夜夜伫立在边界上，目不转睛地凝视着专心弹奏的老琴师。她背对着敞开的窗户。深夜，这座又细又高的孤塔咯咯直笑，好像在自言自语地说着“肖邦与舒伯特”。

8月的一天，我和米海尔出去旅行。亚伊尔放在我最好的朋友哈达萨家，她住在白兹来勒街。正值耶路撒冷的夏天。她家的街上已安上新灯。我思忖日光大概会在五点半到六点半之间散尽。一丝轻柔的凉意泛起。在普利哈达什巷内可看见一个用石头砌起的院落，由破篱笆同街道分开。参差不齐的石地上长着一棵老树，我不知道树的名字。冬天，当我独自经过这里竟误以为这棵树已经死亡。而今，树干上又钻出新芽，尖尖地吐露在空中。

我们从普利哈达什街向左转到约瑟街上。有个黑大个子，身穿大衣，头戴灰帽，隔着鱼市上明亮的玻璃窗死盯着我。是我疯了吗？还是我真正的丈夫隔着鱼市的玻璃窗，身穿大衣，头戴灰帽，愤怒地盯着我、谴责我呢？

女人们把全部家当都拿到了阳台上：粉的，白的，铺的，盖的。一位挺拔苗条的姑娘站在哈施莫耐姆大街的阳台上。她挽起袖子，头上扎了条围巾。正在用小木棍儿起劲地敲打着羽绒被，根本无视我们的存在。其中一面墙上是一条地下活动时期写下的褪色标语：朱迪亚在血与火中倒下去，朱迪亚将在血与火中站起来。这种情绪与我格格不入，但这些词句的内在韵律却打动了我。

那天晚上，我和米海尔走了许久。我们穿过布哈拉区，沿着先知撒母尔街，走向曼德尔鲍姆门。从那儿，我们穿过匈牙利人住宅区内弯弯曲曲的小巷，到达埃塞俄比亚区，去毛斯拉拉，又从雅法路拐角走到圣母广场。耶路撒冷是一座燃烧的城市。整座城市像是悬在空中。但近看又显得无比硕大和沉重。纵横交错的小巷具有某种不可抗拒的专横。迷宫般的临时住宅、棚舍满怀义愤地斜倚在时呈灰蓝、时呈微红的石头上。破败的贫民窟，坍塌的墙壁。顽固的植被与石制品正悄悄进行一场激烈的较量与角逐。荆棘丛生、碎石遍布的荒地。凡此种种，最突出的当推变幻不定的日光戏法：要是一小块云彩刹那间飞到城市与暮霭之中，整个耶路撒冷顷刻间就会改变模样。

还有城墙。

每个地区都有围在高墙内的秘密中心，每个敌对要塞都向过往的行人关闭着。我不知道有谁会把耶路撒冷当成家园，连那些即将在这里住上百年之久的人也包括在内。一座四合院式的古城，她的灵魂囚禁在镶有锯齿状玻璃的断墙后，没有耶路撒冷。碎东西扔在地上，意在误导无辜的百姓。一层裹着一层，中心却无法介入。我写下“我生在耶路撒冷”。我不能写“耶路撒冷是我的城市”。我不知道在俄罗斯庭院深处，在施耐勒军营的墙后，在埃因凯里姆修道院的隐蔽所在，在恶意山上的高级专员官邸，有何种凶险在恭候着我。这是一座令人窒息的城市。

在麦里桑达街，街灯已亮，一位高大体面的男子扑向米海尔，一把抓住他的大衣扣，像老熟人一样冲他喊叫：

“你这个以色列的倒霉蛋，该死的。”

米海尔没见过耶路撒冷的疯子，吓得面色苍白，直往后退。陌生人友好地笑了一笑，又沉着地补上一句：

“把上帝的敌人统统消灭干净。阿门，阿门。”

米海尔大概是要向这个人解释，他一定是弄错了，米海尔不是他的仇敌。但此人打断米海尔的话，指着米海尔的鞋子说：

“我永远蔑视你，蔑视你的子孙。阿门。”

耶路撒冷周围的村庄形成一个封闭的圆圈。奈比萨姆维尔，沙阿法特，谢赫贾拉，伊沙维亚，奥古斯塔维多利亚，瓦蒂约兹，希万，瑟巴哈，巴伊特撒法法。颇像旁观者围着躺在路上的一位妇女。要是它们攥紧拳头的话，整座城市就会被捏碎了。

简直令人难以置信，城里一些病恹恹的学究晚上竟出来呼吸新鲜空气。他们拄着拐杖，酷似雪中夜行的盲人，其中两位我和米海尔曾在伦茨街上碰见过。他们手挽着手，似乎在相互支撑，以抗拒充满敌意的环境。我微笑着朝他们欢快地打着招呼。两人立即把手举过头顶。一个热情地挥动帽子回应我；另一个头上什么也没戴，所以便象征性地抑或漫不经心地朝我做了个挥手的姿势。

二十一

那年秋天，米海尔到地质系任助教。这一次他没搞聚会，而是请了两天假来纪念这一时刻。我们带着儿子一起到特拉维夫，住到利亚姑妈家。平坦、明朗的城市，亮堂堂的彩色汽车，大海风光，略带咸味的微风，人行道旁修剪得整整齐齐的树木，凡此种种，令我产生一种强烈的渴望，我不知这是怎么回事，也不知这是为了什么。有那么一种静谧，有那么一种模糊的期待。我们见到了米海尔的三个同学，还到哈比玛剧院观看了几场演出。我们租了一条船，顺着亚康河驶向七峰山。硕大桉树的倒影在水中颤动。这是一个非常静谧的时刻。

也是那年秋天，我又回到撒拉·杰尔丁幼儿园，每天工作五个小时。我们开始偿还婚后欠下的债务。甚至还清了米海尔姑妈们的一部分借款。但是未能开始攒买房的钱，因为在逾越节[1]那天，我擅自作主，到店里买了一只价格昂贵的沙发及三个相配套的靠背椅。

米海尔从市政府得到规划批准后，我们立即用石头把阳台封住。我们称这间新屋为书房。米海尔把写字台及书架放了进去。我给米海尔买了第一卷《希伯来大百科全书》作为结婚四周年的礼物，米海尔给我买了一台以色列产的收音机。

米海尔一直熬到很晚才睡。新书房和我的房间隔着一扇玻璃门。台灯光透过玻璃门，在我床对面的墙上投下巨大的光影。夜晚，米海尔的身影惊扰着我的梦。他要是拉开抽屉，挪动一本书，戴上眼镜或是点燃烟斗，便有巨大的黑影从我对面的墙上划过。影子悄然无声，不时呈现出各种形状。我使劲儿地闭上眼睛，但影子却执拗不去。我一睁眼，丈夫伏案的一举一动便在整个房间里翻腾。

很遗憾，米海尔是位地质学家，不是建筑学家。要是他在夜晚潜心设计楼群、公路、坚不可摧的城堡，或是让英国

---

1 犹太教三个重要节日之一，纪念上帝带领以色列人祖先出埃及的恩惠。《旧约》记载，上帝派遣天使击杀每一家埃及人的长子和头生的牲畜时，天使越过了以色列人家门，保全了以色列人长子和头生牲畜的生命（见《旧约·出埃及记》第12章）。节期在犹太历正月（亚笔月），即公历4月1日前后。

驱逐舰“龙”号得以抛锚的海军港口，那该有多好啊。

米海尔的手纤细而坚实。作图非常干净。在薄薄的图纸上勾勒出地质学规划，工作时双唇紧闭。在我眼中，他就像一位大将军，要么就是政界要人，镇定自若地制定着至关重要的决策。米海尔要是位建筑师，我或许还能接受他晚上投在我墙上的影子。夜间最为陌生与恐惧的感觉就是米海尔将去探索地表深处不知名的岩层。好像他在夜晚正亵渎与取笑着一个没有人情味的世界。

我按照结婚之前房东太太塔诺波拉的吩咐，给自己倒了一杯薄荷茶。不然就是打开台灯，读书到深夜一点，等丈夫轻轻躺在我身边，道声晚安，吻我的双唇，然后才扯起被子蒙住他的脑袋。

夜里所读的东西丝毫显示不出我的文学出身：封面光滑的平装英文版毛姆和杜穆里埃的小说，茨威格和罗曼·罗兰的作品。我的趣味变得多愁善感起来。读到翻译蹩脚的安德烈·莫洛亚的小说《没有爱的女人》时，我哭了。像女中学生那样地哭了。我辜负了教授的期望。婚后不久我便把教授的希望抛在了脑后。

站在厨房洗涤槽前可见楼下的庭院。我们的花园没有修整，冬天一片淤泥，夏天满是灰尘与蓟草。到处是碎碗片。约拉姆·凯姆尼扎和小伙伴们用石头砌起的堡垒遗迹犹存。花园一头有个破水龙头，有俄罗斯平原，有纽芬兰，有群岛，我流放此地。有时睁大双眼，我会看到时光。时光像夜间巡逻的警车驶过，红灯急剧闪动，而车轮却缓缓前行。车轮沙沙作响，小心翼翼地行驶。缓缓前行。威胁着，寻觅着。

我要想象一下，无生命物体该有另一种运动节奏，因为它们没有思想。

例如，院子里一棵无花果树的枝头多年来悬挂着一只铜碗。很久前死去的邻居从楼上平台把它扔出窗外，大概自那时起它就挂在了树枝上。我们刚到这里时，厨房外的这只碗即已生锈。四五年的光景，就连冬天凛冽的寒风也未能将其吹落。然而，新年一大早，我站在厨房洗涤槽前，亲眼看见铜碗从树上掉了下来。没有风，也没有猫和鸟在枝头跳跃。强大的魔法刹那间发挥了效用。铜锈渣毕毕剥剥，碗在地上咔嗒作响。我想说的是，多年来我一直极其冷静地观察一个东西，它身上潜藏的某种可能性正在变为必然。

二十二

邻居们多是正统派犹太教教徒，孩子很多。亚伊尔四岁时经常问一些让我无法回答的问题。我把他送去问他爸爸。米海尔对我说话时好像我是个很难管教的小女孩，但对儿子说话却像大人对大人。说话声传到厨房。他们从不打断对方。米海尔教孩子在结束谈话之际要说“我的话完了”。他自己回答问题后，有时也用这句话。丈夫用这种方式是在教给孩子懂得，人应该互不侵犯。

比如，亚伊尔会问为什么人们想法不一样。米海尔会回答说：“人与人不同。”亚伊尔又问：“为什么没有两个一模一样的大人或小孩？”米海尔承认他自己也不知道。孩子会停顿片刻，仔细思考一下，或许会说：

“我觉得妈妈什么都知道，因为妈妈从没说过她不知道。她说，她知道，只是很难对我解释。我认为，如果你不知道怎么解释，又怎么能够说你知道呢？我的话完了。”

米海尔大概会露出呆板的微笑，试图向我们的儿子讲解思考与表达的区别。

每每听到这些话我便禁不住想起先父。先父是个处处留心的人，总是认真咀嚼他所听到的一切，甚至包括孩子的话，从中寻找他不知道的真理，哪怕是真理的蛛丝马迹也好。他必须终生拜倒在真理的门槛之下。

亚伊尔四五岁时已长成一个身强力壮、沉默寡言的孩子。有时则奇妙地表现出对暴力的热衷。或许是由于他发现邻居家的孩子是那么怯懦的缘故。那副懒洋洋的架势甚至会把大孩子唬住。有时，他让其他孩子的父母打得青一道紫一道地回到家，一般也不告诉我们是谁打的。米海尔要是追问，他的回答经常是：

“是我自找的，是我先动的手。我先打架，他们还击。我的话完了。”

“你为什么先动手打人?”

“他们招我了。”

“怎么招你了?”

“他们所做的一切。”

“他们做什么了?”

“不言不语。不说话。不做事。”

“什么事?”

“事就是事。”

我发现儿子身上有股阴郁的蛮横。贪吃。酷爱物体、电动器械、钟及长时间沉默。好像沉浸在某种复杂的精神旅程中。

米海尔从未动手打过孩子，这一方面是出于他的行为准则，另一方面是因为他自己被教育得很好，从未挨过打。但我不敢这样说自己。每次亚伊尔鼻青脸肿地回到家我都得揍他。也不管他灰眼睛中那副冷静的神情，只一个劲儿地打他，直到我气喘吁吁、他喉咙哽咽方才罢休。他的意志力如此坚强，有时让我不寒而栗。当他的骄傲最终被摧毁时，他会发出奇怪的呜咽，像是模仿一个哭泣的孩子。

我们上面三楼，约拉姆·凯姆尼扎家对面，住着一对没有子女的老夫妇。他们姓格里克。男人是个虔诚的小裁缝，女人患有歇斯底里病。夜里，我会让幼兽般低沉的啜泣声吵醒。黎明前夕会传来尖叫声，接着便是一刹那的停顿，好像水底换气。我会穿着睡衣，跳下床，跑到孩子屋里。有时我会想到这是亚伊尔在尖叫，孩子一定有什么不测了。

我仇恨黑暗。

麦括尔巴鲁赫区的建筑由铁、石组建而成。楼梯上的铁扶手与古老房子的外墙相连。脏兮兮的铁门上刻着营造日期、捐赠者及其父母的姓名。坍塌的篱笆歪歪扭扭僵在那儿。生锈的百叶窗仅有一片合叶还连着，好像随时可以折到街上去。我们家附近剥蚀了的灰泥墙上漆着红字：“朱迪亚在血与火中倒下去，朱迪亚将在血与火中站起来。”我并非喜欢这标语的意思，而是喜欢它的对仗。对于这种严格的工巧我不能做出解释，但是在夜晚，它也会展现在我眼前。街灯将窗影映在对面墙上，一切似乎都是双层的。

起风时，风将人们架在阳台顶上的瓦楞铁吹得咣当直响。这声音加重了不断重现的绝望。在黑夜尽头，它们静静地融为一体。裸露着腰身，打着赤脚，轻飘飘地，它们在外面滑动。瘦骨嶙峋的拳头捶打着瓦楞铁，因为它们接到命令要把狗逼疯。黎明时分，狗吠已变成混乱的哀嚎。双胞胎在外面窜来窜去。我能够感觉到，能够听见他们脚掌的啪啪声。他们默不作声地互相嘲笑。一个踩住另一个肩膀，顺着院子里那棵无花果树朝我爬过来。抓住一根树枝，轻轻拍打着百叶窗。劲儿不大。很轻。有一次只听见指甲划过窗户的声音。

另一次又听见他们将松子扔进来。他们奉命前来叫醒我。有人想象我已入睡。我在年轻时浑身充满着爱的力量，而今那爱的力量正在死去。我不想死。

这些年，我不断问自己同一个问题，即婚礼三周前我们从惕拉特伊阿尔步行返回时出现在我脑海里的那个问题。你在这个人身上发现了什么？你了解他什么？要是你在塔拉桑塔摔倒时，另外一个人抓住你又会怎么样？这是命中注定的吗？要么就是无法识别的天意？不然，婚礼两天前塔诺波拉太太所说的话是对的？

丈夫心里怎么想，我不愿劳神去猜。他脸上露出满足感，好像他的愿望得到了满足，此刻正茫然地站在那儿等候一辆公共汽车。在他愉快地游完动物园后，这辆公共汽车将会把他送回家，然后他吃饭、更衣、睡觉。在小学，旅行结束之际，我们总习惯性地把自己的感觉总结为：虽然很累，但很愉快。这的确是米海尔多数日子里的表情。

米海尔早晨要倒车去大学上课。父亲当作结婚礼物送他的那只公文包已经磨坏，成为他多年来简朴作风的标志。公文包是用某种合成革做的。米海尔不让我给他买新的：他从心底里对这只公文包充满感情。

时间用那双修长而坚实的手指将无生命物体磨损。一切均任其支配。

包中放着米海尔的讲课笔记，他的笔记不用阿拉伯字母而用罗马字母排列顺序。无论春秋冬夏，包里总放着我母亲为他编织的那条白围巾和治疗胃灼热的药片。近来，米海尔患有轻微的胃灼热，尤其是午饭之前反应明显。

冬天，丈夫穿一件蓝灰色雨衣，这颜色倒是与他的眼睛很般配。帽子上戴一个塑料罩。夏天，他身穿一件宽松的网眼衫，不系领带。透过衣服，可见他半隐半现的上身：瘦削而毛茸茸的。头发依旧剪得很短，看上去像个运动员或军官。米海尔是否期望做个运动员或军官呢？想了解另一个人该有多难，即使你处处留心，即使你从不健忘。

平日下午，我们一般说话不多。请递给我。接着。快点儿。别弄乱了。亚伊尔哪儿去了？晚饭准备好了吗？请把大厅的灯打开。

晚上九点钟的新闻过后，我们面对面坐在扶手椅里剥水果吃。赫鲁晓夫将会战胜哥穆尔卡。艾森豪威尔没那么大胆量。政府真的打算保留吗？伊拉克国王是受年轻官员们操纵的傀儡。时下大选不会有什么重大变化。

然后，米海尔就坐在写字台前，戴上眼镜。我轻轻打开收音机听音乐。不是听音乐会，而是听远方外国电台里播放的舞曲。十一点钟我上床睡觉。水管从墙壁上穿过。汩汩的流水声。咳嗽声。风声。

每逢星期二，米海尔惯于在回家的路上穿过市中心，到卡哈那代理公司预订两张电影票。晚上八点我们开始穿着打扮。八点一刻离开家。我们出去看电影时，脸色苍白的约拉姆·凯姆尼扎照顾亚伊尔。作为回报，我帮他准备希伯来文学考试。学生时代学习的东西我至今还没有全忘，这要归功于他。我们坐在一起读阿哈德·哈阿姆[1]的文章，比较祭司与先知、肉体与精神、奴隶制与自由。将所有想法对称地排列起来。我喜欢这种方式。约拉姆也一样，认为先知、自由、精神召唤我们摆脱奴隶制与肉体的束缚。一旦我喜欢他创作的某首诗，约拉姆眼里便闪烁着晶莹的光芒。约拉姆作诗时常有浓厚的感情，所选用的并非日常生活中的词汇和短语。有一次我问约拉姆，诗中“禁欲的爱”这一短语意义何在。约拉姆解释说，人类生活中，有的爱似乎没有引起快感。我

---

1 阿哈德·哈阿姆（1856—1927），精神犹太复国主义的倡导者。

重复很久以前从丈夫那儿听到的说法作答：当人们心满意足并无所事事之际，感情则像恶性肿瘤一样蔓延起来。约拉姆说：

“戈嫩太太。”他的调门儿突然增高，最后一个音节好像是喊出来的，因为他正处在难以控制声音的年龄段。

每次米海尔回家又恰巧看到我和约拉姆坐在一起时，小男孩便会显得局促不安。他佝偻着背，用一种极不舒服的方式盯着地板，好像他把什么东西洒到了地毯上，要么就是碰倒了一个花瓶。约拉姆·凯姆尼扎将上完中学，升入大学，在耶路撒冷教《旧约》或希伯来文。每逢新年会寄给我们一张漂亮的贺卡，我们再回赠他一张。时光将会静止不动，这一庞大透明的存在物对约拉姆和我都充满敌意，这并不是什么好兆头。

1954 年秋的一天，米海尔回家时带回一只灰白小猫。他是在大卫耶林街正统派犹太教女子学校墙下发现它的。

“它很可爱是吧？摸一摸。你瞧它伸出小爪子在吓唬我们，好像它是只花豹，至少是只黑豹。亚伊尔的动物书哪儿去了？请把书拿来，孩子他妈，我们给亚伊尔看看猫和花豹为什么是一对堂兄弟。”

当丈夫抓住儿子的小手去摸猫时，我发现儿子因为害怕而嘴角抽搐，好像猫很脆弱，不然就是捅猫实在太危险。

“妈妈，你瞧，它正看着我呢。它想要干什么？”

“儿子，它想吃东西。睡觉去吧。亚伊尔，给它在厨房找块睡觉的地方。不，真笨，猫用不着地毯。”

“为什么？”

“因为它们不像人。它们不一样。”

“为什么它们不一样？”

“这是它们的造化。我给你解释不了。”

“爸爸，为什么猫不像人一样得用毯子？”

“因为猫有热乎乎的皮毛，所以不用毯子也可以取暖。”

米海尔和亚伊尔整整一晚上都在玩猫。他们管它叫“白白”。白白刚刚出生几个月，动作还不怎么协调。它费了九牛二虎之力去捕捉刚好飞到厨房天花板底下的一只飞蛾。由于分不清是向高处蹦还是往前方跳，其动作荒唐可笑。它往高处蹿了好几尺，下巴一张一合，好像抓住了飞蛾。我们放声大笑。这时，猫发起怒来，哼唧着，令人毛骨悚然。

亚伊尔说：

“白白会长大，会成为远近最强壮的一只猫。我们教它去看守房子，捉贼，防盗。白白会成为我们的看家护院猫。”

米海尔说：

“得喂它，调教它。任何动物都需要爱抚。所以，我们爱白白，白白也会爱我们。但是亚伊尔，不必去吻它。妈妈会生气的。”

我贡献出一只绿塑料碗，以及牛奶、奶酪。由于白白还不会用碗喝牛奶，米海尔把它的头按到牛奶边。白白吓了一跳，愤怒地抖落起湿漉漉的脑袋，牛奶星子四处飞溅。最后，它转过它那可怜、痛苦、战败了的脑袋，冲着我们。白白不是白猫，而是灰猫。一只普通的猫。

晚上，白白发现在厨房窗户上有一个出口。它溜到阳台上，来到我们房间，找到我们的床。米海尔接纳了它，跟它玩了整整一个晚上，但它还是选定蜷缩在我的脚下。这是一只忘恩负义的猫。它不理睬善待它的人，却对待它冷淡的人大加奉迎。几年前，米海尔·戈嫩对我说：“猫从来不会看错人。”现在我意识到这只是个比喻，并不是真的，米海尔所说的不过是一种见解罢了。猫蜷缩在我的脚下，发出既平静又让人平静的低沉鼾声。我起身把它赶了出去。但它刚一出去就开始在门外喵喵直叫，还想进来。刚一进来又轻手轻脚地穿过厨房门，打哈欠，伸懒腰，咆哮，喵喵叫，闹着出去。这是一只反复无常或者说是犹豫不决的猫。

五天后，我们的新猫走了，再也没回来。丈夫和儿子在附近的街上以及米海尔上星期捡到它的教会女校墙下找了它一晚上。亚伊尔觉得是我们得罪了白白。米海尔却认为，它回家去找妈妈了。我问心无愧。我提及这一点是因为他们怀疑我把猫给弄死了。米海尔真的会猜测我能把猫毒死吗?

他意识到未征得我同意便想养猫是一个错误，好像家里只有他一个人。米海尔希望我能理解他的用心：他只是想让我们的儿子高兴。他小时候就渴望在家里养只猫，可父亲不让。

“我从未碰过它，米海尔。你得相信我。你再把一只猫弄到家里来我也不会反对的。我从来也没有碰过它。”

“我猜它定是乘着熊熊燃烧的马车升入天堂了。”米海尔尴尬地笑着，“我们别谈这件事了，我只是为孩子难过。他和白白的关系那么好。但我们别再提它了。汉娜，我们有必要为只小猫吵嘴吗?”

“我们没吵嘴。”我说。

“没有吵嘴，也没有猫。”米海尔又一次不自然地笑着。

二十三

大约就在此时，我们的夜晚也有所变化。米海尔通过小心翼翼的推拿，让我觉得身体舒服。他的手指自信而富有经验。只有当我被迫呻吟之后他才罢休。他学会了把双唇放在我后颈穴位上使劲往下压。米海尔用耐心和刺激感官的方式从我这儿得到了呻吟。他那温暖结实的手掌，从后背到后颈，到发梢，而后再沿相反的方向返回。借着透进百叶窗稀疏的街灯光，米海尔看到，我脸上的表情酷似忍受着剧烈的痛苦。因需要聚精会神，我总是紧闭双目。我知道，米海尔并没有合眼，因为他需要凝神，保持清醒的头脑。现在，他清醒而认真地按摩。手指的每个动作都能给我带来快感。黎明醒来时，我再次需要他。疯狂的幻觉不期而至。皮下隐士将我带进施耐勒丛林，咬噬我的肩膀，大喊大叫。麦括尔巴鲁赫西面新工厂的一个疯工人把我抓住，轻轻把我夹在他满是油污的怀中，冲进山里。还有黑乎乎的人们。他们的手臂柔软而结实，青铜色的大腿毛茸茸的。他们不苟言笑。

或许是耶路撒冷爆发了战争，我身穿薄薄的睡衣冲出家门，在漆黑狭窄的路上猛跑。强光突然照到松柏上：我的儿子不见了。不苟言笑的陌生人在山谷中寻找他的下落。纤夫，警官，周围村子里疲倦的志愿者。他们目光中流露出同情，但他们又是那么忙碌。他们礼貌而强硬地要我别着急。机会还好。一旦天黑下来，人们就得付出双倍的努力。我在埃塞俄比亚街幽暗的小弄里徘徊。在人行道上满是死猫的大街上叫着“亚伊尔”“亚伊尔”。院子里走出一位老教授，他曾经教过我希伯来文学。他身穿破旧的制服，笑容倦怠，颇有礼貌地对我说：“年轻的女士，你太幼稚了，所以你会允许我把你请进来。”那个搂住我丈夫的腰身、身穿绿衣服招摇过市的陌生姑娘是谁？好像我根本就不存在。我成了隐形人。丈夫说：“快乐的感伤，忧郁的感伤。他们想在阿什多德修建一个很深的深水港。”

秋天，树木在大地上的根扎得并不牢固，犹疑不定地左摇右摆。十分讨厌。在高高的阳台上，我看到了尼摩船长。他脸色苍白，目光炯炯。黑胡子剪得短短的。我知道这是我的过错，由于我的过错他们耽搁了航海。时光荏苒。我为自己感到羞愧。船长，不要这么一言不发地看着我。

我六七岁时，有一天坐在雅法路父亲开的店里，诗人沙乌尔·车尔尼霍夫斯基[1]来买台灯。诗人笑着问我父亲，这个可爱的小姑娘卖不卖。他两只粗壮的胳膊忽地把我举了起来，用银须扎着我的脸颊，一脸强烈的暖香从他身上飘出。他脸上露出调皮的微笑，颇似试图向成年人挑衅的精神气十足的孩子。他走后，父亲激动不已。“我们大诗人的言谈举止简直就像个普通顾客。但诗人的确意味着什么。”父亲若有所思地说，“当他用胳膊举起汉娜时，笑得那么开心。”我没有忘记。1954年的初冬，我梦见了诗人，梦见了但泽城。梦见了一场规模宏大的游行。

米海尔开始集邮。按他的说法，集邮是为了孩子。但时至今日，亚伊尔未曾表现出对邮票有任何兴趣。晚饭时分，米海尔给我看一枚但泽邮票。这枚邮票怎么到了他手里？那天早晨他在索来尔街买一本旧书，书名叫作《深水湖地震》。

---

1 沙乌尔·车尔尼霍夫斯基（1875—1943），现代希伯来文学史上最有影响力的诗人之一。

他正是在书中发现了这枚珍贵的邮票。米海尔试图向我解释收藏已灭绝国家的邮票的意义：拉脱维亚，立陶宛，爱沙尼亚，自由的但泽，石勒苏益格-荷尔斯泰因，波希米亚，摩拉维亚，塞尔维亚，克罗地亚。我爱上了米海尔说出的这些名字。

这枚宝贵的邮票看上去并不动人：色调暗淡，上面画有王冠和十字架，用哥特体写着“弗里尔-斯塔特”。邮票上没有描绘自然风光。我怎么能够想象得出这座城市的模样呢？是宽阔的街道还是高墙建筑？是像海法那样伸向港湾的陡峭山坡，还是一块同茫茫沼泽接壤的平地？是一座松林环抱的塔城，还是一切都建得方方正正的金融工业城市？邮票上没有说明。

我问米海尔，但泽是座什么样的城市。

米海尔报以微笑，好像我只期待他用微笑来回答我。

我又问了一遍。

因为这是问第二遍，他不得不承认对我所提的问题感到震惊：“你究竟为什么想知道但泽是什么样子？为什么指望我也知道？晚饭后我给你查《希伯来大百科全书》。不，查不到的，因为现在还没有出到D。跟你说，你要是热衷有朝一日到国外旅行的话，那么我建议你减少消费，别把刚买了几个星期的新衣服扔掉。住棚节期间我们在玛阿延·斯图伯商店买的那条灰裙子哪里去了?”

有关但泽的情况我从米海尔那里什么也没有问到。晚饭后，我们擦拭碗碟。我取笑米海尔，说他不过是装着为孩子集邮，其实是他自己具有一种孩子气的集邮愿望。我想通过争吵战胜对方。

他连这点满足都不肯给我。他不轻易上火。并不制止我一连串的挑衅，因为别人说话时插嘴是不对的。他仔仔细细地继续擦拭手中的瓷盘。踮起脚尖把洗干净的盘子放回洗涤槽上方的壁橱内。接着，他头也不回地对我说，我所说的话没什么新鲜的。不懂心理学的人也知道，成人偶尔也喜欢玩一玩。他为儿子集邮同我从画报上给儿子剪纸人如出一辙，孩子本人对此都不感兴趣。这样一来，我取笑米海尔感情的把戏又有什么意思呢?

我们把盘子放好后，米海尔坐在扶手椅里听新闻。我坐在他身边默不作声。我们剥水果。互相递送。米海尔说:

“这个月的电费很贵。”

我说:

“现在东西都涨价了。牛奶价格也涨了。”

那天夜里，我梦见了但泽。

我是女王。我从城堡的塔顶凝视着整座城市。老百姓聚集在塔下。我展开双臂欢迎他们，姿势很像塔拉桑塔修道院顶上的圣母铜像。

我看到房顶上的浓云一片漆黑。天空东南部暗了下来，整座城市阴沉沉的。乌云从北方涌来。暴风雨就要来了。顺着山坡。能够辨出海港起重机的硕大轮廓以及黑乎乎的脚手架。起重机头的红色信号灯闪闪发光。天色愈加灰沉。轮船起航的笛声响起来。南面传来火车的吼叫，却看不到火车。针叶丛密布的公园尽收眼底。公园中央是一个狭长的湖。湖中心有座很小的长岛，岛上耸立着女王塑像。那是我的塑像。

轮船流出的黑油污染了港湾海水。街灯闪亮，凄清的灯光笼罩着我的城市，与云、雾、烟交织在一起。像一层黑色晕圈在郊区的天空中聚拢。

操场上响起喧嚣声。我，城中女王，站在城堡顶上，需要对等候在广场上的百姓讲话。得说我宽恕他们，我爱他们，长期以来我一直重病在身。我说不出话来。我现在尚未康复。我任命的宫廷大臣、诗人扫罗站在我左侧，用一种我不太理解的温存语调对百姓说话。人群欢呼着。突然，欢呼声中掺杂进隐隐约约的愤懑声。诗人说出四个节奏铿锵的词，这是用另一种语言说出的口号，要么就是格言，人群中爆发出富有感染力的笑声。一个女人开始叫喊。一个小孩爬到柱子上做鬼脸。一个披斗篷的男人恶毒地骂了一声。吵嚷声淹没了一切。接着，诗人把一件暖烘烘的大衣披在我身上。我用指尖触摸着他纤细的银发。这一动作在人群中引起剧烈骚动，他们爆发出一片混乱的喧哗。这是爱抑或恨的宣泄。

飞机在城市上空盘旋。我命它闪烁红绿两色的光。片刻之间，飞机似乎飞翔在群星中，后面拖了一条尾巴。一支部队聚集在锡安广场。为向女王庆祝，男人们唱起了欢快的赞美诗。我乘着四匹飞马驾驭的马车，穿过一条又一条大街。一只手疲倦地向我的百姓抛致飞吻。成千上万的臣民拥进盖乌拉街、马哈耐耶胡达街、乌西什金街、凯里姆克亚米特街。人人都手举彩旗和鲜花。这是一次游行。我倚在两个保镖身上。他们很有节制，人长得黝黑，举止文雅。我很疲倦。臣民们抛出菊花花环。菊花是我最喜欢的花。那是一个节日。在塔拉桑塔修道院，米海尔伸出胳膊把我从四轮马车上搀下来。他和平时一样镇定自若。女王知道，这是一个决定性时刻。她得保持庄严。矮个儿图书管理员出现了，他头戴黑色小帽，举止谦卑。那是米海尔的父亲耶海兹克尔。“尊敬的陛下，”司仪谦卑地鞠了一躬，“请求您至高无上的恩准。”在谦卑的背后，我似乎意识到某种模模糊糊的轻蔑。我讨厌老撒拉·杰尔丁皮笑肉不笑的样子。她无权站在平台上取笑我。我站在图书馆的地下室。半明半暗之中可瞧见瘦女人们的身影。瘦女人们淫荡地叉开双腿，倚在书架间的狭窄空当里。地板上净是淤泥。瘦女人们很相像。头发染过了，猥亵地袒露着胸脯。她们不苟言笑，也不对我施礼，脸上露出僵硬的困苦神情。她们长得很粗糙。这些仇视我的女人要摸我，但未能摸到。伸出手指威胁我。她们是船上那些放荡的女人，大声嘲弄我，打着饱嗝，一副醉醺醺的样子。身上散发出一股腥臭。“我是但泽女王！”我想大叫，但声音却小得可怜。我也是那样的女人。我脑子里闪现出这样一个念头。“她们都是但泽女王。”记得我该赶紧去接待一个要探讨特权问题的民商代表团。我不知道什么是特权。我累了。我是这些难对付的女人中的一员。从雾中，从遥远的码头上，传来轮船的哞哞叫声，酷似屠宰场发出的声音。我是图书馆地下室的囚徒。湿地板上的丑女人递给我一块抹布。我没忘记有艘“龙”号英国逐驱舰，它认识我，能从旁人中将我挑出，它将拯救我的生命。但是，一直要等到新冰川期大海才会回到自由城的怀抱。到那时，“龙”号已经远去，远去，夜以继日地在莫桑比克海岸巡逻。没有船能够到达这座已经废弃了的城市。我迷失了方向。

二十四

我的丈夫米海尔·戈嫩将他在科学期刊上发表的第一篇文章献给了我。文章题目叫《帕伦荒原中沟壑的剥蚀过程》。这也是米海尔博士论文的题目。献词写着：

“作者谨将此文献给理解他的妻子汉娜。”

我读着文章，向米海尔祝贺：我喜欢他在文章中不用形容词与副词，而是集中使用名词与动词；用简单句而不是用复合句表达思想。我喜欢这种实实在在的干巴巴的风格。

米海尔紧紧抓住“干巴巴”一词。就像大多数对语言文学不感兴趣的人、对用词与饮水呼吸不加区分的人一样。米海尔认为我在说反话。他说他很抱歉，他不懂诗，无法写诗献给我，只好写了这篇干巴巴的论文。各尽其能嘛。“我知道——这句话很俗气。”

“米海尔，你是否想到我不会为献词而感激你，或者说我并不欣赏这篇文章？”

“嗯，我并不怪你。我的文章是给地质学家以及相关领域的人士撰写的。地质学又不是历史。不了解基本的地质学知识照样能做有文化、有修养的人。”

米海尔的话刺伤了我，因为我是在设法分享他首次发表论文的快乐，并非有意在冒犯他。

“你能简单解释一下什么是地貌学吗？”

米海尔一边思考，一边伸手从桌上拿起眼镜看着，脸上浮现出不易察觉的笑意。接着，他放下眼镜。

“好吧，我愿意向你解释，只要你真想知道，而不是为了取悦于我。

“不，别把毛线活放下。我很高兴能在你编织毛衣时与你面对面坐着说话。我喜欢看你放松的样子，你不必看着我，我知道你在注意听。我们又不是在审问。地貌学是介于地质学与地理学之间的边缘科学，研究地表特征形成的过程。许多人误认为地球是几百万年前一次性形成的。事实上，地表本身永远处在形成过程之中。如果使用‘创造’这一通俗概念，我们可以说地球永远处在创造过程中。即使我坐在这儿谈话时也是如此。不同乃至相反的因素共同塑造和改变着地表，以及我们感觉不到的地下构造。有些因素属地质性的，从地球中心炽烈的核分子运动及其不平常的逐渐冷却过程中产生出来。另外一些因素属大气性的，诸如风、洪水、有固定周期模式的冷暖交替。某些物理因素也对地貌形成有影响。大概就是因为简单，这一简单的事实常被科学家们所忽视。物理因素十分明显，即使最有名的专家也往往不太重视它们，比如重力和太阳的作用。对于那些源于简单自然法则的现象，人们也提出过好多种复杂而又详尽的解释。

"除地理、大气、物理因素外，还必须考虑到某些化学概念。例如溶解与融合。可以这么说：地貌学是各种理科学科的交会点。其实，这种探讨早在古希腊神话中已露端倪，古希腊神话似乎认为世界起源于一种永恒的冲突。这一看法已为现代科学所接受，但现代科学却没有努力去解释各种因素的证据。在某种程度上，我们思考的问题比古代神话的范围要窄得多。我们只关心'怎么样'，而不是'为什么'。现代的一些科学家有时抵挡不住诱惑，他们试图找到一个包罗万象的解释。尤其是俄国学派，就他们目前的出版物来看，有时甚至借用人文科学的概念。任何科学家都面临这样一种诱惑：让比喻冲昏了头脑，产生了比喻可以代替现代科学阐释的错觉。我努力避免这些流行于某些派别中的惹人注目的词语。我只用‘吸引力’‘排斥’‘节奏’等模糊的词语。科学描述与童话之间有一条并不十分清晰的界限。比人们通常所认为的还要模糊。我竭力避免逾越这条界限。我的文章给人一种干巴巴的印象，其原因大概也就在此。”

我说：

“米海尔，我应该澄清一种误会。我在使用‘干巴巴’一词时，是把它当成溢美之词的。”

“很高兴听你这么说，尽管我已经觉察到我们所说的‘干巴巴’不是一回事。我二人如此不同。如果哪天你肯赏我几个小时，我将很乐意带你看看我的实验室，听听我的课，那么我的解释就会更简单明了，或许还能减少点‘干巴巴’的味道。”

“明天吧。”我说，脸上竭力摆出自己最可爱、最甜美的微笑。

米海尔非常高兴。

第二天，我们把亚伊尔送到幼儿园，并给撒拉·杰尔丁留了一个条儿，说有急事请一天假。

米海尔和我乘公共汽车来到地质学实验室。到那儿后，他让勤杂女工备好两杯咖啡端到办公室来。

“今天请准备两杯。”米海尔高兴地说，又急急地补上一句，“介绍一下，玛蒂尔德，这位是戈嫩太太，我妻子。”

接着，我们去三楼米海尔的办公室。这是长廊尽头的一个小号子间，用胶合板隔开。屋里有张桌子，是从英国政府的某个部门搬来的。两把椅子。空书架，书架上面有只权作花瓶的贝壳盒。桌子玻璃板下压着一张我在婚礼那天的照片、亚伊尔在普珥节时的化装照、从彩色杂志上剪下来的一对白猫。

米海尔背朝窗子坐下。他叉开双腿，双肘放在桌上，试图摆出一副官员的架势。“请坐，夫人，请坐。有什么我能为您效劳的吗？”

恰逢此时，门开了。玛蒂尔德用托盘端了两杯咖啡进来。她很可能听见了米海尔刚才所说的话。丈夫窘迫地说道：

“介绍一下。这位是戈嫩太太，我妻子。”

玛蒂尔德出去了。米海尔请我原谅他，他得读几分钟的文章。我呷了口咖啡，望着他，因为我猜他要我这么做。他见我望着他，满意地微笑着。取悦别人是件多么容易的事呀！

几分钟后，米海尔站起身。我也站起来。他为这小小的耽搁道歉：“像他们所说的，我得把文章整理一下。现在我们去实验室吧。我希望你会对此感兴趣。我将很乐意回答你的所有问题。”

丈夫自信而有礼貌地领我去看地质学实验室。我问这问那，使他有发言的机会。他一再问我是不是听累了，是不是烦了。这一次我小心翼翼，字斟句酌。我说：

“不，米海尔。我不累，也不烦。我想多看点东西。我喜欢听你解释。你知道怎样清楚准确地解释烦琐复杂的问题。你所讲的一切对我来说都是那么的新奇而有趣。”

我说此话时，米海尔握着我的手，就像我们从阿特拉咖啡馆走入雨夜时一样。

像许多文科学生一样，我一向认为每个学科命题都是相关语词与观点的组合。现在我了解到，米海尔和他的朋友并不仅仅和文字打交道，而且还在寻找地下的宝藏：水，油，盐，矿物质，建筑材料，工业原料，乃至用于制作女人珠宝的宝石。

走出实验室时，我说：

“我希望能够让你相信，我在家说‘干巴巴’一词时，并没有丝毫诋毁之意。你要是请我听你的课，我会很自豪地坐在教室后面。”

不止于此。我期望和他一起回家，抚摸他的头发。我绞尽脑汁寻找热情的赞美之词，把一缕微光、一丝满足带回他的眼中。

我在倒数第二排找到一个空位子。丈夫双肘倚在讲桌上。他身材瘦削，姿势随意。不时转身用教鞭指着课前画在黑板上的图表。黑板上的线条准确纤细。我想到他衣服内的身体。一年级的学生埋头做着笔记。有一次，一个学生举手提问。米海尔凝视了学生片刻，好像在琢磨他为什么要问这个问题，而后再作回答。解答时，他让人觉得这个学生的问题极其重要。他冷静得体。即使他讲话时稍停片刻，在我看来也并不是他有些慌乱，而是出于内在责任感正在谨慎地选择词语。我猛然想起五年前的2月在塔拉桑塔看到的地质学教授。他也用教鞭表明教学片中的重要部分。说话缓慢，嗓音洪亮。丈夫的声音也很悦耳。早晨，他站在浴室刮脸时，想到我还在睡觉，便会小声哼几句。现在，给学生讲课，米海尔会在每个句子中选择一个词放慢速度，拖长语调，好像只给他最聪明的学生低声暗示。在幻灯机的灯光下，塔拉桑塔老教授的脸、手臂和教鞭曾让我想起儿时爱读的《白鲸》或儒勒·凡尔纳作品中的木版画。我无法忘记这些。当米海尔变成塔拉桑塔的老教授那副模样时，我将在哪里？我会是什么样子？

课后，我们一起在学校食堂吃午饭。

“请认识一下戈嫩太太，我妻子。”当熟人碰巧从身边经过时，米海尔就会骄傲地说，那模样就像孩子将大名鼎鼎的父亲介绍给校长。

我们喝着咖啡。米海尔给我点了一杯土耳其咖啡，他自己则喜欢牛奶加少许咖啡。

然后，米海尔点着烟斗。“我根本不信你在我课上会发现有趣的东西。没学生知道我妻子在场，可我还是非常激动。事实上，激动得有两次差点接不上话茬儿。因为我当时在想你，看你，忘了在讲什么。遗憾的是，我不是在讲文学或诗歌。我一心想让你感兴趣，不愿让这个枯燥无味的话题惹你厌烦。”

米海尔刚开始撰写博士论文。他说，他期待有朝一日老父能在每周一次的信上写道：戈嫩博士和夫人收。当然，这只不过是个普通的愿望，但我们每个人内心深处无疑都珍藏着某些普通的愿望。然而，博士论文岂能一挥而就？他研究的是个非常复杂的课题。

丈夫说“复杂的课题”时，脸部突然抽搐了一下。那一瞬间，我似乎看见了他嘴角新近出现的细小皱纹在未来时期的扩展趋势。

二十五

1955年夏，我们带着儿子亚伊尔到霍隆度了一周的假。我们在大海里畅游。

我们旁边坐着一个面目非常可怕的人，这是个战争受害者，要么就是欧洲难民。他已面目全非，一只眼窝是空的。嘴巴尤其令人恐惧：没有嘴唇，牙齿全部暴露在外，好似咧嘴狂笑，又好似骷髅。当不幸的陌生人盯着我们儿子时，亚伊尔把头埋在我怀里，但时不时又像是期待着恐惧和刺激的孩子，又会凝视这副破败的尊容。孩子双肩抖动，脸吓得煞白。

陌生人完全陶醉在游戏之中。他没有转脸，没有把独眼的视线从我们儿子身上移开。似乎思忖着要调动孩子身上一切恐怖的音符，他做鬼脸，暴露牙齿，连我都感到非常害怕。陌生人垂涎欲滴，等待孩子偷偷摸摸的一瞥。每当亚伊尔睁眼偷看时，他都做鬼脸，亚伊尔投入到这场吓人的游戏中。他坐在那里盯一会儿陌生人，耐心地等待新的鬼脸，而后又一头扎进我的怀中，浑身剧烈地抖动。他颤抖不已。游戏在无声无息地进行，亚伊尔用肌肉、肺腑呜咽，而并非用喉咙抽泣。

我们没有办法，因为车上没有多余的座位。当米海尔试图用身体挡住其视线时，男人和孩子都不肯罢休。他们弯下身子，从米海尔的背后或臂下互相窥视。

我们在特拉维夫中心汽车站下车后，陌生人走过来，送亚伊尔一块干蛋糕。尽管是夏天，但他依然戴着手套。亚伊尔接过蛋糕，默默地塞进衣袋里。

男人用手指摸摸孩子的脸颊说：

“多漂亮的孩子，多可爱的孩子。”

亚伊尔剧烈地抖动着。一声没吭。

我们坐上开往霍隆的汽车。孩子从口袋里掏出蛋糕，阴郁地放在眼前，说出一句话：

“谁想死就把这块蛋糕吃掉。”

“你不该接受陌生人的礼物。”我说。

亚伊尔陷于沉默。他开始要说些什么，随即又改变了主意，最后一板一眼地说：

“这个人太坏了，根本不是犹太人。”

米海尔觉得有必要打断他。

“这个人看样子是在战争中受了重伤。没准儿他是个英雄。”

亚伊尔倔强地说：

“他不是英雄。一点儿也不像犹太人。坏蛋。”

米海尔提高声音：

“亚伊尔，别唠叨了。”

孩子拿起蛋糕要往嘴里放。身子再一次抖动起来。他嘟哝着：

“我死给你们看。我把它吃了。”

“你不会死的。”我想重复以前读过的格肖姆·肖夫曼[1]写的一个漂亮段落。但米海尔却抢在我说“在死亡面前没有欢乐，没有无忧无虑”之前，说出一句深思熟虑的话：“你一百二十岁以后才会死。现在要听话，别说傻话了。我的话完了。”

亚伊尔不再说了，长时间紧闭双唇。最后像是刚刚结束了某种复杂的精神历程，犹疑不决地说：

---

1 格肖姆·肖夫曼（1880—1972），现代希伯来小说家，其作品多关注个人命运。

“到了耶海兹克尔爷爷那里，我什么也不吃，什么也不吃。”

我们在耶海兹克尔家待了六天。早晨带儿子去巴特亚姆海滩。日子过得很平静。

耶海兹克尔已不在市政府水利部门上班。从年初开始，他靠微薄的抚恤金生活。但仍为工人党地方支部尽职。兜里揣着一串钥匙，每天晚上去工人俱乐部。在小小的备忘录上做笔记，将帘子送到洗衣工那儿，给讲演人买橘子水，收集票据并按照日期进行整理。

上午，他通过公共教育学院开设的函授课自学地质学基础知识，以便能够同儿子进行简单的科学对话。他说：“我现在时间很充裕。一个人不可对自己说：‘我老了，学不动了。’”

耶海兹克尔希望我们把这儿当成自己的家。“不要管我，总惦着我会毁了你们的假期。如果你们要重新布置家具，或是不叠被子，千万不要客套或是不好意思。我希望你们完全彻底地放松一下。

“在我眼里你们都这么年轻，亲爱的。我要是不为你们高兴，就该为自己伤心了。”

耶海兹克尔在好几个场合重复过这句话。他所说的每句话都有某种烦琐的套子，这或许是由于他习惯于强调自己所讲的话，好像他是在对小部分人发表演说；或许是他倾向于使用适合庄严场合的词句。我不禁想到在阿特拉咖啡馆我和米海尔谈话时他对父亲的评价：父亲使用希伯来语就像人们使用名贵的瓷器。而今我意识到，米海尔无意中成功地给他父亲下了一个精确的评语。

爷爷和孙子从第一天就建立起亲密的友谊。他们都在六点起床。他们小心翼翼，以免将我和米海尔吵醒。穿好衣服，草草吃过早饭，一起走出家门到空旷的大街上溜达。耶海兹克尔喜欢向孙子兜售市政服务的神秘感：中心变压器一带的电线分布，供水系统，消防队总部，城市周围遍布的报警器及消防栓，卫生部门对垃圾的处理，公交服务网，等等。这是一个具有迷人逻辑的全新世界。

另一件颇为有趣的新鲜事就是爷爷称呼孙子的方式。

"亚伊尔，你父母叫你亚伊尔，我管你叫扎尔曼，因为你真正的名字是扎尔曼。"

孩子并不反对这个新名字，但按照仅他自己才知晓的公正原则，他开始叫老人同样的名字：扎尔曼。早上八点半，他们遛弯儿回来，亚伊尔会说：

“扎尔曼和扎尔曼到家喽。”

我笑出了眼泪。就连米海尔本人也不住地微笑。

我和米海尔起床后，看见桌上已准备好了色拉、咖啡，白面包已经切好并涂上了黄油。

“扎尔曼亲自为你们准备了早饭，他是个聪明的孩子。”耶海兹克尔骄傲地宣布。为了不歪曲事实，他又补加一句：

“我呢，只是给他出了些点子。”

接着，耶海兹克尔陪我们去公共汽车站，提醒我们哪里有漩涡，哪里日头毒。有一次竟然冒失地说：

“我本想同你们一道去的，但又不愿拖累你们。”

中午，我们从海滩回来后，耶海兹克尔给我们备好了素食：蔬菜、煎鸡蛋、烤面包、水果。他从未往桌上放过肉，也没解释这是为什么，免得让我们讨厌。吃饭时，他用米海尔儿时的逸事来款待我们，比如，米海尔曾和复国主义领袖摩西·夏多克谈话，摩西·夏多克参观过米海尔所在的小学，摩西·夏多克建议在儿童报上登载米海尔的话。

同时，耶海兹克尔会对孙子讲好阿拉伯人和坏阿拉伯人的故事，讲犹太警卫及全副武装的阿拉伯帮的故事，讲勇敢的犹太儿童及虐待非法移民子女的英国军官的故事。

亚伊尔成了聚精会神的忠实学生。他没有漏掉一个字，没有忘记一丝细节，似乎综合了米海尔渴求知识的特点及我把任何事都牢记于心的特点。可以对孩子从爷爷那里学到的一切进行检验：电线通到广播站；哈桑·萨勒姆的一伙人从特里哈里什山朝霍隆射击；水来自洛什哈阿因的泉水；贝文是个英国坏蛋，但温戈特却是个英国好人。

爷爷给我们买了小礼物。给米海尔的是装在一只盒子里的五条领带，给我的是夏尔曼教授所著《西班牙与普罗旺斯的希伯来诗歌》，给孙子的是一辆带警笛的红色机械消防车。

日子过得平平静静。

外面，在工人住宅区，整洁、方正的苗圃栽种着观赏树木。鸟儿终日歌唱。整座城市阳光明媚。傍晚时分，海上微风拂起，耶海兹克尔打开了百叶窗，让厨房门敞开着。

“好清新的风啊。”耶海兹克尔说，“海风乃是生命的气息。”

晚上十点钟，他从俱乐部回家后，会靠在床上吻一吻酣睡的孙子，随即便走上阳台找我们。我们一起坐在磨损的躺椅上。他闭口不谈他的党，这是考虑到我们可能对他所钟爱的事物不感兴趣。故而选择了他认为与我们心灵比较切近的话题。干吗要在短短几天内惹我们心烦呢？他谈到三十四年前约·哈·布伦纳[1]在附近被暗杀。依他所见，即使希伯来大学教授因布伦纳是斗士不是审美主义者而瞧不起他，布伦纳也仍然不失为一位伟大的作家和社会活动家。耶海兹克尔希望我能相信他的话，布伦纳的伟大之处迟早会得到重新认识与评价的，即便在耶路撒冷也是如此。

我没有冒昧地反驳他。

我的沉默使得耶海兹克尔十分高兴，更让他觉得我品位很高。同米海尔一样，他也认为我的情感世界十分丰富。他对我说，我像他女儿那么亲，他要我原谅他的多愁善感。

对儿子他则谈国家自然资源。“在我们自己的土地上找到石油的日子已为时不远了，对此我深信不疑。我还记得，所谓的专家们怀疑《申命记》中的话语：‘那地的石头是铁，山内可以挖铜。’[2] 汉娜，现在我们有马拿拉山，有蒂姆娜。找到了铁和铜，不久就会发现石油。《托塞夫塔》[3] 中已清晰地记载了它的存在。古代拉比是极其实际而又现实的人。他们以学识为基础，而不是仅用情感作依靠。我相信我的儿子，

---

1 约·哈·布伦纳（1881—1921），近代希伯来文学史上的著名作家和诗人。

2 见《旧约·申命记》第8章9节。

3 音译，希伯来文原意是“附录”，是犹太教口传律法的评论汇编。

你不是一个缺乏想象力的地质学家，相信你的命运定会与寻找和发现新事物联在一起。

“但现在我不说这个来烦你们了。你们来这儿是为了度假，我这个老糊涂却在瞎聊属于你工作中的东西。好像你们回到耶路撒冷还不够劳神似的。我真是个讨厌的老东西。你们干吗不去睡觉呢？早上起来时好头脑清醒。亲爱的孩子们，晚安，不要在意一个很少跟人聊天儿的孤老头子的瞎叨叨。”

日子过得平平静静。

下午，我们到市立公园散步，碰到曾一致预言米海尔定会前程远大的旧友和邻居。他们现在一同分享他成功的喜悦，骄傲地同他的妻子握手，摸摸他孩子的脸蛋，向我们讲述米海尔的童年趣事。

米海尔每天都给我买晚报，还给我买彩色杂志。我们的皮肤晒成了棕色。身上弥漫着大海的气息。城很小，建有白色的屋舍。

“这是一座新城，”耶海兹克尔·戈嫩说，“它尚未修复至某种古老的壮观程度，却已从沙地上整齐而蓬勃地拔起。我这个尚记得它最初风貌的人，每天都会感受到一种新的变化——当然，在这儿一点也找不到你们耶路撒冷的东西。”

最后一个晚上，四位姑妈从特拉维夫前来看望我们。她们给亚伊尔带来了礼物。使劲儿地搂他，亲切地吻他。四位姑妈第一次全都这么和善，甚至连杰妮娅姑妈也不像平时那样怨声载道了。

利亚姑妈打开了话匣子。

“我代表大家说句话，米海尔没有让全家人失望。汉娜，你应该为他感到十分骄傲。我还记得，独立战争后，米海尔因没傻乎乎地跟朋友跑到内盖夫基布兹去而遭朋友讥笑。他到希伯来大学读书，用自己的智慧和才华为国家、为人民服务，而不像牲口一样去用肌肉做贡献。现在，我们的米海尔快成博士了，取笑过他的那些朋友却来找他帮忙迈进大学的第一步。他们像愚人一样浪费了一生中最好的时光。现在的内盖夫基布兹已让他们感到厌倦，而我们的米海尔从一开始就那么精明。现在，他要想把家具从旧住处搬到即将拥有的新居，只要愿意，完全可以使唤一下以前那些吹牛皮的人。”

当说到“内盖夫基布兹”一词时，利亚姑妈做了一个鬼脸。内盖夫从她口中出来像是一个咒语。最后一句话引得四位姑妈哄堂大笑。

老耶海兹克尔说：

“不要瞧不起别人嘛。”

米海尔沉思了一下，对父亲表示赞同，同时又加进自己的见解：教育并不能改变人的基本价值。

杰妮娅姑妈听了这话很高兴。她注意到米海尔的成功并未使他感到自己高高在上，或者是毁掉谦虚的本色。

“谦虚是生活中一件有效的法宝。我相信，妻子的责任就是鼓励丈夫走向成功。只有在丈夫一钱不值时，妻子才被迫走上男人那条残酷的角逐之路。我的命就是这个样子。我很高兴，米海尔没有给妻子带来这种命运。亲爱的汉娜，你也应该庆幸，因为在生活中，没有比坚定不移的努力更让人满足了，这种努力会夺得成功，而且我相信它将来会带来更大的成功。这是我从孩提时代就持有的信念。我所经历的不幸并未减弱我的信念，反而使之增强了。”

我们回耶路撒冷的那一天，耶海兹克尔的所作所为令我难以忘怀。他登上梯凳，从高高的壁橱里取下一个大盒子，拿出一套已经褪色并打着褶皱的旧警卫员制服。接着，他又从盒子里拿出警卫员的帽子戴在孙子头上。帽子太大，几乎盖住了孩子的双眼。爷爷自己把制服套在睡衣外面。

直到我们起程，他们两人整整一个早上都在家里搞军事演习。把家具当作掩体，用棍子进行狙击。互相叫着“扎尔曼”。当亚伊尔第一次发现暴力的乐趣时，脸上露出狂喜之色。老战士不屈不挠、忠心耿耿地遵守各项命令。在我们游霍隆的最后一个早晨，耶海兹克尔是个快乐的老人。有那么一瞬间，我感到这幅场景是那么熟悉，好像在很久很久以前曾经出现过。就像醒目清晰的原版画的模糊复制品。想不起是何时何地发生的事了。我脊梁骨直冒凉气。我有一种强烈的冲动，想提醒儿子和公公，他们正面临着起火与触电的危险。但在他们的游戏中，两种危险都不存在。我很想提醒米海尔立即离开此地。但却说不出口，因为这种话听起来又愚蠢又粗俗。是什么让我感到如此不安呢？早晨，几架战斗机在霍隆上空低低地盘旋。我想这并非我心神不定的原因。我觉得这里用“原因”一词不太合适。飞机马达吼叫着。窗玻璃鸣响着。这绝对不是第一次。

临出门前，耶海兹克尔吻了一下我的双颊。他吻我时，我看见他的眼神全变了，浑浊的瞳孔似乎已经扩散，遮住了眼白。他脸色土灰，双颊凹陷，满面皱纹，触到我前额的嘴唇冷冰冰的。但握手却很热情温暖，有力而且粗暴，好像老人要把他的手指送给我做礼物。回到耶路撒冷已经四天，这一切一直在我脑海里浮现。傍晚，杰妮娅姑妈赶来告诉我们，耶海兹克尔瘫倒在家对面的公共汽车站旁。

“昨天晚上，昨天晚上耶海兹克尔还到我们家来过。”姑妈歉疚地唠叨着，好像在驱赶一种令人厌烦的嫌疑，“就在昨天来我们家时，也没抱怨说有什么不舒服。反而说在美国发现了治疗小儿麻痹症的新药。他很……正常。十分正常。可突然间，今天早晨，刚好在……邻居格洛伯曼家门前，他跌倒在公共汽车站旁。”她突然哽咽起来，“米哈，成了孤儿。”她哽咽时，像个受惩罚的大孩子似的噘起嘴。一把将米海尔的头拥到起伏的胸前，抚摸着他的前额，而后停下来。

“米海尔，一个人怎么突然无缘无故地跌倒在地，像你手中的袋子或包裹一样掉下来，掉到了人行道上，而且……这很可怕……很不好。这很讨厌。好像耶海兹克尔只是个口袋或包袱，掉下来，摔破了，这……想想这像什么样子……真丢人……邻居格洛伯曼坐在走廊里观看，像是坐在戏院包厢看戏。素不相识的人赶来了，七手八脚地把他抬到路边，以便不阻塞交通，接着又捡起他的帽子、眼镜，以及掉在地上的书……你知道他要去哪儿吗？”姑妈加大嗓门儿，尖声哀号起来，“他只是刚刚出门去图书馆还书，他根本没打算乘公共汽车，只是偶然摔倒在格洛伯曼家对面的汽车站。这么一个好人，心肠这么好……一个好人，突然间……就像是在跑马戏。告诉你，就像电影里演的一样。一个人悄悄地走在马路中央，突然有人从后面冲上来，往他头上打了一闷棍，他便跌倒在地，人似乎就是个破布娃娃或其他什么东西。跟你说，米海尔，人生就是一堆臭大粪。把孩子放在邻居家或什么地方，快点跟我回特拉维夫去。利亚姑妈一个人在那儿，赤手空拳地料理一切。成千上万的礼仪。一个人去了，身后的繁文缛节让人以为他是要出国呢。带上衣服或其他东西走吧。我刚好去趟药店，在那儿叫个出租，而且……是啊，米海尔，请你们最好穿黑套装，至少是夹克衫，你们两个快点。这么一场大祸降临到我们头上，一场大祸啊！”

杰妮娅姑妈走了。可以听见她那急促的脚步声响在楼梯上，响在院子里。我还是她刚进门时的那副样子，拿着滚烫的电熨斗，倚着烫衣板，一动也不动。米海尔转过身，冲到阳台上，好像要在她的背后呼唤：杰妮娅姑妈，杰妮娅姑妈。

一会儿他又走进来，关上百叶窗，轻轻地拉上玻璃窗。又出去锁好厨房门。在过道里，低声嘘了口气。或许他突然从衣架旁的镜中瞧见了自己的脸。他打开衣橱，取出黑套装，换上腰带。“我父亲去了。”米海尔轻声说，没有看我，好像姑妈说话时我并不在场。

我把熨斗放到壁橱旁的地上，把烫衣板拿到浴室，走进亚伊尔的房间。我叫他别玩了，写了一张条，连他一起送到邻居约拉姆·凯姆尼扎家。“耶海兹克尔爷爷病得很重。”出门前我这样叮嘱他。声音颤巍巍地在身后楼梯上回荡，亚伊尔激动地向院子里的孩子宣布：“爷爷扎尔曼病得很重，爸爸妈妈要赶紧去把他的病治好。”

米海尔把钱包放在里边的衣袋里，扣着黑套装的扣子。这套西装曾是先父的，妈妈给米海尔改了改。米海尔两次都把扣子扣错了。他戴上帽子。错拿了那只黑色的旧公文包，又生气地将它放回原处。

“我准备好了。”他说，“姑妈有些话可能很多余，但讲得很对。事情本不该是这样，这样是不对的。坦白地说，一位身体不太结实、不太健康的……老人，突然在光天化日之下跌倒在市中心的人行道上，像个危险的罪犯。这很不体面，我跟你说，汉娜，这太残酷了……太残酷了。不体面。”

米海尔说“残酷”“不体面”等词时，周身剧烈抖动起来。就像冬夜醒来的孩子，没看见妈妈，而是看到一张生人面孔在黑暗中盯着他。

二十六

葬礼后的第一个星期米海尔没有刮脸。我觉得他这样做并非出于对宗教传统的尊重，也并非尊重父亲的心愿（耶海兹克尔经常把自己描绘成持异端邪说的人）。他定是觉得在守孝周刮脸是一种堕落。当我们沉浸在悲哀之中往往将日常琐事视为极其堕落的事。米海尔总是讨厌刮脸。黑色的胡楂儿盖住了他的面孔，显示出一种愤懑之情。

满脸胡楂儿的米海尔在我眼里似乎换了一个人。我时常觉得他的身体比实际上的要强壮。他脖子变细了。嘴角上出现了皱纹，表现出米海尔并不具有的那种冷峻的嘲讽。他目光倦怠，像是刚刚干过重体力活。丈夫在守孝期的模样就像是阿格利帕街小作坊里脏兮兮的工人。

每天，米海尔多是坐在扶手椅里，穿着暖乎乎的棉拖鞋以及浅灰格长袍。当我把每天的报纸放在他腿上时，他便弯下身子去读。报纸要是掉在了地上，他也不劳神去捡。不知道他在想些什么，还是坐在那儿发呆。有一次，他要我给他倒一杯白兰地。我按他的吩咐做了，但他好像是忘记了。他吃惊地紧盯着我，不去碰酒杯。又有一次听过新闻后，他说：

“好奇怪啊。”

接着便没话了。我没有问他什么。电灯发出昏黄的光。

在父亲去世后的那些日子里，米海尔十分安静。我们家也很安静。有时，我们都像坐在那里等待什么消息。米海尔对我和儿子说话时声音轻柔，好像居丧者是我。夜里我非常需要他。那是一种痛苦的渴望。结婚这么多年，我从未感觉到这种依附到底有多么堕落。

一天晚上，丈夫戴上眼镜，双手撑在桌上，站在那里。他垂着头，佝偻着背。我走进书房，丈夫这副样子简直是让耶海兹克尔·戈嫩附了体。我惊呆了。他低着头，耷拉着肩膀，一副松散的架势，活脱脱就是他父亲。我想起举行婚礼那天，在斯泰玛斯基书店对面的拉比楼楼顶平台，米海尔和他父亲是那样的相像，以至于我把他们都搞混了。我没有忘记。

上午，米海尔坐在阳台上，观看下面院子里的猫嬉戏。非常安详。我从未见到米海尔这么放松过。他总是急匆匆地赶工作。笃信宗教的邻居们前来表示慰问，米海尔冷漠而礼貌地接待他们。他透过眼镜，望着凯姆尼扎全家及格里克先生，好像一个严格的老师盯着令其失望的学生，直到他们把吊唁词卡在喉咙中。

撒拉·杰尔丁太太犹豫不决地走了进来。建议让孩子住到她那里，直到守孝期满。米海尔的嘴角露出一丝冷笑。

“那是为什么?”他说，“又不是我死了。”

“绝无此事，千万别这么想。”客人惊愕地说，“我只是想，没准儿……”

“没准儿什么?”米海尔强硬地打断了她。

老教师大吃一惊，急忙离去。出门时要我们原谅她的冒昧。

卡迪什曼先生来了，身穿黑色哔叽套装，神情庄重。他宣称通过利亚姑妈的关系同死者有平淡之交。尽管他与死者的政治观点有所不同，但一直对死者怀有深深的敬意。按他自己的话说，死者是工人运动中鲜见的诚实人。并非虚伪之辈，只是误入了歧途。“他没有死，只是先走了一步。”卡迪什曼先生补充道。

“他当然没有死，先生。”米海尔冷漠地说。我强忍住笑。

米海尔朋友的丈夫突然从惕拉特伊阿尔基布兹赶来。出于周到，他不进门。他希望表达他的哀悼。要我告诉米海尔说他已来过。当然也代表利奥拉。

第四天晚上，地质系的教授及两位助教前来看望我们。他们坐在客厅里米海尔坐的扶手椅对面的沙发上。他们挺起腰板，双膝并拢。我坐在门口的凳子上。米海尔要我给三位客人冲咖啡，并给他一杯茶，因为胃灼热，不放柠檬。接着，米海尔问起在内盖夫的纳哈尔阿鲁格特干的考察情况。当一个年轻人回答他的问话时，米海尔的脸突然抽搐着转向窗子，好像是体内的弹簧断了。他双肩抖动。我十分震惊，因为我觉得米海尔是在情不自禁地笑得前仰后合。接着，他回过头。脸色疲惫，毫无表情。他表示歉意，要求他们继续讲下去。“请什么也不要省略，我都想听听。”讲话的年轻人准确地接上自己刚才的话茬儿。米海尔阴郁地看了我一眼，好像是让我脸上某些他从未注意到的细节弄得惊愕不已。夜风吹打着墙上的百叶窗。时间仿佛化作了有形体。灯光。画面。家具。家具的影子。亮块与阴影间抖动的线条。

教授突然缓过神来，打断了助教的话。

“月初你给我们拟的那个提纲目前看着还行。事实与你的假设正好相符。这样我们的感情就很复杂了：一方面对操作结果感到失望，同时又为你的严谨感到欣喜。”

继之，他又令人费解地补充几句，谈及吃力不讨好的应用实践与理论研究的相悖，强调创造性直觉对两种研究的重要性。

米海尔干巴巴地说：

“冬天不久就要到了。夜会变长。漫长而寒冷。”

两位年轻助教对视了一下，接着又瞟了一眼身边的教授。老人使劲儿地点点头，表示已明白他们的暗示。他站起身庄重地说：

“我们也深感悲痛，戈嫩，盼望你早日回到工作岗位上。努力振作起来，振作……起来，戈嫩。”

客人要走了。米海尔送到门厅。当他给教授披灰大衣时，举止有些笨拙，米海尔满怀歉意地笑了笑。从晚上开始的那一刻到现在，他给我的印象很深。因此，他的微笑刺痛了我。他的礼貌是出于尊敬，并非发自内心。他将客人送到门口。客人走后，米海尔又回到书房。沉默。脸冲着黑乎乎的窗子，背对着我。他的声音打破了沉寂，但没转过身来。他说：

“汉娜，请再给我倒一杯茶，把大灯关掉行吗？父亲让我们给孩子取一个旧式名字时，我们应该满足他的愿望。我十岁那年发高烧，父亲连续几个夜晚都坐在我身边，不住地往我额头上放干净的湿毛巾，一遍遍地唱那支他唯一会唱的摇篮曲。声音平平，也没有个调儿。那支歌是：该睡了。天黑了。太阳海上沉。星星空中闪。噜啦，噜啦，噜啦呗。

“我和你说过没有，汉娜，杰妮娅姑妈想方设法要给父亲找个后妻？她几乎每次来看我们时，都带来一个朋友或熟人。容颜衰老的护士，波兰移民，皮包骨的离婚女子。女人们从向我发动进攻开始，拥抱，亲吻，一盒盒的糖果，喁喁私语。父亲一向装着不明白杰妮娅姑妈的意思。他很有礼貌。他通常一开始就谈地方官新颁布的法令，以及诸如此类的事情。

“我一直发烧，体温很高，整夜发汗。被子都湿透了。父亲每隔两三个小时都要换一下床单。他小心翼翼地挪动着我，但总是做过了头。我会醒过来哭叫。黎明前，父亲会在洗手间把所有的床单洗干净，摸黑走出门，把它们晾在外面的晾衣绳上。汉娜，我不要在茶里放柠檬，因为胃灼热很厉害。烧退以后，父亲出去从邻居格洛伯曼店里给我买了一副折价跳棋。每局他都设法输掉。为使我高兴，他哼哼着，双手抱头，叫我‘小天才’‘小教授’‘小扎尔曼爷爷’。有一次，他竟然开口讲门德尔松一家，并戏称自己为第二位门德尔松，此乃大门德尔松之子，小门德尔松之父。预言我有远大的前程。一碗接一碗地给我弄不带奶皮的蜂蜜牛奶。我要是执拗不喝，他便会借助于利诱等手段，把平平常常的我夸得天花乱坠。这样呢，我就康复了。汉娜，要是不介意的话，把烟斗递给我好吗？不，不是这个，是英国出的那个，较小的那个。对，就是它。谢谢。我的病好了，父亲倒从我这里传染上发烧，大病一场，在杰妮娅姑妈的医院住了三个星期。他生病时，利亚姑妈主动来照看我。两个月后，她们对我讲，要么是运气好，要么是出现了奇迹，他才死里逃生。父亲自己拿此事大开玩笑。他引用格言说，伟人们英年早逝，幸运的是他自己只是个凡人。我站在客厅，对着赫茨尔[1]像发誓，父亲要是突然死去，我也会想法死掉，我才不去孤儿院或是利亚姑妈那儿呢。汉娜，下星期我们给亚伊尔买一辆电动火车。买个大的。就像他在雅法路上弗里曼-本鞋店橱窗里看到的那个一样。亚伊尔很喜欢机械这玩意儿。我再送他一个坏闹钟，教他拆开再装好。没准儿将来亚伊尔会成为一个工程师。你注意到了没有，这孩子对马达、弹簧和机械有多着迷？你是否听说过四岁半的孩子竟知晓收音机工作原理？我从未觉得自己特别聪明。你是知道的。尽管父亲认定或者他说他认定，我也不是天才。我没什么奇特之处，汉娜，但是，你应该尽量去爱亚伊尔。这样做比较好。不，我不是说你忽略了孩子。这是胡说。但我觉得你对他并不上心。汉娜，要去爱抚他。有时，人们甚至有必要失去等级感。我说这话是非常想让你

1 即西奥多·赫茨尔（1860—1940），犹太复国主义运动的先驱。

从现在做起……我不知如何表达这种感情。算了吧。几年前，你我二人坐在咖啡馆，我看看你，又看看自己，我对自己说，我并非像别人所言，生来就是一个梦中骑士或白马王子。汉娜，你漂亮，非常漂亮。我跟你说过了吗？上星期在霍隆时，父亲说，尽管你不会写诗，但在他眼里你就是个诗人。汉娜，你瞧，我不知道为什么现在对你说这些话。你什么也不说。我们当中总是有一个人在默默地听着。为什么现在要对你讲这些？当然不是想冒犯你或是伤害你。噢，我们别再说亚伊尔的名字了。名字毕竟不能决定我们怎样对待孩子。我们伤害了一种脆弱的感情。汉娜，有朝一日我会问你：为什么你在遇到的富有情趣的芸芸众生中竟选择了我？但现在太晚了，我的话太多了，一定让你十分吃惊吧？现在你该去铺床了吧？我马上就来帮你。咱们睡觉吧，汉娜。父亲死了，我自己也成了父亲。所有……这些安排突然间就像愚蠢的儿童游戏。记得我们曾在住宅边一块沙地附近的空地上做游戏：我们排成长长的一队，第一个人抛球，而后跑到队尾，直到最后一位变成第一位，第一位又变成最后一位，一而再，再而三。我想不起游戏的目的是什么了。不记得怎样才能在游戏中取胜。甚至忘记了在这场狂热的游戏中是否有章法可循。你忘了关厨房的灯了。”

二十七

丧期已过，我和丈夫在早饭时分又一起坐到厨房的餐桌前。如此的安静而又温文尔雅，陌生人会以为我们平安无事。我把咖啡壶端到米海尔面前，米海尔递给我两只杯子。我倒咖啡，米海尔切面包。我往两杯咖啡中放上糖，搅个不停，直到他发话将我止住。

"够了，汉娜。已经好了。你不是在钻井。"

我喜欢喝清咖啡。米海尔习惯喝奶咖。我数着一、二、三、四、五、六，六滴牛奶滴进他杯中。

我们的坐法是：我背靠冰箱，面朝明亮的蓝色长方形窗子；米海尔背对窗子，眼睛可看见冰箱上的空玻璃瓶、厨房门、门厅的一角以及通往盥洗室的过道。

而后，收音机里传出晨间轻音乐和希伯来文歌曲，令我回忆起自己的童年，令米海尔意识到时间已经不早。他一声不吭地站起身，走到洗涤槽前洗他的杯碟。走出厨房。在前厅脱下拖鞋，换上鞋子。穿上灰夹克。从挂衣钩上取下帽子。戴上帽子，夹着黑色旧式公文包，回到厨房，吻一下我的前额，道声再见。我必须记住在午饭时分买煤油，煤油快用光了。他在记事本上写下要给供水部门付水费，查查是否有错。

米海尔离开家门，我喉咙开始哽咽。我问自己这忧伤出自何处。它从哪个讨厌的秘密躲藏处钻到这儿，将我这平静而湛蓝的清晨搅乱。我就像办公室的档案管理员，收拾出一堆记忆碎片，在长长的记录栏中检查每个数字。某个地方隐藏着严重错误。这是幻觉吗？我认为我在某些地方看出了大错。收音机停止了歌唱。突然报道说，在乡下爆发了骚乱。我一下子跳了起来：八点钟。时光永不停息，也不会让人休憩。我抓起手袋，又催促亚伊尔，这是多余，他早已先于我准备完毕。我们手拉着手，一起走向撒拉·杰尔丁幼儿园。

耶路撒冷的街道上晨光明媚，各种声音清晰入耳。年老的四轮马车车把式懒洋洋地躺在箱子上，扯着嗓子尖叫。塔赫凯莫尼教会学校的男生歪戴着贝雷帽，一个个相跟着走在路边。他们站在对面的人行道上，取笑老车把式，并向他挑衅。车把式朝他们挥挥手，像是在还礼。他微笑着，继续歇斯底里地唱着歌。儿子开始对我解释说，3B 汽车线路上有福特和法洛格两种汽车。福特式马达很有力；法洛格式马达稍差一些，比较慢。儿子突然怀疑我是否在听他说话。他考问我。我已经准备好如何作答。每个字我都听见了。儿子。儿子你很聪明。我在听。

耶路撒冷的早晨明澈蔚蓝。连施耐勒军营的灰色石墙也在竭力显得不那么沉重。一块块荒地上生长着茂盛的植物：黑莓、牵牛花、水浇黄瓜及其他许多我叫不出名字的野生植物，人们通常称之为野草。我突然打个冷战，止住了脚步。

“亚伊尔，我出门前锁厨房门了吗?”

“爸爸昨晚就把门锁了。今天又没人开。妈妈，你今儿这是怎么啦?”

我们穿过施耐勒军营的沉重铁门。以前我从未进入这些令人生畏的高墙内。我小的时候，英国士兵占据此地，机关枪探出墙壁。许多年前，这座堡垒叫作叙利亚孤儿院。此名以其特有的方式威胁着我。

门前站着一位金发哨兵，正在哈气取暖。我们经过时，年轻士兵盯住我的大腿，看裙子与白短袜间的裸露部位。我对他报以一笑。他热情地凝视着我，目光中夹杂着羞愧、欲望、期待和歉意。我看了一下手表：八点一刻。一个明澈蔚蓝的日子，早上八点一刻，我还是很疲倦。我想睡觉。但只有在梦幻离我而去的情况下才能安睡。

每个星期二，米海尔从大学回家时，都会在卡哈那代办处订购两张第二轮放映的电影票。我们出去时，楼上凯姆尼扎之子约拉姆照看孩子。有一次，我们从电影院回来后，我发现床头柜上的小说里夹着一张纸条。约拉姆将他最近写的一首诗交给我品评。约拉姆在诗中描述道：一对青年男女于薄暮时分在果园漫步。突然有位陌生人骑马而过，这位黑衣骑士手持黑色火把，当他奔驰而过时，黑纱撒向大地和情侣。页尾，约拉姆在括号里解释说，黑衣骑士就是黑夜。约拉姆并不信赖我。

第二天，我在楼道里碰到约拉姆，告诉他我喜欢他的诗，或许他应将其投到青年杂志上。约拉姆紧紧攥住栏杆。恐惧地扫了我一眼，随即轻轻苦笑了一下。

“戈嫩太太，全是瞎编的。”约拉姆低声说。

“你是在说瞎话吧？”我微微一笑。

他转身上楼。突然又停下来，回过头，慌里慌张地嘟哝一句致歉的话，好像是上楼时撞了我一下似的。

安息日之夜。耶路撒冷的夜晚。洛麦玛山上高耸的水塔掩映在落红之中。落日的余晖渗进树叶，整座城市仿佛在熊熊燃烧。低垂的薄雾徐徐涌向东方，如苍白的手掌滑过石墙和铁栏，抚慰它们。周围一切都在默默融化。热烈的渴望悄悄笼罩了这座城市。巨石热量散尽，被冷雾吞没。轻风吹拂庭院。吹得纸屑沙沙作响，继之发现无趣，便将它们抛却一旁。邻居们身着安息日盛装走向教堂祈祷。远方的汽车在瑟瑟低诉的松树上投下一层紫晕。停一下，司机，停一下。转过来，让我看看你的脸。

我们桌上铺着白桌布。花瓶里插有一束黄灿灿的万寿菊。桌上放着一瓶红酒。米海尔切安息日面包。亚伊尔唱了三首从幼儿园学来的安息日歌。我把烤鱼端上桌子。我们不点安息日蜡烛，米海尔认为对不守教规的人来说，点安息日蜡烛很虚伪。

米海尔给亚伊尔讲述“三六暴乱”[1]。孩子边喝东西边提出一些很聪明的问题，并以“我的话完了”作结。亚伊尔的姿势表明他很着迷。我也在听丈夫说话。一个身穿蓝外套的漂亮小姑娘想隔窗喊我，所以用小拳头敲打着玻璃。她神色

1 指1936年阿拉伯好战者发动的反对犹太人的暴乱。

惶恐。几近绝望。嘴里不住地说着什么，我听不见。她不说话了，可脸依旧贴在玻璃上。先父在每个安息日之夜都习惯对着葡萄酒和面包祈祷。我们也总点安息日蜡烛。先父不了解宗教习俗的真谛便将它们沿袭下来，直到伊曼纽尔哥哥参加了社会主义青年运动，安息日的传统才遭到摒弃。我们对传统的尊崇很不牢固。先父是个优柔寡断的人。

南耶路撒冷德国定居点的山坡下，一列火车在疲惫地爬行。火车头咆哮着喷吐白雾。列车驶入空空荡荡的月台。最后一次喷出的气息孤苦无助地消逝了。汽笛的最后一声长鸣打破了沉寂，但沉寂十分顽固。于是发动机投降了，屈服了，变冷了。安息日之夜。寂静的耶路撒冷。模模糊糊的期待。连鸟儿也寂静无声。或许他就站在耶路撒冷城门门口。在西洛姆果园或是恶意山上。整座城市漆黑一片。

“安息日快乐。”我冷漠地说。

儿子和丈夫大笑起来。米海尔这样说道：

“汉娜，你今天晚上好快活啊。这条绿色的新裙子多适合你啊。”

9 月初，楼上那位歇斯底里的邻居格里克太太被送到一家疯人院。她屡屡犯病。一病就在院里或街上游荡，脸上一片茫然。这是位身材丰满的女人，具有一种没生过小孩的、三十八九岁女人身上那种成熟奔放的美。衣扣总是不经意地敞着，好像刚从床上爬起。有一天，她朝那个温柔的男孩约拉姆发作，在后院扇他的耳光，扯开他的衣服，骂他小流氓、下流坯、不正经。

9月初一个安息日的夜晚，格里克太太一把抓起两个尚在燃烧的安息日烛台，扔到丈夫脸上。格里克先生逃到我家。他瘫倒在扶手椅上，双肩不住地颤抖。米海尔放下烟斗，关掉收音机，去药店给有关部门打电话。一小时之后，白大褂们赶来。他们从两侧抓住病人，轻轻架着她走向救护车。她下楼时的那副样子就像依偎在情侣的臂膀中，一直唱着一支欢快的意第绪语歌。其他住户默默地站在自家门口观瞧。约拉姆下楼站在我身边。他轻声说："戈嫩太太，戈嫩太太。"他脸色煞白。我伸手去抓他的胳膊，但中途又缩了回来。

"今天是安息日，今天是安息日。"格里克夫人走近救护车时尖叫起来。丈夫站到她面前，断断续续地说：

"没关系，杜芭，一点事儿也没有，一切都会过去，只不过是一种情绪而已，杜芭，一切都会好的。"

格里克先生瘦小的身上穿着皱巴巴的安息日服装。七零八落的胡子颤动着，好像有生命一样。

救护车开走以前，要求格里克先生签署声明书。这是一张烦琐详尽的表格。借着救护车车灯，米海尔一项一项地读着。甚至还为格里克先生填上两项，免得他亵渎了安息日。米海尔一直陪伴着他，直到街上空空如也，随即将他请到我们家喝咖啡。

这大概就是格里克先生为什么成了我们家常客的原因。

“戈嫩博士，我从邻居那儿听说您在集邮。这真是个奇妙的巧合，我在楼上有一盒邮票，我用不着，非常高兴送给您做礼物……请原谅，您不是博士？那又何妨？整个以色列百姓在上帝面前都一律平等，上帝不喜欢的人除外。博士、下士、艺术家——大家总体上都一样，没什么差异。言归正传，我可怜的妻子杜芭有一个哥哥和一个妹妹，哥哥现在安特卫普，妹妹在伊斯坦布尔。他们写来许多信，贴有许多好看的邮票。上帝未赐给我孩子，所以要邮票也没用。我非常愿意把这些邮票送给您，戈嫩博士。作为回报，请您能赏脸让我时常光顾雅舍，这样我便可以读《希伯来大百科全书》了。跟您说，我现在正探求知识，打算把《希伯来大百科全书》通读一遍。当然不是一次读完。每次来看上几页。从我这方面，保证不打搅你们，不给你们添任何麻烦，也不会把泥巴带进屋内，进门时一定把鞋擦得干干净净。”

这样一来，邻居就成了家里的常客。除了邮票，他还送米海尔正统派犹太教日报《观察》周末增刊，因为上面有科学栏目。从那时起，我便享受在大卫耶林街格里克店里优惠购买的特权。拉链、窗帘挂钩、扣子、搭扣、绣花线，格里克先生把所有这些送给我做礼物。我无法拒绝他的馈赠。

“这些年来我一直在虔诚地遵守信仰之规。自妻子出事后，我开始产生怀疑，极其严重的怀疑。我打算拓宽知识面，学习大百科。我已经读到‘阿特拉斯’条，‘阿特拉斯’不仅指地图册，也是古希腊一个神的名字，他用双肩支撑着整个世界。最近我又有了许多新的发现，这要感谢谁呢？感谢你们，对我如此和善、如此慷慨的戈嫩一家。我应该以德报德，倘若你们不接受我为你们的儿子亚伊尔所买的巨型玩具兽，那我就真不知道如何表达我的谢意了。”

我们同意收下礼物。

一些朋友时常前来拜访我们。

挚友哈达萨及其丈夫阿巴。阿巴是贸易工业部一位颇有前途的公务员。哈达萨在同一个部里做接线生。他们打算挣足钱在热哈维亚买一套房子，而后再生一个小孩儿。米海尔从他们那里听到许多未见报端的小道消息。哈达萨和我则交流着对学生时代以及英托管时期诸多往事的回忆。

彬彬有礼的地质学系助教们前来同米海尔调侃：老家伙要是不死，年轻人就提拔不了；应该制定出规章制度，使年轻学者获得公平机会。

惕拉特伊阿尔基布兹的利奥拉会间或来拜访我们。有时她一个人来，有时则带上丈夫和女儿。他们到耶路撒冷购物或是吃冰激凌，顺便来看看我们是否健在。窗帘真漂亮，多干净的厨房。他们是否可以进去看看洗手间？他们的基布兹要建新住宅区，想讨个主意并做一番比较。他们以一个文化委员会的名义邀请米海尔去做安息日之夜的演讲，讲述关于朱迪亚山的地质构造。他们十分羡慕学者生活。“学术生活摆脱了日常琐事的束缚。”利奥拉说，“我还记得青年运动时期的米海尔。他是个热情奔放而有责任感的小伙子。汉娜，米海尔让我们班引以为荣的那一天已为期不远了。米海尔来我们基布兹讲学的那天，”她说，“你们全家一定都要来。这只是个普通邀请。我们有着许多共同的回忆。”

亚伯拉罕·卡迪什曼每隔十天便会来我家一次。他算是耶路撒冷的老住户了，拥有一家名鞋店，是利亚姑妈的好友。正是他在我们结婚前调查我家根底，并在姑妈们看见我之前就告诉她们，我是良家女子。

他走进我家，在客厅里脱掉大衣，朝米海尔微微一笑，好像是将大世界的气息带入我家，好像自他上次走后我们就一直坐在那儿等他来访。他最喜欢喝可可茶。同米海尔的谈话主题是政府。卡迪什曼是耶路撒冷右翼民族党派的活跃分子。他与米海尔总是反复争执：被暗杀的社会主义领袖阿洛佐罗夫[1]，抗英地下运动中的小宗派，奥塔莱纳沉船事件。我不明白米海尔同卡迪什曼交往会发现什么乐趣。或许是像抽烟、下棋一样有瘾，或许是不愿将一个孤老头子弃之不顾。卡迪什曼喜欢为我们的儿子亚伊尔作诗，例如：

亚伊尔·戈嫩先生
要做人中之王。
愿他永远安康，
灭敌保卫国邦。

要么就是：

咱的亚伊尔小宝宝，
长大把国土收复了。

---

1 阿洛佐罗夫（1899—1933），生于乌克兰，犹太复国主义早期领袖。

我泡茶，冲咖啡和可可。把茶车从厨房推到客厅。客厅里烟雾缭绕。格里克先生、我丈夫、卡迪什曼先生像孩子过生日那样坐在桌前。格里克先生用眼角扫了我一下。接着又迅速眨巴一下眼睛，好像觉得我要骂他。另外两人躬身面向棋盘。我切好蛋糕片，分放在小碟里。客人们对主妇赞不绝口。我脸上露出礼貌的微笑，但并非发自内心。谈话这样进行着：

“以前人们总是说：英国人走后，弥赛亚就会降临。”格里克先生开始犹豫了一下，“而今英国人走了，弥赛亚却迟迟没有降临。”

卡迪什曼先生说：

“这是由于小人当政。你们的阿尔特曼[1]这样写道：堂吉诃德勇敢作战，但每次却是桑丘获胜。”

我丈夫说：

“不必将任何东西都归结为英雄与恶棍。在政治中存有客观因素与客观倾向。”

格里克先生说：

“我们未成为民族之光，而只成了一个民族。谁知是好

1　即纳坦·阿尔特曼（1910—1970），著名现代希伯来语诗人。

是坏？”

卡迪什曼说：

“因为以色列第三王国由市井之辈操纵着。我们没有弥赛亚王，却拥有基布兹的财务总管。或许我们的小朋友亚伊尔这一代长大成人后，能给我们的人民带来自尊。”

至于我呢，则把糖碗轮流挪到客人面前，有时心不在焉地说：

“不要流于世俗。”

有时则说：

“要顺应时尚。”

或者是：

“任何问题都有两个方面。”

说这些话主要是为了避免整个晚上都坐在那儿一言不发，显得有些失礼。我突如其来产生一阵痛楚：我为什么被流放至此？“鹦鹉螺”号。“龙”号。爱琴海群岛。快来呀，拉哈明·拉哈米姆夫，我那英俊的布哈拉司机。大声按响你的喇叭，伊冯娜·阿祖莱小姐已准备起程。她已准备好了，就等在这里。无须更换衣服。一切准备就绪。立即就走。

二十八

日子一天天就这样循环往复。我什么也没有忘记。我拒绝屈从于无情的岁月魔爪。我恨它。岁月本身就像沙发、扶手椅和窗帘一样，是单调色彩的微妙变化。身穿蓝外套的聪明可爱的小女孩与患静脉曲张的幼儿园老师隔着尽管不断擦拭但愈来愈加模糊的窗玻璃。伊冯娜·阿祖莱已经落伍。一个卑鄙的骗子将其引入了歧途。我最好的朋友哈达萨有一次向我讲起我们中学校长得知自己身患癌症后的情形。医生宣布这一消息后，校长火冒三丈地指责道："我一直按时买医疗保险，战争时尽管年事已高，但还是自愿参加卫生队。多少年来一直坚持不懈地锻炼身体、控制饮食。这辈子没抽过一支烟。还出了基础希伯来文语法书！"

分明是一种哀怨。但是欺骗则更可悲，更丑陋。我别无他求。只是窗玻璃应保持透明。别无他求。

亚伊尔已经长大。明年送他去上学。亚伊尔是个从不抱怨无聊的孩子。米海尔说：

“这是个有自制力的孩子。能够自食其力。”

在院子的沙坑里，我和亚伊尔玩挖隧道游戏。挖着挖着，我的手碰到他的两只小手。在沙坑里相遇，他抬起聪慧的小脑袋，轻声说：

“我们会合了。”

一次，亚伊尔问我：

“妈妈，假如我是亚伦，亚伦是我，你知道该怎样去爱哪个孩子吗？”

亚伊尔可以一声不吭地在屋子里玩上一两个钟头。我在沉寂中会突然一震，惊恐地冲进他的房间。有没有出事。有没有触电。他冷静地看了看我，小心翼翼地惊问：

“妈妈，你怎么了？”

一个干净而谨慎的孩子。镇定自若的孩子。有时他鼻青脸肿地回到家，什么也不解释，眼眶发青。最后在威胁和诱导之下，他屈服了。

“是打架了。他们吵。我也吵。我不在乎，不疼。有时是要吵架的，就这些。”

儿子在外表上酷似家兄伊曼纽尔：宽肩膀，大脑袋，动作不太灵敏。但缺少哥哥那种开朗奔放的热情。每当我吻他时，他总是退缩，似乎在强迫自己接受，并且默不作声地忍耐。每当我试图讲些令他发笑的事，他总是用探询的目光审视我。那目光斜睨、机智、世故、严肃，好像在寻思我为何要讲述这个笑话。他对弹簧、水龙头、螺丝、插头、钥匙等物体的兴趣远远胜过对人及词语的兴趣。

一天天就这样循环往复。米海尔出门上班。三点钟回来。杰妮娅姑妈给他买了一只新公文包，因为他父亲送给他的那只已经散了架。皱纹布满了他的脸颊。表现出一种冷静以及米海尔并不具备的苦涩和嘲讽。他的博士论文进展缓慢却扎扎实实。米海尔每晚九点到十一点做研究。倘若没有客人，广播里也没什么好节目，我便让米海尔读几页他写的东西。他平淡安详的声音。他写字台上的灯光，他的眼镜，描述火山爆发、水晶层冷却时坐在扶手椅里的放松姿态，凡此种种均出现在我的梦里，并将继续重现。丈夫严谨、平实。偶尔我会想起被我们称作“白白”的那只灰白小猫。摇摇晃晃地跳起来，去捉天花板上的飞蛾。

我们的身体都开始小有不适。米海尔自十四岁以来从未患过病，我除轻微感冒外也未染大疾。但是现在米海尔常犯胃灼热，乌巴赫医生禁止他吃油炸食品。我患上收缩性喉痛，有那么几次竟连续数小时失声。

我们偶尔也会拌嘴。接着便陷于沉默。我们互相指责一会儿，而后又检讨自己。像两个在昏暗楼梯上偶然相遇的陌生人一样微笑：不好意思但又彬彬有礼。

我们买了一个煤气灶。明年夏天要买一台洗衣机。我们已签约并付了第一批款子。感谢卡迪什曼先生，我们将得到优惠。我们把亚伊尔的房间刷成蓝色。米海尔在由阳台改装的书房里又添置了几个书架，同时又把两个书架放进亚伊尔的房间。

杰妮娅姑妈来和我们一起欢度新年。在我们这里待了四天。因为过节后便是安息日。她人老了，也更厉害了。脸上的表情像是在丑陋地呜咽。她尽管患有严重的心脏病，但抽烟很凶。在炎热而动荡的国家内，医生的命运十分艰辛。

米海尔和我陪着姑妈一起到赫茨尔山及锡安山上漫步，也去游览即将要兴建大学校园的那座小山。姑妈从特拉维夫带来一本棕色封面的波兰小说，躺在床上一直读到破晓。

“为什么不睡觉呢，杰妮娅姑妈？应当充分利用假期好好休息一下。”

“你也没睡呀，汉娜。我这个年龄没什么，可你却不行。”

“我给你泡杯薄荷茶，它会帮你放松并入睡的。”

“但我睡觉没用，还是得不到休息。汉娜，谢谢了。”

假期结束前夕，姑妈问我们：

“要是你们决定不搬出这座讨厌的公寓，那为什么不再要个孩子呢?”

米海尔沉吟片刻，随即微笑道：

“我们曾考虑过，没准儿在完成博士论文之后……”

我说：

“不。我们还没有完全放弃搬家的想法，我们将拥有漂亮的新住宅，还要到国外旅行。”

杰妮娅姑妈倾泻出一种深沉的伤感。

“是啊，岁月匆匆，岁月匆匆啊，你们两个过日子，就好像时间止住脚步等你们似的。我跟你们讲，时间不会静止不动。岁月不饶人。”

两周后，住棚节的那一周，我过二十五岁生日。我比丈夫小四岁。米海尔七十岁的时候，我六十六岁。生日那天，米海尔给我买了台留声机和巴赫、贝多芬、舒伯特的三张古典音乐唱片。这是唱片收藏的第一步。米海尔说，收集唱片对我有好处。他从书上读到，音乐可使人宁静。收集唱片本身也能使人宁静。他本人毕竟也在收集烟斗，并为亚伊尔集邮。我想问，他自己是否也需要宁静。我不想看见他微笑，所以就没问。

约拉姆从亚伊尔那里听说我过生日。到我们家给他妈妈借烫衣板。突然，他局促不安地伸出手，递给我一个牛皮纸包。我打开一看，是雅各·费赫曼[1]的一本诗集。我尚未来得及说声谢谢，他已上楼去了。烫衣板是第二天由他妹妹还来的。

放假前一天，我到理发店剪了一个男童式短发。米海尔说：

“汉娜，你这是怎么啦？我简直弄不懂你到底是怎么啦！”

母亲因我过生日特意从诺夫哈里姆基布兹寄来一个包裹。里面装着两块绿色台布。上面有母亲绣的紫红色水仙。绣工十分精细。

---

1 雅各·费赫曼（1881—1958），现代希伯来诗人兼文学评论家，其诗风多愁善感。

住棚节那天，去参观圣经动物园。

圣经动物园离我们住的地方不到十分钟的行程，却像是另一个大陆。它坐落在山坡上的灌木丛内。山脚下是一块荒地。崎岖的河谷恣意蜿蜒。风吹打着松枝。黑鸟在蔚蓝的天空中翱翔。我的目光追随着它们。很快便失去了自持。我在想象飞翔着的不是鸟，而是自己，在徐徐飘落，飘落。一位上年纪的服务人员急忙拍拍我的肩膀：走这边，夫人，走这边。

米海尔给儿子讲述日间动物与夜间动物的不同习性。用词简单，不用形容词。亚伊尔提问。米海尔回答。我没有听他们在说些什么，却听到了风声和笼子里猴子的抓挠声。在耀眼的阳光下，猴子们一心一意地挑逗。我无法对此无动于衷。一种猥亵的快感油然而生，像是梦中陌生人虐待我时所产生的那种体验。一位身着灰大衣、衣领竖起的老人面对猴笼，瘦骨嶙峋的双手拄着雕花拐杖。年轻挺拔的我身穿夏装，故意从他和笼子跟前走过。老人目不转睛地盯着我，好像我是个透明物体，好像猴子的交配通过我的肉体在继续着。你在看什么，先生？为什么要问呢，年轻的女士？你冒犯了我，先生。你太敏感了，年轻的女士。你要走吗，先生？我回家，年轻的女士。家在哪儿，先生？你为什么问这个？你无权过问。我有我之所在，你有你之所在。这又何妨。你把我当成什么人了？原谅我吧，先生，我误会了你的动机。我亲爱的疲惫女士，你看样子在自言自语。我听不懂你在说些什么。你像是生病了。我听到了远处传来的音乐，先生，是不是有支乐队在远方演奏？树那边是什么，我可就不能说了，年轻的女士。你很难相信一个身患疾病的陌生女子。我听到了美妙的音乐，先生。那只是一种幻觉，我的孩子，那只是猴子撒欢儿时的叫喊，是猥亵之声。不，先生，我无法相信你。你在欺骗我。一支队伍正要穿过丛林，穿过以色列列王街的楼群。那里，年轻人在行进歌唱；那里，剽悍的警察骑着奔腾的骏马；那里，一支军乐队身穿闪闪发光、镶有金边的白制服。你在欺骗我，先生。你是想孤立我，让我变得空虚。我尚不属于这类人，依旧有所不同。我不允许你用甜言蜜语来引诱我，先生。倘若一群骨瘦如柴的大灰狼在笼子里转，脚爪轻轻地打着拍子，龇牙咧嘴，鼻子里喷出热气，身上沾满泥浆和唾液，那么定是在威吓我们，它们怒火满腔觊觎着的正是我们，现在，就是现在。

二十九

日子一天天就这样周而复始。秋天即将来临。下午，阳光照在西窗，在地毯和椅垫上投下光影图。图案伴着外面树梢的拂动在轻轻摇摆。这一动作焦灼而又复杂。无花果树枝头每晚都会呈现出新鲜的火红。外面孩子的嬉戏声使人联想到远方的荒野。秋天即将来临。记得小时候父亲曾告诉我，人在秋天似乎比较平静，比较聪明。

平静而聪明：多么乏味。

一天晚上，米海尔从学生时代就开始结交的朋友雅德娜来我家做客。她带来了一种无法抗拒的快乐。她和米海尔同时开始读书，而今，用功的米海尔已近功成名就，而她则红着脸告诉我们，自己还在忙着撰写讨厌的毕业论文呢。

雅德娜臀部丰满，身材高挑，穿着紧身短裙，也算得上碧眼，一头浓密的金发。她来找米海尔帮忙：她写毕业论文有困难。从见到米海尔的那一天她就知道，米海尔有多么渊博，他一定会帮助她。

雅德娜满怀深情地叫亚伊尔“小家伙”，叫我“甜甜”。

“甜甜，抢你的夫君用上半个小时，你不会介意，对吗？他要是不马上给我讲这个戴维斯，我就发誓要从房顶跳下去。简直快把我逼疯了。”

说话时，她摸着米海尔的头，好像米海尔归她所有。她的手宽大而苍白，指甲修长的手指上戴着两枚大戒指。

我顿时沉下脸。但马上便为自己感到羞愧。我努力用雅德娜式的语言回答她，我说：

“拿去吧。我把他送给你啦。连同你们的戴维斯一道。”

“甜甜，”雅德娜叫着，脸上浮现出一丝冷笑，“甜甜，别这么说，不然以后你会后悔的，你可跟听上去的不一样，你并非女英雄。”

米海尔选择了微笑。微笑时嘴角略微抖动了一下。他点上烟斗，把雅德娜请进书房。在写字台旁同她坐了个把小时。他声音深沉而严肃，她总是抑制不住地咯咯发笑。当我手推台车，给他们送去咖啡和蛋糕时，展现在我眼前的是两个脑袋，一金一灰，像是在云烟中浮动。

“甜甜，”雅德娜说，“你似乎并不为自己抓到了一个年轻的天才而激动不已。我要是你，就会把他生吞下去的。可你呢，甜甜，看样子不是那种贪婪的家伙。不，不要怕，我是那种叫唤的狗，不会咬人。现在请好心的你原谅，我们把课上完就把这个聪明天真的孩子还给你。小家伙，你们的儿子——那副模样，站在墙角儿静静地看着我，像个小大人。目光就像他爸爸，既羞怯又敏锐。快把那个孩子带走，他快把我弄疯了。”

我出门走进厨房。窗子上挂着蓝色窗帘，上面有印花图案。厨房阳台上挂着一个大洗衣盆。明年夏天买洗衣机之前我得一直用它洗东西。壁架上放着一盆枯死的植物和一盏煤油灯。耶路撒冷经常停电。我为什么要剪短头发，我喃喃地向自己发问。雅德娜身材高大，光彩照人，笑声响亮热情。该是做晚饭的时候了。

我急忙冲向波斯人开的蔬菜店。波斯菜商伊莱贾·莫西阿正站在那儿锁门。他兴高采烈地说，要是我晚来两分钟他就已经走了。我买了一些西红柿、黄瓜、芹菜和青红辣椒。我慌乱不堪的动作惹得波斯人没完没了地笑。我双手提起篮子往家跑。突然，我怔在那儿。没有钥匙。我忘记带钥匙了。

但这又有何妨，米海尔和客人待在家里呢。门没锁。此外，我在楼上邻居凯姆尼扎家里还放了一把钥匙，以防万一。

用不着这么慌里慌张，雅德娜已站在楼梯上，一次又一次地向我丈夫道别。她把一条漂亮的大腿靠在栏杆扶手上。楼道里弥漫着汗气和香水味。由于奔跑，加上担心钥匙，我上气不接下气。雅德娜说：

“你这位腼腆的丈夫在半小时内解决了困扰我半年的问题。真不知怎么感谢你们二位。”

说着，她突然伸出两只精心修理过的手指，从我下巴上拈起一块头皮屑，要么就是一根头发。

米海尔摘下眼镜，静静地微笑着。我突然抓住丈夫的胳臂，倚着他站着。雅德娜笑着走了。我们进屋。米海尔打开收音机。我做色拉。

迟迟没有来雨。冬寒遍布了整座城市。屋子里整天开着电热器。太阳被潮湿的雾气裹挟着。儿子用手指在窗玻璃上画各式各样的图案。我有时站在他身后看，但也看不出什么名堂。

安息日晚上，米海尔爬上梯子，取下冬衣。又把夏装放到一边。我讨厌去年以来购买的所有衣服，那条高腰裙现在看上去像老太太穿的衣服。

安息日之后，我进城去买东西。发疯似的越买越多，一上午就花了一个月的工资。我给自己买了一件绿大衣、一双带毛长筒皮靴、一双羊皮鞋、三条长袖裙、一件橘黄色羊毛拉链背心。给亚伊尔买了一件暖融融的雪兰毛水手服。

接着，我沿雅法路向西走去，经过曾为父亲拥有的电器商店。我走进门，放下包。盲目地站在一个陌生男子面前。这个男人问我需要什么。声音和悦，我为此从心眼里感激他。这个男人尽管被迫把问题重复了一遍，但也未提高调门儿。我看到昏暗深处通往后屋的出口，那里有两级台阶。我父亲经常在那间屋子里做简单的修理，我每每去那儿读男孩子们的书。就是在那间屋子，父亲每天给自己泡两次茶，早上八点一次，下午五点一次。十九年来，无论冬夏，父亲每天早上八点和下午五点都给自己泡一次茶。

一个丑丫头抱着个秃头娃娃从后屋走出来。眼睛哭得红红的。

“您要点什么?”陌生人连问三遍。听话音儿并无惊诧之意。我要买一个电动剃须刀，以减轻丈夫刮胡子时的痛苦。丈夫像年轻人那样刮胡子：用剃须刀把脸刮出了血，但下巴上依然留有胡楂儿。这里有最好、最贵的剃须刀。我要给他一个偌大的惊喜。

我站在那里数钱包里剩下的钱。丑丫头的脸上突然一亮：她觉得她认出了我。难道我不是卡特曼诊所的考伯曼医生吗？不，亲爱的，你弄错了。我是阿祖莱小姐，打网球的。谢谢，祝你们愉快。你应该生火。这儿很冷。店里很潮。

看到我拿回家的一包包东西时，米海尔大吃一惊。

“你这是怎么啦，汉娜？我真不明白你究竟怎么啦！”

我说：

“你一定记得灰姑娘的故事。王子选中她是因为她长着整个王国中最小巧玲珑的一双脚。她需要他是出于对继母和两个丑姐姐的憎恨。你反对王子同灰姑娘建立家庭是以虚空幼稚的想法做基础的这一说法吗？小巧玲珑的双脚，跟你说，米海尔，王子是个十足的傻瓜，灰姑娘一定是疯了。也许这就是他们日后可以互相适应并能幸福生活的原因。”

“这对我来说太深奥了。”米海尔皮笑肉不笑地埋怨道，“你的比喻对我来说太深奥了，我不是学文学的，不擅长解释象征符号。请把你所要表达的意思再重复一遍，但用词要简单。倘若你的话真的很重要。”

“不，我亲爱的米海尔，并不真的重要。我并不确切地知道要阐释什么。不知道。我买这些新衣服是为了欢喜并享受它们，给你买电动剃须刀是为了让你高兴。”

“谁说我不高兴了?”米海尔平静地问，“那你呢，汉娜，你不高兴吗？你究竟是怎么啦，汉娜？我不明白你到底是怎么啦!”

“有一支优美的儿歌，”我说，“儿歌中有个小女孩问：‘小丑儿，小丑儿，想和我一起跳?’有人回答：‘可爱的小丑儿要和大家一起跳。’米海尔，你觉得这样回答小姑娘的话行不行?”

米海尔开始要说些什么，继而又改变了主意，默不作声。他打开包，把东西一一放好。走进他的书房，一会儿又犹豫不决地走回来。他说，由于我的缘故，本月大概得向好友卡迪什曼先生借钱方可渡过难关了。他何苦非期望自己去弄明白呢？这究竟是为了什么？在幽冥之中抑或苍茫大地定存有什么原因。

“人们在使用‘原因’一词时应该十分慎重。米海尔，这是不是你在五六年前告诉我的?”

三十

耶路撒冷的秋天。迟迟没有下雨。天空湛蓝，蓝得像平静的海水。天气干冷彻骨。流云向东席卷而去。早晨，天上涌起浓云，像沉默的游行队伍在房屋上空徘徊。它们的突如其来使得石拱门愈加黝黑。下午，城市上空升起迷雾。五点，要么就是五点一刻，天空一片昏暗。耶路撒冷街灯不多。光线昏黄暗淡。落叶在小弄与院子里起舞。街上贴有用辞藻华丽的散文诗写成的一则讣告：纳胡姆·汉努阿，布哈拉社团之父，无疾而终，长眠千古。我发觉自己陷入对死者姓名，对无疾而终，对死亡等的郁郁沉思之中。

卡迪什曼先生来了。他神色沉郁、不安，身穿一件俄国裘皮大衣。他说：

“要打仗了。这一次我们将攻克耶路撒冷、希伯伦、伯利恒、纳布卢斯。上帝最公正不过了，他让我们所谓的领袖缺乏常识，也搅乱了敌人的头脑。他像过去一样，把用一只手所拿走的东西又用另一只手还了回去。愚蠢的阿拉伯人偏偏要做聪明的犹太人不做的事。将会出现一场大规模的战争，圣地将会重新属于我们。”

“自从圣殿被毁之后，”米海尔重复着他父亲最喜欢的格言，“自从圣殿被毁之后，先知的力量便被赋予你我这样的凡人。依我所见，我们这次作战不但要攻克希伯伦和纳布卢斯，而且要攻克加沙和拉法。”

我放声大笑说：

“先生们，你们都想入非非了。”

铺着石块的院子覆盖着一层枯死的松针。秋意正浓。秋风将枯叶从一座荒院吹向另一座荒院。黎明前夕，麦括尔巴鲁赫地区住家阳台上的瓦楞铁发出有节奏的和谐声响。抽象意义上的时间运动就像试管内嗞嗞作响的物质：纯净、绚丽、有毒。10 月 10 日那天夜里，天将破晓之际，我听见远处传来发动机沉重的轰鸣声。一声沉闷的轰鸣，似乎要狂暴地扼住某种喷薄欲出的能量。坦克在我们家附近的施耐勒营地的墙内启动，轰隆隆地向前挺进。我当它们是肮脏、撕咬的猎狗疯狂地要挣脱套在它们脖子上的锁链。

狂风也在呼啸。风卷起碎垃圾，打了一个脏兮兮的旋涡，狠狠地将其抛在旧百叶窗上。风吹起发黄的报纸，在黑暗中形成一个鬼影。报纸粘在街灯上，舞弄着残躯。行人躬腰抵御着狂风的侵袭。风不时在撞击着废弃的门，门砰砰作响，远处传来碎玻璃的叮当声。我们整天开着电热器，甚至夜里也不关掉。收音机里播音员的声音坚定而庄严。一种盛怒爆发前夕的苦涩而持续的压抑。

10月中旬，波斯菜商伊莱贾·莫西阿先生被征入伍。其女拉文娜代他经营商店。她脸色苍白，声音轻柔。拉文娜是个腼腆羞怯的姑娘。那羞答答、努力取悦于人的模样儿让我很喜欢。她紧张得直咬自己的金色发辫。这姿势很让人动心。夜间，我梦见了米海尔·斯特洛果夫。他站在剃着光头的鞑靼人头领前，鞑靼人的那张脸野蛮残忍。他一声不吭地受刑，严守秘密。他双唇紧闭，气宇轩昂。目光坚定不移。

中午，米海尔评论着广播新闻：有一条千真万确、颠扑不破的名法则——倘若没记错，这是德国铁血宰相俾斯麦讲的，按照他的说法，当一个人面对敌人的武装联盟时，应该勇往直前，打败最强者。现在，这一时刻即将来临，丈夫果断地宣布道。我们先要吓死约旦人和伊拉克人，再突然一个回马枪，踏平埃及。

我目不转睛地看着丈夫，好像他突然开始讲起了梵文。

三十一

耶路撒冷的秋天。

每天早晨，我把厨房阳台上的枯叶扫掉，新的枯叶又飘落下来。它们在我手上捻作碎末，噼啪作响。

迟迟没有下雨。有那么一两次，我寻思着是初雨开始降落，冲下楼去收绳子上的衣服。但雨却没下。只有那潮乎乎的风吹打着皮肤。我感冒了，嗓子疼。早起时分嗓子最疼，城中气氛很紧张。往昔一切熟悉的事物中增添了新的沉寂。

铺子里的家庭主妇们说，阿拉伯兵团正在耶路撒冷周围架设枪炮。商店里再也见不到罐头、蜡烛和煤油灯。我买了一大盒甜饼。

桑海迪里亚地区的哨所夜里响起了枪声。炮兵部队埋伏在特拉阿里兹丛林。我看见在圣经动物园背后的田野中遍布着伪装的后备士兵。好友哈达萨前来告诉我从她丈夫那里听来的消息。内阁会议一直开到天将破晓，部长们出门时的样子焦灼不安。夜里，火车将大批士兵运到耶路撒冷。我在约翰王街的艾伦比咖啡馆看见四个英俊潇洒的法国军官。他们头戴贝雷帽，肩章上的紫杠杠熠熠生辉。这种场景我只是在电影中才看到过。

我背着刚买的东西踉踉跄跄往家中走去，在大卫耶林街看见三位身穿迷彩服的伞兵。他们肩扛冲锋枪，在 15 路公共汽车站上候车。其中一个又黑又瘦的家伙在我身后嚷道："好宝贝儿!"两个同伴跟他一起狂笑。我非常喜欢他们的笑。

星期三破晓之际，寒流袭击着住宅。这是入冬以来最冷的一天。我赤着脚下床，给亚伊尔盖好被子。脚下刺人的寒冷让我觉得很舒服。熟睡中的米海尔喘着粗气。桌椅变成一块块影子。我站在窗前。愉快地回想起九岁时患过的那场白喉。有股力量令我入梦，带我跨越了梦醒之界。寒冷盖过了一切。天边，微明与灰暗相互交织在一起。

我站在窗前，周身瑟瑟发抖，充满欣喜与渴望。透过百叶窗，看见太阳掩映在绯红的云霞中，正奋力钻出薄雾。过了一会儿，阳光喷薄而出，给树梢和挂在后阳台上的锡盆涂上一层红光。我被迷住了。身穿睡衣，打着赤脚，把额头贴在玻璃窗上。严霜在玻璃窗上结下霜花。一个女人穿着便服出门倒垃圾。她的头发和我的一样，也是乱蓬蓬的。

闹钟响了。

米海尔掀开被子。眼睛还没有睁开，脸皱成一团。他声音嘶哑地自言自语道：

“真冷啊。什么鬼天气。”

接着，他睁开眼睛，一眼看到了我，大吃一惊。

“你疯了吗，汉娜？”

我朝他转过身子，但却说不出话来。我又一次失声了。我想把此事告诉他，可嗓子一阵剧痛。米海尔一把抓住我的胳膊，使劲把我拉到床上。

“你一定是疯了，汉娜，”米海尔惊恐地重复道，“你不对劲儿。”

他的嘴唇轻轻碰碰我的前额，又补上一句：

“你双手冰凉，额头却烫得厉害。汉娜，你生病了。”

我的身子在被子里剧烈地抖个不停，但内心里却燃烧着自幼从未体验过的剧烈快感。发烧的喜悦紧紧攫住了我。我闷笑个不停。

米海尔穿好衣服。系上花格领带，又用一个小夹子将它固定住。到厨房给我热了一杯牛奶。往牛奶里加进两匙蜂蜜。

我咽不下去。喉咙火烧火燎。这是一种新的疼痛。疼痛的加剧让我倍觉欣喜。

米海尔把牛奶放在我床边的凳子上。我用双唇冲他微笑。想象自己是朝脏狗熊身上扔松果的小松鼠。新的疼痛属于我，我要好好加以体验。

米海尔站在那里刮脸。他放大收音机音量，以便能够在电动剃须刀的响声中听到新闻。接着又把剃须刀吹干净，关上收音机，出门到药铺给我们住在阿尔芬达里街上的乌巴赫医生打电话。回来后，他急急忙忙给亚伊尔穿好衣服，把他送到幼儿园。动作像训练有素的士兵那样准确无误。他说：

“外面冷极了。请不要下床。我也给哈达萨打电话了。她答应派女佣过来照顾你，并做饭。乌巴赫医生说好在九点或九点半的样子来。汉娜，请你千万要趁热把牛奶喝下去。”

丈夫在我床前像个年轻侍从一样，笔直地站在那里，手中的茶杯一动不动。我推开茶杯，抓住米海尔的另一只手，吻了吻他的手指。我不想抑制发自肺腑的笑。米海尔建议我吃阿司匹林。我摇摇头。他耸耸肩膀。如此一副学究派。他戴上帽子，穿好大衣。出门时他说：

“汉娜，记住，躺在床上别动，等着乌巴赫医生。我争取早些回来。你得安定下来。你着凉了，汉娜，没别的毛病。

屋子里很冷。我把电热器放得靠床近一些。”

丈夫刚刚关上屋门，我便光脚跳下床，又跑向窗前。我是个桀骜不驯的野孩子。我像个醉汉似的扯着嗓子又唱又叫。疼痛与愉快燃烧在一起。这疼痛甜美而又激动人心。我肚子里灌满凉气。我咆哮，怒吼，像我和伊曼纽尔儿时那样模仿鸟兽叫。但是却听不到声音。这是一种纯然的魔幻。剧烈的快感与疼痛冲击着我。我身上发烧，额头滚烫。我像小孩在热浪到来之际一样，打着赤脚，赤身裸体地冲澡。我把水龙头拧到最大，在冷水中打滚。向四处撩拨水花，向墙壁上亮晶晶的瓷砖、天花板、毛巾、挂在门后衣帽钩上的米海尔睡衣撩水。我往嘴里灌满水，一口接一口地对着镜子向自己脸上喷去。我冻得浑身发紫。疼痛在后背蔓延，慢慢沁入脊骨。乳头僵硬。脚趾直挺挺的。只有前额滚烫，我一直无声地唱着。一种强烈的渴望延伸至肉体深处，延伸至那最敏感的部位，最隐秘的所在——甚至连自己至死也无法看到的地方。我有肉体，它属于我，它抖动、震颤、鲜活。我就像个女疯子，从一个房间跑到另一个房间，又跑到厨房和门厅，水珠不住地滴落，滴落。我赤身裸体，湿漉漉地瘫倒在床上，四肢拥住被子和枕头。许多友善的人伸手将我轻轻触摸。当他们的手指碰到我的皮肤时，热浪冲击着我的全身。双胞胎一言不发，抓住我的双臂，将其倒背捆住。诗人扫罗弯下腰，他的胡须及一股暖流令我陶醉。英俊的出租车司机拉哈明·拉哈米姆夫也来了，像野人似的抱住我的腰身。疯狂地迈开舞步，将我高高举在半空。远处传来震耳欲聋的音乐声。他们的手压在我身上。按摩。敲打。揉搓。我竭尽全力大笑、尖叫。发不出声音。士兵们身穿迷彩服蜂拥而至，围在我身边。从他们身上散发出一股强烈的雄性气息。我是他们大家的。我叫伊冯娜·阿祖莱。伊冯娜·阿祖莱与汉娜·戈嫩截然相反。我冷。洪水滔滔。男人为水而生，冰冷而狂暴地泛滥在茫茫平川，泛滥在白雪皑皑的无际草原，泛滥在星球之上。人们为冰雪而生。生存而不是休憩，狂呼而不是低吟，触摸而不是观望，涌动而不是渴求。我是冰人。我的城市是座冰城。化作冰的还有我的公民，以及一切。女王说话了。但泽将要有场冰雹。它晶莹、透明、狂暴，它将毁掉整座城市。跪下，叛逆的臣民，跪下，在大雪中低下你们的头。你们将变得清澈、洁白，因为我是个白色女王。我们必须洁白、透明、冰冷，这样才不致粉碎。整座城市也将变得明澈、晶莹。树叶不再飘落，鸟儿不再高翔，女人不再颤抖。我说过。

时值但泽城深夜。特拉阿兹阿及其森林挺立在白雪之中。

广袤的平原伸向马哈耐耶胡达、阿格利帕、谢赫巴达尔、热哈维亚、贝特哈凯里姆、克里亚特施穆埃尔、特勒皮特、吉乌阿特沙维尔直至卡法利弗塔斜坡。雾霭茫茫，一片黑暗。这是我的但泽城。马米拉街一头的湖心上有一小岛。岛上矗立着女王雕像。石座上的就是我。

但是在施耐勒军营内，一场密谋正在筹划中。不动声色的反叛蠢蠢欲动。两个黑乎乎的毁灭者“龙”号和“虎”号起航。气宇轩昂的船头冲击着冰层。一个蒙面水手站在摇摆不定的桅杆顶上的瞭望台。他是个雪人，就像在 1941 年冬天那场大雪中哈利利、汉娜、阿兹兹用雪堆成的最高指挥官。

低矮的坦克沿着盖乌拉大街结了冰的斜坡驶向梅沙阿里姆居住区。在施耐勒军营门口，一群身穿粗呢风衣的军官在低声筹划着什么。并非我发动了这场行动。我的命令就要冻结。这是一场阴谋。人们压低声音传播着紧急命令。黑漆漆的天空中飞舞着轻盈的雪花。短促尖厉的机关枪声响成一片。浓密的胡须上闪动着冰碴儿。

沉重而有破坏力的坦克穿过我所栖息的城市的边缘。我孤身一人。就在此时，双胞胎潜入俄罗斯庭院。他们打着赤脚、悄无声息地赶来，悄然无声地爬完最后一段路。从背后刺死我布置的监狱看守。城市中的沉渣余孽纷纷出笼，嘴里狂呼滥叫。狭窄的街道上洪水翻腾，笼罩着沉重的邪恶气氛。

同时，最后的顽抗已被击破。要害地点均被占领。忠贞不渝的斯特洛果夫被俘。但在远离中心地带，反叛者已经纪律涣散。醉醺醺的剽悍士兵带着愚忠与叛逆意识冲进居民与商人之家。他们眼中充满血晕。戴着皮手套的双手伸了出去强奸和抢劫。整座城市蔓延着一股邪恶的力量。诗人扫罗被囚禁在麦里桑达街广播站的地下室。暴民们对他横加辱骂。我受不了。我哭了。

炮架在无声的橡皮轮上滚动，向高处挺进。只见一个秃头叛逆分子爬上塔拉桑塔楼顶，悄悄换掉上面的旗子。他头发蓬乱。这个叛贼野蛮而又英俊。

获释的罪犯卑怯地笑着。他们身穿号服分散到城中，拔出了钢刀。他们分布到外围地区以便复仇雪耻。著名的学者被囚禁起来。他们似睡非睡，迷迷糊糊，义愤填膺，以我的名义进行抗议，诉说他们良好的关系网。捍卫着他们的尊严。他们当中已经有人摇尾乞怜，宣称对我恨之入骨。背上的枪支激励着他们，抑或使他们趋于平静。一种新起的卑劣力量统治着城市。

坦克按预先定下的秘密计划包围了女王王宫。在平滑的积雪上留下深深的印痕。女王站在窗前竭力呼喊着斯特洛果夫和尼摩船长的名字，但却发不出声音，只有嘴唇机械地一翕一张，似乎在想方设法取悦情绪激昂的部队。我猜不出我保镖指挥官们的心意，或许他们也卷进了阴谋之中。他们一遍又一遍地看表。是否在等待事先约定的时间呢？

“龙”号和“虎”号已来到王宫门口。机枪在硕大的枪架上缓慢地转动。像魔爪指着我的窗子，指着我。我病了。女王想低声说话。她看见锡安山东方朱迪亚沙漠对面红光摇曳。但这最初的庆祝烟火并非向她致以敬意。两名刺客热切地俯过身来。女王从他们眼中看到了遗憾、渴望与嘲弄。他二人都这么年轻。皮肤黝黑。美得可怕。我骄傲而安详地想站到他们对面，可我的身体也背叛了我。女王身穿薄睡衣，趴在冰凉的瓷砖上。她暴露在他们饥渴的目光之下。双胞胎相视而笑。他们牙齿洁白。周身发出一种不怀好意的颤抖。好像年轻人看到突然被风掀起的女人裙子时发出的狞笑。

一辆全副武装的汽车装着高音喇叭在城郊巡逻。一个清晰沉稳的声音在广播新管辖区法令总则。发布闪电审判令和无情处决令。如有谁违抗，则像狗一样被枪决。疯癫冰女王的统治已一去不复返了。就连白鲸也不会逃脱。城市的新纪元开始了。

我似听非听，因为刺客们已把手伸到我这儿。他们哑着嗓子咕哝着什么，就像被缚住四肢的牲畜在呻吟。眼中闪着贪婪的光。阵痛的快感在后背和脚趾间颤动、流淌、灼烧，焦灼的火花及感官的战栗冲击着我的后背、脖颈、肩膀及全身。我在心里无声地尖叫着。丈夫用手指恍恍惚惚地抚摸着我的脸庞。他想让我睁开眼睛。他难道看不出我双眼圆睁吗？他想让我听他说话。谁像我这么专注？他不住地摇晃着我的肩膀。双唇触到了我的前额。我仍属于冰，但是已被另一种力量左右住了。

三十二

我们的医生，住在阿尔芬达里街的乌巴赫医生，身材纤细、精致，如同一件瓷器。他高颧骨，目光忧郁，充满同情。在检查时，他按照惯例，发表了一通小小的演说。

“一星期以后就好了。完全康复。我们只不过是着了点凉，做了不该做的事而已。体力正在尽力恢复，精神嘛，大概是起了某种阻滞作用。精神与肉体的关系并非像司机驾驶机动车。而是像，比方说粮食中的维生素，诸如此类。亲爱的戈嫩太太，别忘了你已经是做妈妈的人了，不要把自己当成小孩子。戈嫩先生，我们的肉体要彻底地休息，神经与精神也是一样。这是第一点。我们每天得吃三次阿司匹林。蜂蜜对嗓子有好处。我们睡觉时屋子得保持暖和。我们不要同女士争吵。只说好好好。我们需要休息，放松。任何谈话都会引起并发症或精神上的不快。尽量少说话，只使用基本的中性词汇。我们不冷静，一点也不冷静。如果有什么并发症，可随时打电话给我。但若是有歇斯底里的症状，则需要安静下来，耐心等候。不要增加戏剧性的事件。被动的观众对戏剧的杀伤力就像抗生素杀害病毒一样。需要彻底的安静，内在的安静。希望你好起来。请你好起来。”

傍晚时分，我稍见好转。米海尔带亚伊尔进屋，站在远处向我道晚安。我挣扎着低声说：“你们晚安。”米海尔把手指放在唇边：不许说话。声带不要用力。

他照顾孩子吃饭，安顿他睡觉。接着又回到我屋子。他打开收音机，声音激昂的新闻广播员正在宣布美国总统颁发的最后通牒令。总统号召各派别要严于律己，避免突发性事件的发生。据未证实的消息，伊拉克部队进攻了约旦。政治评论员持怀疑态度。政府呼吁提高警惕，冷静从事。军事家们犹豫不决。盖伊·莫来特内阁两次召开特别会议。一著名女演员自杀。气象预报报道，耶路撒冷将出现霜冻。

米海尔说：

“哈达萨的女佣西米卡明天会来我们家。我请一天假。汉娜，我要跟你说话，但你不要作声，因为你现在还不能讲话。”

“米海尔，不碍事，我不疼。”我低声说。

米海尔从扶手椅内站起身，走过来坐在我床边。他小心翼翼地掀开被子一角，坐在床垫上。有那么几次，他慢慢地点点头，好像终于在脑海里解出了一个方程式，此刻正在验算结果。他盯着我看了一会儿。接着便用双手捧住自己的脑袋。最后，与其说对我倒不如对他自己说：

“我很害怕，汉娜，中午到家时，我看到你那副模样。”

说此话时，米海尔退缩了一下，好像这话使他自己受到了伤害。他站起身，理好被子，关掉天花板上的灯。他抓住我的手。为我对手表，表在今天早晨即已停了下来。他给表上弦。他的手指温暖，指甲扁平。手指上有筋、神经、肌肉、骨头及血管。我学文学时，得背伊本·加比罗尔[1]的一首诗，诗中说我们由浊液构成，相形之下，化学毒品是那么的纯净：洁白、透明的晶体。地球不过是覆盖在压抑着的火山之上的绿壳。我抓住丈夫的手指。这一动作使得米海尔的脸上漾起了笑意，好像他正在寻求我的谅解，并且达到了目的。我的眼泪夺眶而出。米海尔拍拍我的脸颊。绷紧双唇。决定一声不吭。他摸我的动作与拍打亚伊尔脑袋的动作一模一样。这

1 伊本·加比罗尔（约1021—约1070），著名的西班牙裔哲学家，杰出的希伯来诗人。

一比较令我悲从中来，我不知做何解释，或许没有理由解释。

“你病好以后，我们要到很远的地方去。”米海尔说，“要么去诺夫哈里姆基布兹。把孩子留给你的妈妈和哥哥，我们一起去疗养院。要么去埃拉特。要么去纳哈利亚。晚安，汉娜，我去关掉门厅的灯，拔掉电热器。看来我是犯了某种错误。我不知错在哪里。我的意思是，我该做些什么以避免这种事的发生呢？或者说我做了什么不该做的事，结果把你弄到这种地步呢？在霍隆上学时，有位叫耶海伊姆·佩莱德的体操老师总是叫我‘故费·甘茨’[1]，因为我的反射作用很慢。我数学、英语学得很好，但体育一项却很迟钝。每个人都有自己的强项和弱项。没劲。说这事不相干。汉娜，我想跟你说，从我这方面，很高兴我们能够结合，而不是同别人结合。我总是尽我所能去满足你的要求。汉娜，请不要用今天我回家吃午饭时看到你的那副样子来吓唬我了。汉娜，我请求你。我毕竟不是铁打的。我又在说无聊的话了。晚安。明天我把衣服送到洗衣店。你夜里若是要什么东西，不要叫，喉咙不要用力。你就敲墙吧，我坐在书房，会立即过来。我把一壶热茶放在这个凳子上。这里有一片安眠药。要是自己能够睡

1 音译，意为“傻瓜甘茨”。

着的话就不要吃。不服药睡觉对你比较好。汉娜，我求你了。我并非经常求你做什么的。现在，第三次，我怎么突然这么啰唆了，汉娜，晚安。”

第二天早晨，亚伊尔问：

“妈咪，爸爸要是国王，我就是公爵，这是真的吗？”

“要是奶奶长上翅膀能够飞翔，那么她就是天上的雄鹰。”我微笑着，哑着嗓子说。

孩子不吱声了。也许他是在努力想象着句子中节奏的效应。把它翻译成图画语言。勾勒出意象。最后他沉着地宣布：

“不。奶奶长上翅膀后也是奶奶，不是雄鹰。你说话的时候想都不想。就像你给我讲小红帽把老奶奶从狼肚子领出来一样。狼肚子又不是贮藏室。狼吃东西是要用嘴嚼的，对你来说任何事都有可能发生。爸爸讲话时总是很注意的。不是想起什么就说什么，而是要思考的。”

米海尔伴着煤气灶上开水壶的哨音说：

“亚伊尔，请你赶快到厨房去。坐下来吃饭。妈妈生病了。要是你不介意的话，就闭上嘴巴吧。我警告你。”

哈达萨的女仆西米卡把被子拿到窗外吹风。我坐在扶手椅里。头发乱蓬蓬的。米海尔手上攥着我给开的购物单去了杂货店。单上列着面包、奶酪、橄榄、酸奶。他请了一天假。

亚伊尔在门厅对着镜子把头发弄得乱七八糟，而后梳好，随即再弄乱。最后对着镜子做鬼脸。

西米卡敲打床垫。我望着，只见一道斑驳的金光舞成一条光带投向窗角。我身子软绵绵的。没有痛苦，没有渴望。一个疏懒、朦胧的想法油然而生：赶紧买一条漂亮的大波斯地毯。

门铃响了，亚伊尔打开门。邮递员没把挂号信交给他，因为需要签字。正在这时，米海尔挎着菜篮子走回家。他从邮递员手中拿过登记簿，在收据上签字。进屋时神情庄重。

这个人什么时候能不那么克制？哪怕有一次见到他慌乱、欣喜、狂热也好！

米海尔简要地向我解释说，任何战争不出三周就要结束。“这当然说的是有限的地方性战争。时代不同了，1948 年不会重来。超级大国之间的平衡十分不稳定。现在，美国正经受竞选的煎熬，俄罗斯正忙着处理匈牙利问题，这是个转瞬即逝的好机会。不，这场战争不会拖得太久。真是太突然了，我被征兵了。我不是飞行员，不是伞兵。你为什么要哭？我过几天就会回来，给你带一个地地道道的阿拉伯咖啡壶。这不过是开玩笑——你为什么要哭？回来后我们要去度假，像我保证的那样。我们要去加利利，或者是去埃拉特。你在做什么，为我致哀吗？我很快就会回来，或许这是我错误的推断。只不过是军事演习而已，不是战争。我路上要是有机会，一定给你写信。我真的不想让你失望，不过我得事先提醒你，我不善写信。汉娜，我得赶紧换上军服，打点行装，可不可以给诺夫哈里姆打个电话，我不在的时候，让你妈妈来照顾你几天。

“我穿着军装的样子显得很怪。这么多年体重一直没有增加。汉娜，你记得爸爸把警卫员制服穿在睡衣外和亚伊尔玩耍时的样子吗？噢，我太冒失了，真对不起，这时候不该提起此事。汉娜，我把我们俩都伤害了。汉娜，我们千万别去追究每个词语中的暗示。说话就是说话。只是词语。仅此而已。这里，我在抽屉里给你留了一百镑。我写下我的部队番号和军团号。我已在花瓶下放了这张纸条。月初便付了水费、电费、煤气费。战争不会持续太久。至少，这是我深思熟虑的见解。你瞧，美国人……没事。汉娜，现在别那么看着我。这样你会更难过。我也会难过。哈达萨的西米卡会一直在这儿待到我回来。我给哈达萨打电话。我也给撒拉·杰尔丁打个电话。现在你又那样看着我了。这不是我的错，汉娜。记住，我不是飞行员，也不是伞兵。我的毛衣哪儿去了？谢谢。

噢，对了，我想我也得拿条围巾。夜里会很凉的。跟我说实话，汉娜，我穿军装的样子怎么样？是不是像个乔装打扮的教授？信号团故费·甘茨下士。我在开玩笑呢，汉娜，你应该笑，别再哭了。别再哭了。你知道，我出去不是度假。别哭了。哭没有用。我……我会想你。如果有战地邮递的话，我会写信的。我会保重自己的。你也要……不，汉娜，现在不是我们谈情说爱的时候。信誓旦旦有什么用？感伤只能让人心痛。我……我不是飞行员，也不是伞兵。这话我已经说过几次了。但愿我回来时能看到一个健康快乐的你。但愿我离家远行时，你不要想我会发生什么不测。我会念着你的。这样，我们并未完全分离。而且……无论如何。”

我在他心目中就像一个臆造品。一个人怎么能期待自己超越另一个人心目中臆造出来的事物呢？但我是一个真实的人，米海尔。我不是你心目中的臆造品。

三十三

哈达萨的女仆西米卡在厨房洗东西。她轻声哼唱着肖荷娜·达马利[1]的歌：我是一只可爱的小鹿。夜空星星闪，林中胡狼嗥，快来吧，她在期待中将你等候。

我躺在床上。手上拿着一本斯坦贝克的小说，这是朋友哈达萨昨晚来看我时带来的。我没有读书。冰凉的双脚放在热水袋上。我很平静，也很清醒。亚伊尔上幼儿园去了。米海尔没有信，也不可能有任何消息。卖煤油的推着小车沿街行走，手上不停地摇着铃铛。耶路撒冷也很清醒。一只苍蝇撞击着玻璃窗。苍蝇，并不是象征和预兆。一只苍蝇而已。我不渴望什么。我注意到，手上拿的这本书已破旧不堪。封面用透明胶带黏着。花瓶依然放在老地方。瓶座下压着一张

1　肖荷娜·达马利（1923—2006），以色列歌星。

纸，上面是米海尔写的部队番号与分队号。“鹦鹉螺”号静静地停在白令海峡冰层深处。格里克先生坐在铺子里读一份宗教日报。清凉的秋风吹拂着城市。安宁。

九点钟，电台发布消息：

昨天夜里，以色列国防军挺进西奈沙漠，攻克了孔蒂拉及拉斯恩纳盖夫[1]，占领并驻扎在苏伊士运河以东六十公里的纳哈尔一带。一位军事评论员解释道。然而是从政治角度出发。一再的挑衅。自由航线上臭名昭著的违禁。天理道义。恐怖事件及破坏活动。手无寸铁的妇孺。时局日趋紧张。无辜的百姓。国内外颇富见地的公众评论。防御措施就绪。要冷静。不要出门。别点灯。不要囤积物品。听从指挥。要求公众不要慌乱。目前已出现流散现象。全国皆成为战场。全民皆兵。悉听警报。截至目前，一切均按计划进行。

九点一刻：

停战协议已被废止，不会再恢复。我军一泻千里，敌军纷纷溃退。

1　西奈半岛上两地名。

直到十点，收音机里一直在播放我从小就在听的进行曲：

从达恩到比尔谢巴[1]，我们从未忘记。相信我，那一天终会来临。

我为什么要相信？要是你没有忘记，为何要说？

十点半：

西奈沙漠，以色列民族的历史摇篮。

我和耶路撒冷不同。我竭力变得自豪和投入。不知米海尔是否带了胃药。一贯那么整洁、干净。他已经跳了五年。第六年就该“向和平鸽道声再见”了。

耶路撒冷城边，新贝特以色列区一个荒芜的小巷正在吸吮着新鲜的气息。地面用石板砌成。石头已经出现裂缝，却亮晶晶的。沉重的拱形建筑耸立在弄堂与低云之间。这是一条死胡同。石头上的小坑坑凝结着岁月的烙印。昏昏欲睡的更夫，一个年事已高、应征做内部防御的百姓倚墙而立。安有百叶窗的房子。远方钟声低回。山风习习。风在小巷中吹动，打着旋涡。旋风击打着铁百叶窗和用锈铁丝拴住的铁门。

---

1 达恩是《圣经》中提到的城市，被描述为以色列最北端的城市；比尔谢巴为以色列南部内盖夫沙漠中最大的城市。

一个正统派犹太教的孩子站在窗前，鬓发垂在苍白的脸颊上。他手上拿着一只苹果，目不转睛地看着院子里白杨树上的鸟儿。孩子一动不动地站着。老更夫想透过窗玻璃吸引孩子的视线。他孤独地朝孩子微笑。无济于事，这是我的孩子。

灰蓝色的光映衬在白杨树上。远处是山，近处一片宁静。钟声悠扬。群鸟不鸣，小巷里的猫儿不叫。大马车驶过来，行过去，去往很远的地方。我要是石头做的就好了。坚硬而安宁。冰冷而又现实。

大概英国高级专员也失误了。在耶路撒冷东南恶意山英国高级专员的官邸，秘密会议一直开到天明。窗子上已泛起拂晓前苍白的日色，但电灯仍然亮着。速记员两小时轮换一次。卫兵们疲惫不堪，焦灼不安。

在夜间高级专员会议上，只有米海尔·斯特洛果夫一人执着地承担记住密件的任务。强壮而又镇定自若的米海尔·斯特洛果夫被几个粗鲁野蛮之徒包围着。刀光闪闪。笑声阵阵。没有言语。像阿兹兹与乌西什金街上的耶胡达·果特利巴在空旷的建筑工地上打斗。我是仲裁人，我是奖品。他们的脸都变了形。眼睛泛动着浑浊的敌意。攻击目标是肚子，这是因为肚子最柔软。他们疯狂地用拳头打，用脚踢，用牙齿咬。其中一个掉头便跑，在逃跑中又回头追击。他捡起一块大石头扔了出去，石头擦身而过。对手气愤地吐着唾沫。在一捆带刺的生锈电线上，二人咬紧牙关，一个接一个地打着滚。抓挠着。血流了出来。他们伸手抓对方的喉咙或生殖器。绷紧双唇发出咒骂。他们突然像一个人似的，精疲力竭地瘫倒在地。又像情侣一样一下子拥抱在一起。他们像一对上气不接下气的情侣一样喘着粗气。片刻之后，一股模模糊糊的精力又在他们体内重新涌动起来。头碰头。手抓眼。拳头打在下巴上。膝盖抵住腹股沟。锈电线上的钩刺划破了他们的后背。他们紧绷双唇，默不作声。也听不到哭叫与叹息。静悄悄，静悄悄。但这二人又在无声地哭泣。像一个人似的哭泣。双颊湿漉漉的。我是仲裁人，我是奖品。我恶毒地纵声大笑。我渴望看到血，听到粗野的尖叫。在埃梅克雷费姆，一辆货车即将鸣笛。愤怒与风暴将静静地融合在一起。还有眼泪。

雨会姗姗来迟。非语词组成的雨水将会抽打英国军车。夜晚，恐怖分子悄悄穿过毛斯拉拉拱门到小巷深处行窃。在黑暗中滑向石墙，熄灭孤独的街灯，将导火线拴在雷管上。雷管依然是铁制的。电光即将飞溅，火山深深隐藏在泥土、石板和花岗岩构成的地表下。真冷啊。

要下雨了。

丛林密布的十字谷将冥雾缭绕。在斯克普斯山上，鸟儿将会哭泣。狂风将会吹弯松树枝头。地球将不会自我控制，自我约束。东部是沙漠，从特勒皮特边上可看见滴雨未沾的地方，看到摩押山，下面是死海。倾盆大雨将会击毁苏尔巴哈灰色小村庄对面的阿诺纳。急流将会袭击伊斯兰教寺院的尖塔。在伯利恒，祈祷者将会把自己关在咖啡馆内，开始玩十五子游戏，四处传来安曼电台播放的如泣如诉的音乐。纵乐的男人在屋子里一声不吭。他们身穿长袍，胡须浓密。咖啡滚烫，烟雾腾腾。身穿突击队员制服、肩挎冲锋枪的双胞胎。

暴雨过后是晶莹的冰雹。纤巧而尖利的晶体。马哈耐耶胡达区收破烂的老小贩在阳台遮檐下哆哆嗦嗦挤作一团。在阿布格厚什山上，在克亚特伊阿里姆，在纳瓦伊兰，在惕拉特伊阿尔，茂密的丛林枝丫扭结，松枝上披上一层白雾。在逃犯在此找到了避难所。痛苦的逃亡者沿着布满积水的小路，举步维艰地在雨中徘徊。

北海上空乌云低垂，“龙”号和“虎”号驱逐艇并肩在巨大的冰川中搜索，透过雷达屏幕寻找海怪白鲸或“鹦鹉螺”号的行踪。啊嘀，啊嘀，一个蒙头水手从桅顶上发出呐喊。啊嘀，船长，东部六海里的雾中，出现了一个，以每小时四海里的速度前行的不明身份物。在偏北方港口灯光两度远的地方，无线电话务员将在遥远的水下掩体内吱吱吱吱地把信息发给联合司令部。从希伯伦山到特勒皮特，到奥古斯塔维多利亚，到雨水从未光顾过的沙漠的边上，到最高指挥官总部，将会出现雨雾，所以巴勒斯坦将变得一片漆黑。

高大而体虚的英国高级专员独自站立在漆黑的窗前。此人身材瘦削，双手背在身后，嘴上叼着烟斗，眼睛蓝蓝的，布满愁云。他往高脚杯倒进烈酒，一杯给自己，一杯给矮小结实的米海尔·斯特洛果夫。米海尔·斯特洛果夫在黑暗中起程，穿过由野蛮军队把守的敌占区，来到海边，跨过沧海，抵达神秘岛。工程师塞琉斯·史密斯敏锐的双眸扫视着渺渺烟海，在等候米海尔。他手握高倍望远镜，不知什么是绝望。我们都还以为是孤身一人待在荒岛上呢。我们让自己的感觉欺骗了。我们在岛上并不孤单。凶险之士埋伏在深山之中。我们有计划、有步骤地搜遍了整个岛屿，也未发现究竟是谁在黑暗中，脸上挂着苍白的微笑，安详地躲在我们身后，神不知鬼不觉地观察我们。黎明时分，松软的小路上出现了他的脚印。在暗影中、雾霭中、急雨中、风暴中、黑压压的森林中埋伏着，躺在那里等待；在大地之下埋伏着，躺在埃因凯里姆修道院墙后等待；一个陌生人执着地埋伏着，躺在那里等待。让他活着回来，咆哮着把我往地上一扔，戳刺我的身体，他咆哮，我则带着令人战栗的狂喜与惊恐万状的魔力回报以尖叫，像吸血鬼似的吮吸，黑暗中有一艘疯狂打旋、摇摆不定的轮船，要是它向我冲过来，我会怎样，我嘴里唱着，热血沸腾，漂浮不定，我将被洪水吞没，我将变成唾沫星子飞溅的母马在夜雨中奔驰，激流将直泻而下淹没耶路撒冷，太空将会泛起滚滚浓云轻轻触摸大地，狂风将会席卷着城市。

三十四

“早上好，戈嫩太太。”

“早上好，乌巴赫先生。”

“戈嫩太太，还难受吗？”

“烧退了，大夫。我希望一两天之后就会和平常一样了。”

“戈嫩太太，‘平常’在某种意义上是个相对的表达法。戈嫩先生不在家吗？”

“我丈夫被征兵了，大夫。他好像是在西奈沙漠。我还没听到他的任何消息。”

“戈嫩太太，这些日子非常重要，非常关键。在这样的日子里很难不去思前想后啊。嗓子还发炎吗？查查里面就知道了。糟糕，很糟糕，亲爱的女士，当你在严冬时节把冷水泼在身上时，就好像真能通过折磨肉体以换取精神上的宁静似的。对不起，戈嫩博士选的是什么专业？生物？噢，是地质。

当然，对不起。我们搞错了。噢，今天关于战争的消息是乐观的。英国人和法国人也将和我们共同抗击穆斯林。今天早晨的收音机甚至提到‘同盟’。几乎像是在欧洲。此外，戈嫩太太，战争中也有些‘浮士德’的东西。你看小格里琴[1]比一般人更真实。小格里琴像她通常被描述的那样，是那样的忠诚，一点也不幼稚。戈嫩夫人，请伸出胳膊，我得量量你的血压。这是很简单的检查。一点也不疼。某些犹太人智力上有严重缺陷，我们不能恨那些恨我们的人。神经病。昨天，以色列部队用坦克攻上西奈山。依我看，这近乎某种启示，但不过是近乎而已。现在，我非常抱歉，因为得问你一个隐私问题。对不起，你注意到你的月经近期有什么不规律吗，戈嫩太太？没有？这是个好兆头。非常好的兆头。这说明肌体内部尚未参与这出戏剧。这么说来你的丈夫是位地质学家，不是文化人类学家。我们犯了个小小的错误。你需要继续休息几天。彻底休息一下，不要劳神思考。睡眠是最好的药方。睡眠从某种意义上来说是人类最为自然的状态。头痛不必怕。我们用阿司匹林治疗偏头痛。偏头痛并非独立的病症。顺便说一句，人并非像在可以想见的那种极端状态下就能轻而易

1 《浮士德》中玛格丽特的昵称。

举地死掉。祝你康复。”

乌巴赫医生走后，哈达萨的女仆西米卡来了。她脱掉大衣，站在火炉前烤火。她问，夫人，你今天怎么样？我问她哈达萨家里有什么新消息。西米卡那天早晨在报上看到，阿拉伯人大败，我们胜利了。她说，这是他们自食其果。只能默默地承受这一切。

西米卡走进厨房，给我热了些牛奶。接着打开书房的窗户，给屋子透透气。刺骨的冷风直扑进来。西米卡用旧报纸擦窗户。掸掉家具上的灰尘。出门去商店，回来后向我讲她刚刚听到的消息，一艘阿拉伯军舰在海法好端端地被焚。她该开始熨衣服了吧？

今天整个身子感觉都很不错。我病了，不必那么专注。在海法好端端地被焚——这一切都在久远的过去发生过。这并非首次。

“夫人，你今天脸色很苍白。”西米卡焦虑地说，“主人出门前吩咐我，不要同夫人过多说话，免得影响您的健康。”

“和我说说话，西米卡。”我求她，“跟我说说你的事。不住地说，别停下来。”

“夫人，我还没有结婚，可是订婚了。等我的未婚夫贝赫尔从军队回来后，我们将在贝特马兹米尔买套新房子。春天时举行婚礼。贝赫尔存了很多钱。他在公司做出租车司机。有些腼腆，但很有教养。我注意到，我的许多女朋友同和父亲相像的人结婚。贝赫尔也像我的父亲。我曾在《妇女》杂志上读到这样一条规则：丈夫总是同父亲相像。我想，你如果爱什么人，这个人最好同你曾经爱过的人相像。好笑极了，我一直等着把熨斗烧热，完全忘记耶路撒冷停电了。”

我心想：

毛姆，要么就是茨威格小说中的一个年轻小伙子，从小镇来到国际赌城玩轮盘赌。第一天夜里就把钱输掉了三分之二。他仔细计算了一下，所剩的钱刚好付旅馆费、买一张火车票，这样便能够体体面面地离去。凌晨两点钟。年轻人是否立即动身离开呢？亮晶晶的轮盘依旧在旋转，枝形吊灯闪闪发光。也许在随之而来的下一轮中，决定性的一赢正等着他？来自哈德拉马干的酋长之子刚在一轮赛中赢了整整一万块。不，不，他不能现在就起身离去。尤其是整整一个晚上都在透过夹鼻眼镜紧盯他的那个英国老太太会向他投来冷冰冰的讽刺目光。窗外，白雪在夜幕中翩翩起舞。沉闷的怒潮声声入耳。不，年轻人不能起身离去。他把所有的钱全都买了筹码。紧闭双眼，接着又睁开。睁开后又不停地眨动，好像是眼睛被灯光刺痛了。外面夜色中传来低沉压抑的海潮声。雪花在静谧中徐徐飘落，飘落。

我们结婚已经六年多了。你要是因工作需要去特拉维夫，务必要当晚赶回。自结婚以来，我们的分别从没有超过两个夜晚。我们结婚已经六年，住在这个公寓内，我还没有学会怎样开关阳台上的百叶窗，因为那是你的事。现在你应征入伍，百叶窗日日夜夜敞开着。我一直在想着你。你事先就知道，你是应征从戎而不是进行军事演习，战争是在埃及而不是在东方，这是一场短暂的战争而不是持久战。所有这些全靠你精确的内在机制演绎而出，借此你可以继续产生出完全合理的想法。我得给你看一个方程式，我的全部希望都取决于这个方程式的解答，犹如站在悬崖边的人完全依靠高栏之力。

今天早晨，我坐在扶手椅里，给你那件黑西服换袖扣，好使其更加时髦。我边缝边问自己，是何种模糊的有机玻璃钟落到你我之间，把我们的生活同事物、空间、人和见解相分离？当然了，米海尔，我们有朋友、客人、同事、邻里和亲戚。但每当他们坐在我们家客厅对我们说话时，由于玻璃之故，他们的词语总是不太明晰，甚至含混不清。只是从他们的表情上我能够猜出其用意何在。有时，他们的形体溶解成了没有轮廓的团团块块。事物、空间、人、见解，我需要它们，以使自身强劲起来。米海尔，你怎么样？你是否心满意足？我怎么能够知道？有时你看起来很伤心。你是否心满意足？我死了会怎么样？你死了又会怎么样？这只是我在初始阶段所进行的探索，我依然在学习和排练一个复杂角色，在日后我得充当这个角色。打点行装。准备就绪。付诸行动。米海尔，何时起程？我已开始厌倦这没完没了的等待。你已将双臂放在了方向盘上。是在打盹还是在思考？我说不上来。你总是这样安详而自制。米海尔，快起来，快动身。我已经准备多年了。

三十五

西米卡从幼儿园把亚伊尔接回家。孩子手指冻得发青。他们在大街上碰到了邮递员，邮递员交给他们一张寄自西奈的军用明信片。哥哥伊曼纽尔说，他一切都好，所见所为均堪称奇迹。他会在埃及首都开罗再给我们寄一张明信片。祝愿我们在耶路撒冷一切如意。他没见到米海尔：沙漠很大，相形之下，我们的内盖夫像个小沙坑。汉娜，你是否记得我们小时候同父亲一起到杰里科的旅行？下一次我们将去约旦。然后顺路到杰里科，再去买灯芯草垫。伊曼纽尔要我替他吻吻亚伊尔。“望他长大去消灭敌人。永远爱他的舅舅，伊曼纽尔。”

米海尔一点消息也没有。

一幅画面：

在无线电台的灯影里，他雕塑般的面孔上表现出一种令人厌倦的责任感。耸着肩膀，紧闭双唇，弯腰冲着发报机，身体缩成一团。后背无疑是朝向苍白暗淡的一轮新月。

那天晚上，有两位客人前来看我。

下午，卡迪什曼与格里克先生在哈图里姆街上相遇。从格里克先生那里，卡迪什曼得知戈嫩太太生病、戈嫩先生从军的消息，他们立即决定当晚前来看我，看有什么事需要帮忙。他们之所以一起来，是因为若是一个男人独自前来，便会招致一些闲言碎语。

格里克先生说：

“戈嫩太太，你一定很艰难。这是非常时期，天气很冷，你又是孤身一人。”

与此同时，卡迪什曼先生用他那肥大的手指摸摸我床边的茶杯。

“凉的。”他声音沉重，“冰凉冰凉的。亲爱的夫人，你是否能让我闯进你的厨房，当然这‘闯’是要加引号的，给您换杯茶。”

“当然不。”我说，“我是可以下床的。我穿上衣服给你们倒杯咖啡或可乐。”

“使不得，戈嫩太太，那可使不得。”格里克先生大为吃惊，他眨着眼睛，好像我伤了他的面子。他的嘴角紧张地抽搐了一下，像是兔子听到陌生声音时的那种惊悸。

卡迪什曼先生表现出有兴趣的样子。

“我们的朋友从前线寄了些什么?”

“我还没接到他的来信呢。”我微笑着说。

“战斗已经结束了。”卡迪什曼先生忙不迭地插嘴道，脸上喜气洋洋的，“战斗结束了，在霍雷布荒漠上，一个敌人也没剩下。”

“麻烦你开开灯好吗?”我问，“在你左边。我们干吗摸黑儿坐着?”

格里克先生用拇指和食指卷着下唇。目光似乎追寻着从开关传到天花板灯泡上的电流。他大概觉得自己很多余。他问:

“要我帮什么忙吗?”

“非常感谢，亲爱的格里克先生，可我不需要什么。”

我突然又加了一句:

“你一定也很苦，格里克先生，妻子不在身边……孤身一人。”

卡迪什曼先生在开关旁站立片刻，似乎在怀疑自己的行动结果，未能确信他是否已完全成功。接着便回来坐下。他做此事时像是在思考什么，仿若身子大、颅骨小的史前动物。我突然发现卡迪什曼先生的脸上有几分蒙古人特征：宽而平的颧骨，相貌既粗糙又细致，鞑靼人脑袋。米海尔·斯特洛果夫狡猾的审讯者。我冲他微微一笑。

“戈嫩夫人，在这些具有历史意义的日子里，我极其详细地思考了这件事：弗拉基米尔·雅伯汀斯基[1]的徒子徒孙虽陷于困境，但其学说却取得了巨大成功。极为巨大的成功。”

他似乎是带着某种内在的宽慰讲这些话的。我很喜欢听他说话：有苦难，但漫长的苦难过后终会得到回报。我在脑海里将他的鞑靼腔翻译成自己的语言。为了不让我的沉默惹他生气，我说：

“时间会告知一切。”

“它已经在告知了。”卡迪什曼说，稀奇古怪的脸上带着胜利者的表情，“这些重大时日已经清清楚楚、毫不含糊地把什么都告诉了我们。”

同时，格里克先生成功地准备好了我刚才说到、现已忘记的问题的答案。

“我那可怜的杜芭，她正在接受电疗。据说还是有希望

---

1 弗拉基米尔·雅伯汀斯基（1880—1940），又译杰伯廷斯基，犹太复国主义运动领袖、新闻记者、演说家、作家。

的。他们说，人千万别绝望。要是情况允许……”

他一双大手揉搓着那顶破帽子。稀疏的胡须像小生灵似的抖动。他声音颤抖，想要得到不属于他的体谅。绝望是一种致命的犯罪。

我说：

“会好起来的。”

格里克先生说：

“但愿如此。真的，但愿如此。噢，好大的一场灾祸。这是为什么哟?”

卡迪什曼先生说：

“从今以后，以色列国家将会发生变化。用比亚里克[1]的话说，这一次巨斧终于握在了我们手中。基督教世界迎来了它的起点，怒吼着，质问在这个世界是否有正义。正义何时出现？以色列不再是‘打散的羊’[2]，不再是七十只恶狼中的一只母羊，或是屠夫手中的羊羔。够了，‘身在狼群中，就做一只狼吧！’这一切就像雅伯汀斯基在他的预言小说《大利拉序曲》中所提到的一样。你读过雅伯汀斯基的《大利拉序曲》吗，戈嫩夫人？这本书很值得一读。尤其是现在，我们的部

1 即哈·纳·比阿里克（1873—1934），现代希伯来文著名诗人。

2 见《旧约·耶利米书》第50章17节。

队正在追击法老溃败的军队，大海的海水还没有向两边劈裂以便给埃及人让路。[1]”

“可你们为什么穿着大衣坐在那里？我起来把电热器打开。去弄点喝的。请把大衣脱了吧。”

格里克先生像是受到申斥一般，慌忙站起来。

“不不，戈嫩夫人。别起来。绝对没这个必要。我们只是……来看看你。我们得赶紧走了。请不要起来。不必开电热器。”

卡迪什曼先生说：

“我也得走了。我只是开会路过此地，看看有什么事需要帮忙。”

“帮忙？”

“万一需要什么东西。或是处理什么事情……或者……”

“谢谢你的好意，卡迪什曼先生。像你这样真正的绅士已经不多了。”

他那蜥蜴般的脸上一亮，并许诺说：

“明后天我再来看看我们亲爱的朋友写信说了些什么。”

“你一定得来啊，卡迪什曼先生。”我嘲笑道。我的米海

---

1 见《旧约 · 出埃及记》第 14 章 16 至 28 节。

尔对朋友的选择真让我惊愕不已。

卡迪什曼先生使劲儿地点点头。

“既然你明确地向我发出邀请，我是肯定会来的。”

“祝你早日康复起来。”格里克先生说，“有事情的话，我可以帮你跑跑腿，买买东西……你有什么事吗？”

“格里克先生，你真好。”我回答说。他目不转睛地盯着破帽子，沉默不语。两位上了年纪的人已站到房间的另一头，尽可能远离我的床，伸手即可推开房门。格里克先生看到卡迪什曼先生的大衣后面有个线头，帮他拿掉。外面轻风习习，死一般沉寂。厨房里传来冰箱发动机的声响，好像突然给生活注入了活力。我又一次让那同样的宁静、清醒的意识冲击着，感到我马上就该死去了。多么苍白的思想。一个心理正常的女人是不会对死亡无动于衷的。死亡与我毫不相干。近在咫尺而又那么陌生。站在远处的熟人同我毫无干系。我觉得自己得赶快说点什么。觉得不该对朋友道别，不该让他们现在就走。大概今夜就会下第一场雨。我当然还不是个老太太。我知道自己仍旧很美。我得赶紧起来。穿上衣服。我必须弄些咖啡和可乐，拿些蛋糕，聊天儿，投入，感兴趣；我也受过教育，我也有自己的见解和想法；嗓子里有什么东西一紧。

我说：

“你们都这么急吗？”

“很抱歉，我得走了。”卡迪什曼先生说，“格里克先生没事儿，要是他愿意，可多待一会儿。”

格里克先生往脖子上系着厚围巾。

老朋友，现在不要走。不能把她一个人孤零零地留在这儿。坐到椅子里。脱掉大衣。放松一下。我们要讨论政治和哲学。交流有关对宗教信仰与正义的看法。我们会在友好的气氛中侃侃而谈的。我们一起喝点什么。不要走。她害怕一个人孤零零地待在房间里。留下来。不要走。

“祝你早日康复，戈嫩太太，晚安。”

“你们这么快就走了。我一定让你们讨厌了。”

“绝对不是。别这么想。”二人急忙异口同声地说。

这两位都很虚弱，孤零零的，年事已高，不习惯探望病人。

“街上没什么人。”我说。

“愿你好起来。”卡迪什曼先生重复道。他把帽子拉过额头，好像突然要挡住冥冥之光。

格里克先生离开时说：

“别急，戈嫩夫人。着急不好。会好起来的，一切都会像他们所说的那样好起来的。是这样的。你笑了，真高兴看见你笑了。”

客人们走了。

我立即打开收音机。理平床单。我是不是已患上某种传染病了？为什么两位老朋友到来及离开之际都忘了要同我握手？

收音机报道说，攻克半岛的业绩已经完成。国防部长宣布，通称蒂朗的约特巴特岛已回到以色列第三王国的怀抱。汉娜·戈嫩又将成为伊冯娜·阿祖莱。但我们的目的是和平，部长以他独有的雄辩之风说道。如果在阿拉伯军营内，理性因素能战胜顽固的报复心理，经历漫长等待的和平就会到来。

比如说，我的双胞胎。

在桑海迪里亚，松柏在微风中来回摆动，一会儿挺直，一会儿弯曲。依我之浅见，任何一种曲张都是巫术。它流动，但又很冷静、悠闲。几年前，在塔拉桑塔学院的一个冬日，我笔录下希伯来文学教授那充满伤感的词句：从亚伯拉罕·玛普到佩雷茨·斯默伦斯基，希伯来文学启蒙运动经历了一个痛苦的转化过程，经历了失望与幻灭的危机。梦幻破灭之后，敏感的人们折而不弯。“毁坏你的，使你荒废的，必都离你而去。”[1]《以赛亚书》中的这句诗具有双重含义，教授说：首先，希伯来启蒙运动植根于最终将其导致毁灭的思想形态。其次，许多优秀人才在异域文化中汲取营养。批评家亚伯拉罕·尤利·考文纳[2]是个悲剧性人物。他像一只蝎子，当有火光包围时，就把螯刺插在自己的后背上。19世纪七八十年代有种压抑性的情感在恶性循环。倘若没有反对现实的梦幻者和斗士——现实主义者，我们就没有复兴，几乎走向毁灭。但梦幻者总会取得伟大的成就，教授总结道。我没有忘记。巨大的翻译任务在等待着我！我得把这转化成自己的语言。我不想死。汉娜·格林鲍姆·戈嫩：字头HG的拼写在希伯来文中意为“节日”。要是她整个一生能是一个长长的节日就好了。我的朋友，塔拉桑塔那位好心的图书管理员，总是戴着一顶便帽，同我打招呼，斗嘴，现在已经长眠不醒了。剩下的只有词语。我厌倦了词语。多么廉价的诱惑。

---

1 见《旧约·以赛亚书》第49章17节。

2 亚伯拉罕·尤利·考文纳（1842—1909），现代希伯来文学批评家。

三十六

第二天早晨，收音机报道说第九纵队夺得了沙姆沙伊赫海岸的大炮。对我们海运的漫长封锁已被击溃。从现在开始，新的地平线向我们敞开了。

乌巴赫大夫那天早晨也有一个消息要宣布。他露出满含忧郁和同情的微笑，耸动着瘦小的肩膀，好像对自己的话不以为然。

“现在可以稍微走动走动、做点事情了。精神负担不要过重。喉咙不要用劲儿。平和地对待客观现实。祝你早日康复。”

米海尔走后，我第一次起床并走出家门。这是一个变化。就像某种高亢刺耳的声音突然一下子停息下来。就像外面终日发出颤音的马达在天黑之前突然停止了运作。这声音你在白天意识不到，只有当它停下来你才能感觉到。突如其来的沉寂。它存在过，现在它已停息下来。它已停息下来，所以它曾经存在过。

我辞掉女仆。给诺夫哈里姆的母亲及嫂嫂写了一封平安家书。烤奶酪蛋糕。中午，我打电话给耶路撒冷的军事信息办公室。询问米海尔的部队眼下驻扎在什么地方。对方颇为礼貌地致歉道：多数部队正在向前挺进。战地投递靠不住。不必焦虑。“米海尔·戈嫩”的名字在任何名单中都没有出现过。

这是徒劳。我从药店回来后，看到信箱里有米海尔寄来的一封信。从邮戳上看，信被耽搁了。米海尔一上来就急切地询问我的健康状况，问孩子和家里情况。接着便告诉我，除了因饮食不好造成胃灼热有些加重，除了第一天就把眼镜打碎之外，他身体很好。米海尔遵守军事审查制度，未说明他的部队现在何处，但设法暗示出，他的军团一点儿没有行动，而是在国内负责安全问题。最后提醒我，亚伊尔要在星期四去看牙医。

星期四，正是明天。

第二天，我带亚伊尔前去施特劳斯健康中心，地方牙科诊所就在那个地方。我们邻居的儿子约拉姆·凯姆尼扎跟我们同走了一段路，因为他的青年俱乐部就在诊所附近。约拉姆笨拙地解释说，他很遗憾地听说我生病了，见到我已经痊愈他非常高兴。

我们在一个煮玉米摊前停下来，我主动要给亚伊尔和约拉姆买。约拉姆认为还是拒绝为好。他的拒绝声音很弱，几乎听不见。我对他很刻薄。问他为什么看上去这么神情恍惚、心不在焉。是不是爱上了班上的哪个女孩？

我的问题弄得约拉姆额头上沁出许多小汗珠。他想擦脸，可是不行，因为他的双手让我给他买的玉米弄得又脏又黏。我紧盯着他，目的是要他更加尴尬。屈辱与绝望激起这个年轻人一阵神经质的无礼。他冲我转过阴郁痛苦的面庞，结结巴巴地说：

“戈嫩太太，我未与班上的任何女同学有瓜葛，也没与任何女孩子有瓜葛。对不起，我不愿意对你没礼貌，但你确实不应该问这个问题。我是不问的。爱情及诸如此类的东西总是……隐私。”

时值耶路撒冷的晚秋。天上没有云，但也不明朗。就是秋天的那种颜色：灰蓝，似公路与老的石头房子的颜色。这颜色恰到好处。我再一次意识到，此情此景绝对不是第一次出现。以前我来过此地，经历过这种情形。

我说："约拉姆，对不起。我差点忘了你上的是犹太教学校。我很好打听闲事。我没理由分享你的秘密。你十七岁，我二十七岁。我在你眼中自然像个丑老太婆。"

这一次惹得小伙子比刚才更加痛苦。他故意不正眼看我。慌乱之余撞着了亚伊尔，差点把他撞倒。他开始说话，但一时没找到合适的字眼，最后便放弃了这种努力。

"老了？你……恰恰相反，戈嫩太太，恰恰相反，我是说……你对我的事情感兴趣，而且……同你在一起，我有时……不。当我试图用语言表达时，却适得其反。我的意思只是……"

"约拉姆，冷静点。你不必说出来。"

他是我的。他的一切都是我的。他任我摆布。我可以在他脸上描摹出我所喜欢的一切表情。就好像是面对一张白纸。多少年来我一直喜欢玩这种残忍的游戏。于是我变本加厉，津津有味地品尝着发自内心的笑声。

"约拉姆，不，你不必说出来。你可以给我写封信。不管怎样，你几乎说出了一切。顺便问一下，是否有人对你说过你长着一双漂亮的眼睛？如果你多一点自信，年轻的朋友，你真的会让人动心。我要是像你那么年轻，而不是个老太婆，真不知能否抗拒对你的爱。你是个非常可爱的孩子。"

我的目光一刻也未离开他的脸。他经受着惊悸、渴求、痛苦及疯狂的希望。我陶醉了。

约拉姆结结巴巴地说：

“戈嫩太太，请别……”

“汉娜，你可以叫我汉娜。”

“我……我尊重你，而且……不，尊重这个词不对。而是……敬重，还有……关切。”

“约拉姆，为什么要抱歉呢？我喜欢你。被人喜欢并非罪过。”

“你让我懊悔不已，戈嫩太太……汉娜……我现在什么也不说了，不然以后会后悔的。对不起，戈嫩太太。”

“约拉姆，说下去。我不相信你会后悔。”

亚伊尔这时插了嘴。他嘴里塞满了玉米，叫道：

“后悔——那是英国人。‘独立战争’时，他们站在阿拉伯人一边，现在他们已经后悔了。”

约拉姆说：

“戈嫩太太，我该拐弯了。我收回刚才对你说过的话，请你原谅。”

“等一下，约拉姆。我想请你帮忙做点事。”

“我们在霍隆时，爷爷扎尔曼还活着，他对我说，英国人是像蛇一样的冷血动物。”

“好的，戈嫩太太。你要我为你做什么呢?”

“妈妈，为什么说蛇是冷血动物呢?”

“就是说它们的血不是热的，是冷的。约拉姆，你真可爱。我想让你……”

“为什么蛇的血不是热的呢？为什么除了英国人，人的血都是热的呢?”

“戈嫩太太，请你别生我的气。我大概说了一些傻话。”

“有些动物由心脏泵出血液并使之发热。我不能准确解释。你不要折磨自己了，约拉姆。我像你这个年龄时，浑身充满着爱的力量。今天或明天某个时候我再同你谈。亚伊尔，安静一会儿，别唠唠叨叨了。爸爸嘱咐过你多少次了，在别人说话时别插嘴。今天或是明天，这是我想要你做的。我要和你聊聊。我想给你提些建议。”

“我并没有插嘴。或许是跟约拉姆学的，我说话时他插了嘴。”

“同时，你没必要折磨自己。约拉姆，再见。我不生你的气，你也别生自己的气。亚伊尔，我已回答了你的问题。就是这么回事。我不可能解释世上的一切。怎么样，为什么，何时，何地。‘奶奶要是长了翅膀能够飞翔，她就会成为天上的雄鹰。’你父亲回来后，他会给你解释一切，因为他比我聪明，他什么都知道。”

“爸爸并不是什么都知道，但爸爸不知道的时候就对我说不知道。他不说他知道但不会解释。那是不可能的，任何事你只要知道，你就能够解释。我的话完了。”

“多谢了。亚伊尔。”

孩子扔掉嚼剩下的玉米棒，仔细在手绢上擦着两只手。他强忍住气。默不作声。连我慌里慌张地问他出门时是否关掉了煤气时，他也一言不发。我恨他这股顽固的傲气。到了诊所，我把他强行放在牙医椅子上，即便这样他也没有抗拒。自从米海尔向他解释他的牙根蛀得多么厉害之后，亚伊尔便表现出一副明理的样子，完全合作。牙医总是对他感到震惊。而且，钻子及其他牙科用具激起了孩子强烈的好奇，让我感到作呕：对龋齿着迷的五岁孩子会长成一个讨厌的人。我恨自己竟产生这种念头，但又无法摆脱它。

当医生给亚伊尔看牙时，我坐在走廊的矮凳上，脑子里盘算着该对约拉姆说些什么。

首先，我将设法引出总是在折磨他的内心话。我知道，自己在这方面会轻而易举地取得成功。所以，我将重新在尚未完全丧失的那种力量中找到乐趣。即使这种力量已经遭到时光的冲击，遭到时光那苍白而精确的手指的蹂躏、腐化与损害。

当我得到所向往的支配权之后，我打算劝使约拉姆选择一种冒险的生活。就是鼓励他去做，比如说一个诗人，而不要去做《圣经》老师。就是说，将他猛地推向彼岸。就是说，最后一次让最后一个米海尔·斯特洛果夫服从一个废黜的女王的意愿，完成她的使命。

除表示友好的一般性套语外，我打算什么也不给他，因为他是个温柔的男孩子，我在他身上尚未发现灵活的奇妙力量，也未发现深藏着的澎湃激情。

这些打算全都白费了。男孩并未遵守他满怀痛苦许下的诺言前来看我。肯定是我在他身上搅起的恐慌征服了他。

那个月末，一家无名杂志发表了约拉姆的一首爱情诗。与他以前的诗不同，这一次他竟敢说出女人身上的几个部位。这个女人是波提乏[1]之妻，她暴露她身体的某些部位，来引诱正直的约瑟。

---

1 《旧约》中埃及法老的侍卫长，买约瑟为奴。见《旧约·创世记》第37章。

凯姆尼扎夫妇立即让正统派犹太教中学校长召去谈话。他们为避免出乱子，决定让约拉姆转到位于南方正统派犹太教的一个基布兹的教育机构完成最后一年的学业。我是后来才听说详情的。也是在后来，我才读到描写正直约瑟的苦楚的大胆诗歌。这首诗装在普通信封内，用大写字母印着我的名字，寄到了我这里。它辞藻华美，过于雕琢，是情绪低落之际肉体的痛苦呐喊。

我承认自己的失败。约拉姆将来要去上大学。最终去教《圣经》和希伯来文。他不会成为诗人。也许间或会设法作几首学究式的诗，比如写在彩色贺年卡上，每逢新年时寄给我们。我们，戈嫩一家，将给约拉姆和他年轻的家庭回赠一张贺年卡。时间是一种永恒的存在，一种高度凝固了的清晰存在，对约拉姆和我充满敌意，预示着不祥。

实际上，我们那位歇斯底里的邻居格里克太太已将一切都决定好了。被带走之前，约拉姆在院子里挨她的毒打。她撕开他的衬衣，扇他的脸，骂他好色鬼、观淫癖、不正经。

但失败者却是我。这是我最后一次努力。冷酷的现实比我要强大。从现在开始，我将偃旗息鼓，好生休息，随波逐流。

三十七

第二天晚上，我正给亚伊尔洗澡洗头，一个浑身灰尘的瘦子站在了门口。由于水响和亚伊尔的说话声，我没有听见他进来的声响。他穿着袜子站在洗澡间门口。也许一直站在那儿静静地盯了我有几分钟，我才注意到他。我震惊地叫了一声。他把鞋子脱在走廊，为的是不把泥土带进屋子。

“米海尔。”我本想报以温柔的微笑。但这个名字冲出喉咙时我却抽抽搭搭。

“亚伊尔，汉娜。你们晚上好。见到你们都很健康真是太好了。我回来了。”

“爸爸，你杀阿拉伯人了吗？”

“没有，我的孩子。正好相反。犹太人的军队差点儿把我杀了。以后我再给你讲这件事。汉娜，你最好给孩子揩干身子，穿上衣服，别冻着。水冰凉的。”

米海尔服役的后备军尚未解散，只有米海尔一个人提前获得解脱，因为他们粗心地多招了两名话务员，因为眼镜打碎后他已无法从事话务工作，因为无论如何整个军营两天后就要解散，也因为米海尔身染小疾。

“你，病了。”我提高声音，好像是在谴责他。

“我说话的声音小了点。你没必要大喊大叫，汉娜。你能够看到我在走路、说话和呼吸。只是一点小毛病，很明显，是某种肠胃中毒。”

“只是吃惊而已，米海尔。我不再说了。我不说了。好了，不哭了，已经过去了。我想你。你走时，我生着病，脾气很坏。现在我病好了。我要好好待你。我需要你。你去洗澡，我把亚伊尔安顿到床上去。我要给你做顿最棒的晚餐。铺上白桌布，放上一瓶酒，这是今宵的开始。你瞧，我真傻，我把这惊喜的气氛给破坏了。”

“我想今晚还是不喝酒吧。”米海尔充满歉意地说，脸上布满安详的微笑，“我感觉不是很好。”

洗完澡后，米海尔打开帆布背包，把脏衣服扔到衣服筐中，将一切东西放好。用厚毯子裹住自己。牙齿直打战。要我原谅由于他的不适搅乱了我们相见后的第一个夜晚。

他表情很怪。不戴眼镜，读报很困难。他关上灯，掉头冲墙。夜里，有好几次我醒来时，觉得听到了米海尔的呻吟声，抑或是在打嗝。我问他要不要给他倒一杯茶。他谢绝了。我起床倒了些茶，要他喝下去。他顺从地喝了下去。又发出既不是呻吟也不是打嗝的声音。好像非常恶心。

“米海尔，你疼不疼?”

他否认说：

“不。不疼。去睡吧，汉娜。我们明天再说。”

第二天早晨，我把亚伊尔送到幼儿园，请了乌巴赫医生。乌巴赫医生迈着碎步走了进来，忧郁地微笑着，宣布我们必须到医院去做紧急检查，并以惯用的安慰辞令作结：

“人不会在可以想见的那种极端状态下就能轻而易举地死掉。祝你早日康复。”

在打车去沙阿莱兹迪克医院的路上，米海尔试图用玩笑驱散我的愁云。

“我感觉自己就像是苏联电影中的战斗英雄。差不多吧。”

接着，他停顿了一下，说倘若情况恶化，就让我打电话给特拉维夫的杰妮娅姑妈，告诉她说米海尔病了。

我依然记得。我十三岁那年，父亲约瑟·格林鲍姆病得奄奄一息。他死于癌症。临终之前的几个星期，他的形容日渐枯槁。皮肤萎缩浮肿，双颊凹陷，头发一把一把地脱落，牙也坏了，人似乎每小时每小时地萎缩。最可怕的是，他的嘴向里凹陷，露出永远狡黠的微笑。好像他的病是一种获得成功的恶作剧。实际上，父亲在最后的日子里始终坚持一种强迫性的诙谐。他告诉我们，死后的生存问题自打在克拉科夫[1]的年轻时代就一直吸引着他。有一次，他甚至用德文给马丁·布伯教授写信咨询这个问题。还有一次，他在一家大报的通讯栏中找到了一种答案。这一问题的答案发表在一家名报的通讯栏中。几天后，对死后的生命问题他找到了一种可靠、权威的答案。此外，父亲拥有布伯教授用德文手书的回信，教授在回信中写道，我们靠子孙与著述来延续生命。

“著述不敢说，”他干瘪的嘴喃喃地说，“但我有孩子。汉娜，你觉得你是我灵魂或肉体的延续吗?”

他立即又加上一句：

---

1 波兰一城市。

“我不过是开个玩笑。你个人的情感是你个人的。诸如此类的问题早就有人说过是找不到答案的。”

父亲死在家里。大夫认为把他送到医院是不妥的。因为人已经没指望了，他自己也清楚，大夫们也知道他明白这一点。大夫给他一些止痛药。在最后的日子里，他表现出一种极为奇异的镇静。一直准备着死亡那一天的来临。最后一个早晨，他身穿棕色睡袍坐在扶手椅上，解英文报纸《巴勒斯坦邮报》上的有奖字谜。中午，他出去到邮筒那儿把答案寄出。回来后他走进自己的房间，关上房门，没有上锁。他背朝门口，靠在窗台上死去了。其用意是不想让他的亲人看到一幅不愉快的画面。当时，哥哥伊曼纽尔已参加了距耶路撒冷很远的一个基布兹的地下组织。母亲和我去了理发店。那天早晨，从前线传来不可靠消息，斯大林格勒一战使战争进程发生了戏剧性变化。在遗嘱中，父亲为我的婚礼留下了三千镑。伊曼纽尔哥哥放弃基布兹生活后，我得把钱分给他一半。父亲是个十分节俭的人。他也留下了一叠约十二封左右的名人书信，这些信是他们对他那一系列理论问题的答复。其中两三封的确是出自世界知名人士之手。父亲也留下一本密密麻麻的笔记本。开始我还以为他有秘密记下思想心得与观察体验的习惯。后来我意识到，笔记本上是他多年来从大人物那里听来的字句。例如，在一次从耶路撒冷去特拉维夫的路上，他与同坐一节车厢的梅·乌希什金[1]交谈，听到乌希什金这样说："尽管在任何行动中都有怀疑的必要，但是人在做事时应像怀疑并不存在一样。"我发现了父亲在笔记中记下的这些话，出处、日期及有关事项都括在括弧中。父亲是个处处留心的人，对暗示与征兆比较注意。他从不把从心底里向强大的力量卑躬屈膝当成是降低自尊。我爱他胜于爱世上的任何人。

米海尔在沙阿莱兹迪克医院住了三天。暴露出早期胃病的症状。感谢乌巴赫大夫的警觉，此病得到了早期诊断。从此，米海尔禁食某些食品。一周之后他就可以像平常一样去工作了。

一次去医院的路上，米海尔履行诺言给亚伊尔讲起了战争。他讲到子弹，讲到伏击，讲到警报。不行，他不能回答作战本身的具体问题。"真不幸，爸爸未能在海法港俘虏埃及侵略者，未能去加沙，也未能降落在苏伊士运河附近。爸爸

1 梅·乌希什金（1863—1941），犹太复国主义领袖，热爱锡安运动领导人之一。

既不是飞行员，也不是伞兵。”

亚伊尔表现出一种理解。

“你不太合适。所以他们把你留下了。”

“你认为谁适合打仗呢，亚伊尔？”

“我。”

“你？”

“我长大后要做一名强壮的士兵。我比院子里许多大孩子都壮实。软弱并不好，就像在我们院子里一样。我的话完了。”

米海尔说：

“儿子，你应该明白事理。”

亚伊尔静静地想了想。比较，对照，归纳。他很严肃，聚精会神。最后，他脱口而出：

“明白事理，这不是强壮的反义词。”

我说：

“身强体壮、明白事理的男人是我喜欢的男人。我希望有朝一日遇到一个身强体壮、明白事理的男人。”

米海尔当然是报之以微笑。默不作声。

我们的朋友不遗余力。他们经常前来拜访。格里克先生。

卡迪什曼先生。地质学家们。我最好的朋友哈达萨和她的丈夫阿巴。最后还有米海尔的金发女友雅德娜。她与联合国应变部队的一位官员一同前来。这是个加拿大大个子。我目不转睛地看着他，就连雅德娜也注意到我在看他，有那么两次冲我微笑。她在床边弯下腰，吻了吻米海尔瘦削的手，好像他就要死了。她说：

“米海尔，振作起来。你不该得这些病。我真为你感到震惊。你信不信，我已交上了论文，甚至报名要参加期末考试。慢慢来。你是天使长[1]，米海尔，对不对？为期末考试帮我一把，好吗？”

“一定，一定，”米海尔笑着回答，“我当然会了。我为你感到高兴，雅德娜。”

雅德娜说：

“米海尔，你真棒。我从未见到过像你这样聪明可爱的人。快点好起来吧。”

米海尔身体复原了，重新开始工作。在漫长的中止之后，他也重新做他的论文。夜间，他的身影又一次活动在隔开书

---

1 希伯来语中，米海尔同《圣经》中一天使长米迦勒同名。

房与我卧室的毛玻璃上。十点钟，我给他倒了一杯茶，没放柠檬。十一点钟，他休息片刻，听最后一次新闻广播。接着，他的影子在墙上舞动、翻滚：开抽屉，翻动纸张，趴在书桌上，伸手拿书。

米海尔的眼镜修好拿了回来。利亚姑妈送了他一只新烟斗。哥哥伊曼纽尔从诺夫哈里姆送来一筐苹果。妈妈为我织了一条红围巾。我们的波斯菜商伊莱贾·莫西阿从部队上回来了。

最后，11 月中旬，盼望已久的喜雨终于降落。由于战争，那年的雨季很迟。它夹杂着暴力与狂怒往下降落，击打着城市。四周湿乎乎的。排水管传来沉闷的哗哗声。我们的后院湿得进不去人。寒风在夜间吹打着百叶窗。厨房阳台外面伫立着光秃秃、沙沙作响的老无花果树。但松树却丰满起来，开始发绿，发出动听的歌吟。从不把我一个人孤零零地扔在一旁。街上行驶的车辆在湿透的柏油马路上发出悠长的鸣叫声。

每星期我得两次去参加由母亲工作者协会举办的高级英语培训班。雨停的间隙，亚伊尔在屋外水洼里玩战舰和驱逐舰游戏。他现在对大海有一种奇怪的向往。我们被雨关在屋子里时，地毯和扶手椅就被当成了大海与海港。骨牌成了他的舰队。大海战在起居室进行。一艘埃及驱逐舰在大海中燃烧。机关枪口喷着火。舰长做出决策。

有时，我要是早早地做好了晚饭，也去和他一起玩。我的粉饼盒是艘潜水艇。我是敌人。有一次，我突然充满深情地抱住亚伊尔，狂暴地吻着他的头，因为在那一刻，亚伊尔在我眼中像一个真正的舰长。结果我被立刻逐出游戏和屋子。儿子又一次表现出阴沉的傲气：只有当我处在一种无动于衷的超然状态才被允许参加他的游戏。

也许是我错了。亚伊尔正在表现出冷酷的权力欲。这并非米海尔传给他的，也并非我传给他的。他对事物的记忆能力常常令我惊愕不已。他依然记得哈桑·萨勒姆帮，以及他们从特里哈里什山朝霍隆射击，这是一年半以前爷爷耶海兹克尔在世时对他说起的。

几个月以后，亚伊尔将从幼儿园转到小学。我和米海尔决定送他上贝特哈凯里姆小学，而不是附近的塔赫凯莫尼传统派犹太教男生学校。米海尔决心让我们的儿子接受进步教育。

楼上邻居凯姆尼扎一家以彬彬有礼的敌意对待我。他们依然俯就着回应我的问候，却不肯让小女儿下来借熨斗或烤碟了。

格里克先生每隔五天就来看我们一次。《希伯来大百科全书》他已读到了“比利时”条。他可怜的妻子杜芭的哥哥是安特卫普的一位钻石商。格里克太太治疗得不错。医生保证四五月份就可以让她出院。这位邻居对我们感激不尽。除宗教日报《观察》周末增刊外，他还送给我们一包大头针、纸夹、透明胶带及外国邮票。

米海尔终于成功地激起了亚伊尔的集邮兴趣。每星期六早晨他们都投身于集邮活动中。亚伊尔把邮票浸在水里，小心翼翼地剥下邮票上的纸，在格里克先生送给他的一大张吸墨纸上吸干。米海尔整理好干邮票，将其贴在集邮册里。与此同时，我往留声机里放唱片，蜷进扶手椅里，疲倦的双脚放在身下，织毛衣，听音乐。放松。透过窗户能看见隔壁的女人往阳台栏杆上晾被子。我没有思想，没有感觉。时间是一种强有力的存在。我故意不理睬它，目的是想贬损它。我对待时间的方式恰恰与年少时对待粗鲁男人无礼目光的方法一模一样：我并不避开目光或掉转头去，而是露出轻蔑的冷笑。避免恐慌或尴尬。好像在说：

“有什么呀！”

我知道，我承认，这是一种可悲的防卫。但是欺骗本身更加可悲和丑陋。我并无奢求，只是希望玻璃应该保持透明。聪明漂亮、身穿蓝外套的小姑娘。患有静脉曲张、佝偻着背的幼儿园老师。中间，伊冯娜·阿祖莱在无边无际的大海上漂流。玻璃应该保持透明。别无他求。

三十八

耶路撒冷冬天的安息日阳光明媚，天空呈现出深湛、黝黑、浓郁的蓝色，而不是普通的天蓝色，好像是大海涌到陆地并倒悬在城市上空。这是一种清澈、绚丽的纯净。无忧无虑的鸟儿唱着欢乐颂，沐浴着阳光。远处山峦、建筑、树木仿佛在不住地跳动。造成这种现象的原因是湿气蒸发，米海尔这样对我解释说。

在这样的安息日，我们通常早早地吃过早饭，出去走一段路。我们离开传统派犹太教教民居住区，溜达到特勒皮特田野，或埃因凯里姆，或马拉哈，至吉乌阿特沙维尔。中午时分，我们在一片树丛中歇息下来吃午饭。夜幕降临之后我们乘安息日之后的第一趟公共汽车回家。这些日子是如此的平静。偶尔，我想象着耶路撒冷将其所有的隐藏部分照亮并展现在我的面前。我没有忘记，蓝光是一种短暂的幻觉。群鸟即将远翔。但现在我已经学会了对这一切不理不睬。孤独地漂泊。没有抗拒。

一个安息日的旅行途中，我们巧遇我年轻时从学希伯来文学的一位教授。经历了一番令人感动的努力之后，教授终于记起了我，把名字与面孔对上了号。他问：

“亲爱的女士，你打算给我们一个什么样的秘密惊喜呢？一本诗集吗？”

我没有回答。

教授沉吟片刻，友好地微笑着。

“我们的耶路撒冷是一个多么奇妙的城市啊！难怪会成为数代人在愤懑的流亡生涯中所神往的所在。”

我表示赞同。我们握手道别。米海尔祝愿老人健康。教授微微躬身向空中挥挥帽子。这次会面令我非常高兴。

我们采了一束束野花：毛茛、水仙、仙客来、银莲。走过废弃的建筑工地。在潮湿的灰石投下的阴影中休息。远眺沿海平原、希伯伦山麓、朱迪亚沙漠。有时我们玩捉迷藏或逮人游戏。追逐。嬉笑。米海尔十分快乐，无忧无虑。有时他的话语会表现出一种极大的热忱，比如：

“耶路撒冷是世界上最大的城市。你只要穿过两三条街，就会走到另一个大陆、另一个时代甚至另一种气候之中。”

要么就是：

“这地方真漂亮啊，汉娜。你在这儿真美，我可怜的耶路撒冷人。”

亚伊尔对两个话题尤为感兴趣：独立战争作战情况及公共交通服务网络。

对于前者，米海尔堪称是个信息库。他用手指指点点，在地形图上确认目标，在地上画出作战计划，并借助树枝和石块加以说明。阿拉伯人在这儿，我们在这儿。他们试图从这里突破。我们攻其项背。

米海尔觉得，应该对孩子解释一下错估敌情、战略失误及失败是怎么回事。我也边听边学。我对耶路撒冷的战争知之甚少。曾一度归属双胞胎父亲拉希德·沙哈达所有的别墅现已移交给了卫生机构，变成儿科诊所。空地上建起了一幢居民楼。德国人和希腊人扔掉了他们在耶路撒冷的居住地。新居民搬了进来，占了他们的地盘。男人、女人和孩子搬进了耶路撒冷。这不是耶路撒冷的最后一次战争。我从老朋友卡迪什曼先生那里听说了此话。我自己也意识到，某种神秘力量正在焦躁地成形、膨胀、波动、喷薄欲出。

我很惊诧于米海尔的解说才能，他用简单的语言就能表述复杂的事情，几乎不用任何形容词，我也惊诧于亚伊尔偶尔提出的严肃而又聪明的问题。

在亚伊尔眼中，战争是一场极其复杂的游戏，向我们展示了一个有系统、有条理的迷人世界。丈夫和儿子都把时间看成绘图纸上的一串同等正方形，它们提供了支撑线条与形状的框架。

根本用不着同亚伊尔讲述战争动机。它们不言而喻，就是征服与统治。孩子的问题只盯住了事件的发展顺序：阿拉伯人，犹太人，山丘，深谷，废墟，公路，战壕，装甲兵，采取的行动，突然袭击，作战部署。

公交网也深深地吸引了我们的儿子，这是由于目的地各异的线路之间具有复杂联系。线路的分布使他产生了一种无情的快意：站与站之间的距离，不同线路的重叠，在市中心会合，又向外围散开。

在这个问题上，亚伊尔能够启发我们。米海尔预言，他会成为公共汽车公司的调度。随即他又强调说，这当然是在开玩笑。

亚伊尔熟谙运行在每条线路上的公共汽车的型号。他很乐于讲述不同型号汽车的使用原因：这是陡坡，这是急转弯，这里路面很糟。孩子的解说风格酷似他的父亲。他二人经常使用诸如“因此”“然而”“总之”等词语，以及“可能性极小”，等等。

我努力做他二人安静而又专注的听众。

这样一幅画面：

儿子和丈夫仔细观察摊在一张大书桌上的巨幅地图。地图上标满了不同的记号。两个人若是意见一致就插上彩色标签。在我看来，这些标签凌乱不堪。他们用德文彬彬有礼地争论。他们都身穿灰套装，素领带上别着银色别针。我疲倦地站在那儿，身穿轻薄破旧的睡衣。他们完全沉浸在工作之中。灯光惨白，但没有投下阴影。他们的态度表现出聚精会神、一丝不苟的责任感。我插嘴评论或提些要求。他们表示赞同与友善，没对我的插嘴表示愠怒。他们很高兴帮助我。乐于听从我的吩咐。我能不能等五分钟？

也有截然不同的安息日旅行。

我们穿过城市最时髦的地区热哈维亚或贝特哈凯里姆。我们为自己挑选住房，检查未竣工的建筑，讨论不同风格公寓的优缺点。分配房间，决定哪里该放些什么。亚伊尔的玩具该放在这里。这里是书房，这儿放沙发、书架、扶手椅、地毯。

米海尔说：

“我们该开始存钱了，汉娜。我们不能总是赚多少花多少。”

亚伊尔建议道：

“我们卖掉留声机和唱片换些钱。收音机里播放的音乐已经足够了。我也不喜欢听。”

我自己呢？

“我想到欧洲旅行。在家里装一部电话。买一部小车，这样周末能够去海边。小时候，我们有一个名叫拉希德·沙哈达的邻居。他是个非常有钱的阿拉伯人。现在他们当然是住在一个难民营了。他们在卡塔蒙有幢房子。那是座别墅，环绕庭院而建。房子将庭院紧紧围在当中。你坐在院子里可以与世隔绝。我想拥有那样一座房子。它坐落在岩石与翠柏之中。米海尔，别急，我的打算还没完呢。我也想要个女佣。一个大花园。”

“一个穿制服的司机。”米海尔微笑着。

“一艘私人潜水艇。”亚伊尔迈着坚实的小碎步在他身后沉重、缓慢地走着。

“一个王子加诗人加拳王加飞行员的丈夫。”米海尔加了一句。

亚伊尔思考复杂的问题时眉头蹙得像他父亲一样。他停顿了一会儿，激动地说：

“我想要个小弟弟。艾伦和我一样大，他已经有两个弟弟了。我该有一个小弟弟了。”

米海尔说：

“最近，热哈维亚与贝特哈凯里姆的公寓花不了多少钱。但我们要是开始有规律地存钱，就可以从杰妮娅姑妈那儿借点儿，从大学补助基金会借点儿，从卡迪什曼先生那里借点儿，这并非空中楼阁。”

“是的，”我说，“并非空中楼阁。但我们呢？”

“什么我们呢？”

“空中楼阁。不只是我，也有你。你没在空中，你是在另一个世界上。只有我们的小现实主义者亚伊尔除外。”

“汉娜，你是个悲观主义者。”

“米海尔，我累了。我们回家吧。我刚想起要熨衣服。一大堆衣服等着我呢。明天装修工要来。”

“爸爸，什么是现实主义者？”

“这个词有许多含义，我的孩子。妈妈的意思是指做事总是合乎理性、不生活在梦想世界中的人。”

“但是，我在夜里也做梦呀!”

我轻轻一笑，问：

“你做什么样的梦，亚伊尔?”

“就是梦呗。”

“什么样的?”

“各种各样的。”

“比如?”

“就是梦。”

那天晚上我熨衣服。第二天，家里粉刷一新。好友哈达萨把她的女仆西米卡又借给我两天。星期三或星期四的样子，冬雨开始降落。排水管咕咕咚咚。这曲调既令人忧伤又让人气恼。接二连三地长时间停电。街道泥泞不堪。

把家整理清扫过之后，我从米海尔的钱包里拿出四十五镑。趁着暴雨停息的空儿进了城。买了新的枝形吊灯。现在客厅里有水晶灯了。水晶。我喜欢“水晶”一词，也喜欢水晶本身。

三十九

每天过同样的日子，我自己也没有什么变化。也有一些东西不尽相同。我说不上它的名字。

我和丈夫像陌生人一样，在一家诊所外面偶然相遇，我们都是去那里接受某种不尽如人意的治疗的。两人都很不好意思，揣摩着对方在想些什么，感受到一种不安而又窘迫的亲密，疲惫地寻找某种适度的口气和对方打招呼。

米海尔的博士论文即将完成。明年他定有希望成为学术界的名人。1957年初夏，他在内盖夫待了十天，从事考察与实践，为研究打基础。回来时给我们带来一瓶彩沙。

我从米海尔的同事那里得知，丈夫打算在提交论文后争取科研基金，以便能够在美国大学里进行理论地质学的高级研究。米海尔不愿把这一打算告诉我，因为他知道我的弱点。

他不愿激起我新的梦想。梦想可被打破。随之而来的便是失望。

麦括尔巴鲁赫地区多年来让人感受到了一种渐变。新住宅一直建到西部。铺上了公路。土耳其时期的建筑加上了颇具现代风格的顶楼。市政府在公路两旁安放了绿色长椅和垃圾箱。兴修了一座小公园。以前杂草丛生的空地上建起了车间和印刷厂。

老居民逐渐搬出了居住区。政府公务员与代办处雇员搬进了热哈维亚或施穆埃尔镇。职员和出纳们在市区南部政府住宅基地买便宜的公寓。纺织商和服饰饰物商搬到了洛麦玛。我们留在这里守候这条衰败的街道。这种衰败旷日持久而又让人意识不到。百叶窗与铁栅栏日渐锈损。一个正统派犹太教承包商在我家对面开凿地基，卸下一堆堆沙子与石子，接着突然又将工程放弃。或许他已改变初衷，要么就是人已死去。凯姆尼扎一家离开了这所住宅，离开了耶路撒冷，搬到拉马特沙龙。约拉姆从部队上得到特批，回家帮着收拾。他远远地向我招手。他似乎晒黑了，身穿军装显得很精神。我不能和他说话，因为他父亲板着面孔站在那儿。我现在还能对约拉姆说些什么呢?

传统派犹太教家庭搬进了周围的许多空房子内。新移民，主要是来自伊拉克和罗马尼亚的新移民，也开始到这里定居。这是一种缓慢的变化。阳台与阳台之间拴起了越来越多的、横跨街道的洗衣绳。夜里，可听见有人大声骂着脏话。我们的波斯菜商伊莱贾·莫西阿先生把店铺卖给了总是不断发脾气的一对兄弟。连塔赫凯莫尼正统派犹太教学校的孩子们在我眼里也比旧日野蛮粗暴多了。

5月底，我们的朋友卡迪什曼先生死于肾病。他把一小部分遗产捐给了民族党耶路撒冷支部。把全部书籍送给了米海尔和我，其中包括赫茨尔、诺尔道[1]、雅伯汀斯基、克劳斯纳的著作。他的律师奉遗嘱拜访我们，感谢我们待死者十分和善。卡迪什曼先生是孤身一人。

也是在1957年的夏天，幼儿园老师撒拉·杰尔丁在马拉哈伊大街被一辆军车撞倒之后也去世了。幼儿园关了门。我在贸易工业部找了一份做档案管理员的临时工作。是挚友哈达萨的丈夫阿巴帮我谋到了这个职位。到了秋天，幼时父母的密友、三位老耶路撒冷也去世了。我以前未提过他们，是因为健忘冲破了我的防线。即使尽最大努力也无法抗拒。我

---

1 诺尔道（1849—1923），出生于匈牙利的德国作家、医师，犹太复国主义运动领袖之一。

想写下一切。但不可能将一切都写下。许多东西无声无息地消逝了。

9月，儿子亚伊尔开始到贝特哈凯里姆小学读书。米海尔给他买了一个棕色书包。我给他买了铅笔盒、铅笔刀、铅笔和尺子。利亚姑妈送给他一大盒水彩。外婆和舅舅给他送来了装帧精美的德·亚米契斯的《爱的教育》。

10月份，我们的邻居格里克夫人出院了。她表现出默默顺从的样子。显得安静、平和多了。她人老了，也胖了。失去了那种因未曾生育而具有的雍容、成熟之美。我们再也听不到那些歇斯底里的发作与绝望的叫喊了。格里克夫人接受漫长的治疗之后冷漠、顺从地回来了。她在我们前院的矮墙上一坐就是几个小时，看着大街，边看边闷笑，好像我们的大街变成了一个幸福、开心的所在。

米海尔把格里克夫人比作杰妮娅姑妈的第二任丈夫、演员阿尔伯特·克里斯滨。他同她一样，也患有精神分裂症，神志恢复过来后也是全然麻木。在纳哈里亚的医院里住了十六年，除睡觉、吃饭、发呆之外无所事事。杰妮娅姑妈依旧用自己的收入供养他。

一场剧烈的争吵过后，杰妮娅姑妈辞去了总医院儿科医生的工作。几经周折，又另谋他职，在拉马特甘的一家私人医院里给患有慢性病的老人看病。

她来我们这里同我们一起过住棚节时，把我吓了一跳。由于抽烟很凶，她的声音愈加嘶哑厚重。每点燃一支烟，她都要用波兰语咒骂自己。每逢剧烈的咳嗽，她便噘起嘴唇，喃喃自语：“歇口气吧！笨蛋。老不死的。”她的头发稀疏灰白。脸像个脾气古怪的老头，时常想不起希伯来文单词。她又狂乱地点上一支烟，吐出一口气，吹灭火柴，用咝咝的波兰语咒骂自己。骂我不懂穿着打扮，有损米海尔的身份。责备米海尔一切全听我的，不像个男子汉，倒像个布娃娃。亚伊尔在她眼里粗暴、鲁莽、蠢笨。我在她走后梦见了她。她的形象与耶路撒冷的古老幽灵、走街串巷的手艺人和小贩们混在一起。我害怕她。我害怕盛年早逝，也害怕暮年而亡。

我的嗓子令乌巴赫医生忧心忡忡。有那么几次一连数小时失声。医生指导我做长期治疗，此种治疗使我的肉体蒙受羞辱。

我还是在天明之前醒来，睁大眼睛面对邪恶之声及光怪陆离、反复重现的梦魇。有时是战争。有时是洪水。铁路失事。迷路。我总是让强有力的男子汉挽救。他们救我只是想诱奸和凌辱我。

我把丈夫从沉睡中唤醒，钻到他毯子底下，使劲贴住他。从他身上汲取一种我所渴望的自制。我们的夜晚变得异常疯狂。我使得米海尔对我俩的肉体惊愕不已。引导他行走在我在小说中读到的绚丽多彩的歧路之上。电影中放映的羊肠小道。我在少女时代从咯咯傻笑的女孩子口中听到的悄悄话。我所知道并猜到的梦幻，男人最疯狂、最痛苦的梦幻。自己梦中学来的一切。颤抖狂喜的火花。冰湖深处的洪水。轻柔奇妙的陶醉。

但我回避着他。我只和他发生肉体关系：肌肉、四肢、毛发。在内心深处，我知道我一次又一次地欺骗了他。用他自己的肉体欺骗了他。仿若盲目跳入温暖的深渊之中，没有给我留下任何旁道。不久，这唯一的通道也会被堵住。

米海尔承受不起黎明前夕慷慨施与他的这份热烈与狂暴。我最初的挑逗就让他完全崩溃与屈服。米海尔真能超越疯狂的感情潮水、超越我带给他的屈辱吗？有一次，他竟低声问我是不是重又爱上他了。问话中带有明显的担忧，我俩都知道没有答案。

第二天，米海尔没有任何反应。像平时一样露出颇具分寸的怜悯。不像在夜间遭到羞辱的男人，倒像一个初次向高傲老练的少女大献殷勤的毛头小伙。米海尔，你我二人不这样互相接触一下就会死去吗？接触，融合。你不理解。在此过程中我们可达到一种忘我的境界。融为一体。合而为一。你中有我。我中有你。这是一种无可救药的结合。我解释不了。即使词语本身也在抗拒着我。如此的欺骗，米海尔。如此可怕的陷阱。我已精疲力竭。噢，去睡觉。睡觉。

有一次，我建议做个游戏：每个人要讲一下初恋的全部经过。

米海尔不明白我用意何在，我是他最初也是最后一次的爱。

我试图向他说明：你以前是个小男孩。是个年轻小伙子。你读小说。你班上有女孩子。你说啊。告诉我。你丧失记忆和所有感情了吗？你说啊。说些什么。你什么也不说。不要整天一言不发。不要像钟表那样打发光阴，不要把我逼疯。

最终，米海尔眼里出现一丝勉强的理解。

他开始用得体的词语来描述埃因哈洛德基布兹内一个长期被遗忘的夏令营。讲他居住在惕拉特伊阿尔基布兹的女友利奥拉。讲在一场模拟审判中，他是原告，利奥拉是被告。某种模模糊糊的伤害。有位名叫耶海伊姆·佩莱德的老体操教师因米海尔身体反应迟钝，叫他“故费·甘茨”。一封书信。与青年领袖的私下谈心。接着又是利奥拉。致歉。等等。

故事讲得可怜巴巴。即使让我讲授地质课我也不会这么一塌糊涂。像多数乐观主义者一样，米海尔把现实视为一种无形的柔软物质，人们得通过艰苦负责的工作来铸造将来。他对过去持有一种怀疑。把过去当成一种沉重的负担。从某种意义上来说没有必要。在他看来，过去似一堆橘子皮，需要清除掉。但也不能弃之路上，这样才不致弄得乱七八糟。得把它们收集起来毁掉。自由轻松。只对自己未来的计划负责。

“米海尔，告诉我，”我并不掩饰自己的厌恶之情，“你活着究竟是为了什么？”

米海尔没有立即搭腔。他考虑了一下。同时把桌上的面包屑归在一起，堆到自己面前。最后宣布：

“你的问题没有意义。人不为什么活着，活着而已。”

我说：

“你生下来又将无足轻重地死去，米海尔·甘茨。”

“人都有优点和缺点。你又会说这是个陈腐的论调。一点不错。但是陈腐并非真实的反义词。‘二乘二等于四’很陈腐。不过……”

“不过，米海尔，陈腐就是真实的反义词。有朝一日，我一定会像杜芭·格里克一样发疯。这是你的过错，故费·甘茨博士。”

“汉娜，冷静点。”米海尔说。

晚上，我们互相让步了。双方都为争吵埋怨自己。道歉。一起出去拜访阿巴和哈达萨在热哈维亚的新居。

我也应该写下：

米海尔和我下楼到院子里抖床单。我俩得稍稍调整动作，一起用力。灰尘扬起。

接着，我们叠床单。米海尔伸开双臂向我走来，好像突然要拥抱我。他递给我两个被角。又退回去，抓住另两角。伸开双臂。朝我走来。交给我。退回去。抓住。朝我走来。交给我。

“够了，米海尔。我们做完了。”

“是的，汉娜。”

“谢谢你，米海尔。”

“不必谢我，汉娜。床单属我二人共有。”

夜幕降临院中。夜晚。最初的星辰。远处传来模模糊糊的叫声——是女人的尖声叫喊，或者是收音机的声响。真冷啊。

四十

在贸易工业部工作比在撒拉·杰尔丁幼儿园强多了。我从上午九点到下午一点，坐在一度是皇家酒店的大楼里。办公室曾是女招待的化妆室。办公桌上放着来自全国各地的各种项目的报告。我得从报告中提取有关信息，同档案中的其他信息一一比较，记录下结果，在有关表格上抄下报告页边上的意见，而后移交给另一个部门。

我喜欢这项工作，尤其喜欢诸如“实验工程项目”“化学混合物”“造船厂”“重金属工厂”“钢铁基地联营”等术语。

这些术语向我证明了某种根深蒂固的现实的存在。我不了解也不希望了解这些遥远的事业。知道它们在某处存在已让我感到满意了。它们存在。它们运作。不断地变化。预算。原料。获益程度。计划。许多事物，空间，人口，建议。

我深知，这一切很遥远。但并非虚无缥缈。不会在一个梦幻的世界里消逝。

1958年1月，我们在家里安装了一部电话。米海尔得到了教师优惠。我们同朋友阿巴的关系也起了不小的作用。在迁居一事上，阿巴对我们帮助也很大。将我们排在等候政府住房计划名单的前列。我们会住到即将兴建于巴伊特瓦冈背后小山上的新居，从那里可远眺伯利恒山峦及埃梅克雷费姆边界。我们交了一部分押金，并且签下分期付款的合同。按照协议，我们将于1961年拿到钥匙。

那天晚上，米海尔在桌上放了一瓶红葡萄酒。并给我买了一大束菊花，以纪念这激动人心的瞬间。他倒了两个半杯。

“汉娜，此时此刻，我们为自己祝福。我相信新环境会让你有宁静感。麦括尔巴鲁赫这地方阴森森的。”

“是啊，米海尔。”我说。

“这么多年，我们一直梦想搬进新公寓。我们将有三居室加一个小书房。今晚希望看见你高兴的样子。”

“我非常高兴，米海尔。我们将拥有一套三室一厅的住房。我们总是梦想着搬家。麦括尔巴鲁赫这地方阴森森的。”

“这正是我的话。”米海尔惊叫着。

“这是你刚才说过的。”我微笑着，“结婚八年，人的想法相像了。”

“时间与勤勉会赋予我们一切，汉娜。你会看到，总有一天我们要到欧洲或者更远的地方旅行。总有一天我们会有一辆小车。总有一天你的感觉会好起来。”

“总有一天一切都会因艰苦的劳作而好起来，米海尔。你刚才注意到没有，那是你父亲的说法，不是你的。”

米海尔说：“没注意到，但这也没什么不可能的。事实上，这很自然。我毕竟是我父亲的儿子啊。”

“绝对没错。不是不可能，是自然而然的事。你是你父亲的儿子。太可怕了，米海尔，这太可怕了。”

“汉娜，这有什么可怕的？”米海尔伤心地问，“你取笑我父亲是不对的。他为人清清白白。你这样奚落他是不对的。你不应该这么做。”

“米海尔，你误会了。你是你父亲的儿子这件事并不可怕。可怕的是你突然像你父亲那样说话了。你爷爷。还有我爷爷。我父母。我们之后是亚伊尔。我们大家。仿佛人类一个接一个繁衍，又一个接一个地被摒弃。图样一张接一张绘制出来，又依次被摒弃，揉皱，扔进垃圾箱，再被稍加改进的修改稿所代替。一切看来多么无意义，多么乏味。多么无聊的玩笑。”

米海尔的反应是报以沉默。

他心不在焉地从架子上拿起一张餐巾纸。小心翼翼地把它叠成小纸船，目不转睛地望着，轻轻地把它放在桌上。最后说，我的人生观极富幻想性。父亲曾经说过，在他眼里汉娜像个诗人，尽管她不写诗。

接着，米海尔给我看早晨签约时拿到的公寓设计图。他以惯常的清晰平淡的语言讲述着。我让他说详细些。米海尔又复述了他的解释。有那么一刹那，一种感觉强烈地将我攫住。这绝对不是第一次。很久以前我便亲临其境。所有这些话在遥远的过去就已讲过。即使那纸船，那徐徐飘向灯泡的烟雾，电冰箱的嗡嗡声，都不是新的。米海尔。我。所有一切。都是那么的遥远，却像水晶一样清晰可见。

1958 年春天，我们雇了一个日工。从今天开始，另一个女人将操持我的厨房。我无须拖着疲惫的身子从办公室回到家，乒乒乓乓开罐头，切菜。完全仰仗米海尔和儿子脾气好，他们不会抱怨饮食单调。

每天清晨我都给福图娜一张字条，告诉她一天要做的事。她做完后一一勾掉。我对她很满意：勤劳，朴实，智商不高。

但有那么一两次，我发现丈夫脸上漾起一种新奇的表情，这种表情结婚这么多年我还是头一次看见。每当米海尔看见姑娘的身影，脸上便会露出一种不好意思的紧张神色。嘴巴微微张开，脑袋低垂着，刀叉在手中僵住片刻。全然一副愚蠢的模样。彻头彻尾的愚蠢，像个在考场作弊时被抓住的小孩儿。我不让福图娜和我们共进午餐。要她熨东西，打扫房间，要么就是叠衣服。等我们吃过后，她再一个人吃。

米海尔说：

“汉娜，我很遗憾地发现，你用从前女士对女佣的方式对待福图娜。福图娜不是下人。她不属于我们所有。她像你一样，是个工作的女子。”

我取笑他：

“那当然，甘茨同志。”

米海尔说：

“你现在说话简直不近情理。”

我说：

“福图娜不是下人，她不属于我们所有。她是位工作女性。令人费解的是，你那圆鼓鼓的牛眼竟当着我和孩子的面在她身上放肆享受。真不像话。蠢到家了。”

米海尔大惊失色。面色苍白。开始要说些什么，继之又改变了主意，默不作声。他打开一瓶矿泉水，小心翼翼地倒了三杯。

一天，我从接受喉咙与声带长期治疗的诊所回家时，米海尔出了家门，迎面朝我走来。我们在一度归伊莱贾·莫西阿所有、现由脾气暴躁的一对兄弟经营的小店外相遇。从他脸上的表情可以看出，一定有什么坏消息。他正忍受着灾难的煎熬。

他的表情不是震惊，而是羞愧，像是在演小丑时撕破了衣服。

“出事了，米海尔？”

“一场小小的灾难。”

他刚刚看到最新一期英国皇家地质协会主办的杂志，上面刊有剑桥一著名教授的文章，提出令人震惊的有关剥蚀问题的新理论。构成米海尔论文基础的某些前提被英明地论证为不成立。

“简直绝了。”我说，“现在你机会来了，米海尔·戈嫩。给这个英国人一点颜色看看，彻底把他打败，别退缩。”

“我做不到。”米海尔局促不安地说，“不可能。他是对的，我相信。”

和多数文科学生一样，我总是在想象，一切事实都可以有不同的解释，机智果决的解释者总能够自圆其说。只要他本人有足够的力量和闯劲。

“你不战而退了，米海尔。我宁愿看到你好好拼拼并取得成功。我会为你骄傲的。”

米海尔微笑着。他没有作声。我要是亚伊尔，他就会回答我了。这可把我惹恼了，我取笑他：

“可怜的老米海尔，现在你得前功尽弃，从零开始。”

“实际上，你这话未免有点夸张。情况并不像你所想象的那么让人绝望。今天早晨我和教授进行了一次谈话。我将重写开头几章，论文主体有三处要进行修改。最后一部分反正尚未完成，写时我会把新理论考虑进去。阐述的几个章节不会受到影响，还和原来一样。我需要再延长一年，也可能短一些。教授当即答应让我延长一年。”

我暗自思忖：当斯特洛果夫被野蛮的鞑靼人俘虏后，鞑靼人想用通红滚烫的铁棍烧瞎他的眼睛。斯特洛果夫是条硬汉子，但身上洋溢着深沉的爱。是爱使他眼里盈满泪水。这爱的泪水冷却了通红滚烫的铁棍并将他挽救。意志与机智使他装成盲人，直至完成圣彼得堡沙皇委派给他的艰巨使命。

使命与完成使命之人一样得到了爱与力量的拯救。

或许他在远方能够听见旋律悠长的微弱回音。这模模糊糊的声音只有凝神屏息方能听到。一支乐队在远方的树丛边、小山外、草坪上演奏。年轻人一边行进，一边唱歌。威风凛凛的警官骑着训练有素的剽悍骏马。身穿金边白制服的军乐团。女王。仪式。如此遥远。

5月，我去贝特哈凯里姆学校拜访亚伊尔的老师。她很年轻，一头金发，蓝蓝的眼睛，很吸引人，像儿童画册中的公主。她是个学生。耶路撒冷近来突然满是漂亮女孩儿。当然，十年前我做学生时也认识一些可爱的姑娘。我就是她们中的一员。但新一代身上却拥有某种不同的东西，某种浮动、轻松、随意的美。我不喜欢她们，也不喜欢她们选穿的孩子气衣服。

从老师那里我得知，小戈嫩具有敏锐系统的思考天赋，以及很强的记忆力和集中力，但他缺乏悟性。例如，班上讨论出埃及和十大灾难，其他孩子均对埃及人残酷无道及希伯来人的痛苦遭遇感到震惊。而戈嫩这个小家伙呢，却怀疑《旧约》中关于红海海水向两边劈裂的描述。他能合理地解释涨潮和落潮现象。仿佛对埃及人和希伯来人不感兴趣。

年轻老师使四周的一切充满了新鲜、轻松和快乐。谈到小扎尔曼时，她微笑着。微笑时，脸上神采奕奕。我突然产生一股憎恶之情，恨起自己身上穿的这条褐色裙子来了。

后来，到了街上，两个姑娘与我擦肩而过。她们是学生。笑得很快活，浑身洋溢着强烈得不可抗拒的美。手提草编手袋，身穿侧开衩儿长裙。在我眼里，她们的开怀大笑俗不可耐，好像整个耶路撒冷成了她二人的世界。经过我身边时，一个女孩说：

“他们简直是发疯了。他们也快把我逼疯了。”

女友一阵大笑。

“这是个自由的国度，人人都可以随心所欲。我看，他们可以去投湖。”

耶路撒冷正在扩建公路。现代排水管道。公共住宅。有些场所甚至让人觉得这儿是个普通城市：笔直的街道两旁到处是公共座椅。这一印象稍纵即逝。要是你掉转头来，便会看到，居于这些热火朝天建筑场面之中的是岩石遍布的田野。橄榄树。贫瘠的荒地。郁郁葱葱的山谷。千人踩万人踏而塌陷的纵横交错的小径。牧群在新建的总理办公厅外面吃草。绵羊安详地啃噬。老牧人坐在对面的石头上一动不动。周围一片山冈。废墟。风吹松林。居民。

我在赫茨尔街看见一个皮肤黝黑的工人光着上身，用沉重的钻机挖一条横亘街道的沟渠。他大汗淋漓，皮肤铜光闪闪。双臂随着钻机的弹跳而不住地抖动，似乎无法遏制奔腾的精力，必须突然大吼一声跳起来。

雅法路尽头老人之家的墙上贴着一则讣告，我从上面得知，虔诚的塔诺波拉太太去世了。我结婚前她曾是我的房东。她教我调薄荷茶以平息躁动不安的灵魂。我为她的死难过，为自己难过，为躁动不安的灵魂难过。

晚上睡觉时，我给亚伊尔讲述一个自己在遥远的童年时代曾经听到的故事。这是小大卫的迷人故事，他一贯那么干净，那么整洁。我喜欢这个故事。想让儿子也喜欢它。

夏天，我们都到特拉维夫海边度假。再次同利亚姑妈住在罗思彻尔德街的老房子里。整整五天。每天上午，我们都到特拉维夫城南的巴特亚姆海滩。下午冲向动物园、游乐场和电影院。有天晚上，利亚姑妈拖我们去剧院。里面都是年事已高的波兰妇女，珠光宝气。她们神情庄重地来回走动，宛如巨大的战舰。

米海尔和我趁休息之际悄悄溜出来。我们走向大海，沿海滩北上走到海港。我突然间周身涌起一股劲儿。酷似疼痛。颤抖。米海尔拒绝并想解释。我不听他说话。用连我本人也非常吃惊的力量撕下他的衬衫。把他推倒在沙滩上。撕咬。哭泣。我用整个身子去撞他，好像我比他重。这是多年前一个身穿蓝外套的小姑娘在课间休息时同男生摔跤的情形：冷酷、激烈。又哭又笑。

大海、细沙也加入进来。一股涓涓的剧烈快感，既沁人心脾，又炽烈灼热。米海尔吓坏了。他嘟哝说认不出我了。我又一次让他感到陌生。他不喜欢我。我很高兴他对我感到陌生。我并不想让他喜欢我。

午夜时分，我们回到利亚姑妈的住处，米海尔不得不满面通红地向忧心忡忡的姑妈解释，衬衫因何被撕，脸部怎样被抓。

“我们散步时，有……强盗要袭击我们，这个……很不愉快。”

利亚姑妈说：

“你永远不要忘记自己的身份，米哈。像你这样的男人万万不要卷进丑闻之中。”

我哈哈大笑，又一直闷笑到天明。

第二天，我们带亚伊尔到拉马特甘看马戏。周末返回自己家中。米海尔得知，住在惕拉特伊阿尔基布兹的女友利奥拉携幼子以离婚女子的身份住到了内盖夫的新基布兹，该基布兹由她及米海尔的同窗好友建于独立战争后。这一消息对米海尔的打击很大。他脸上露出强压下去的恐惧。神情沮丧，一言不发。比以往还要沉默。在一个安息日下午，他在给花瓶换水，突然间踌躇不定。慢吞吞的动作之后是迅雷不及掩耳的举动。我冲上去抓住悬在半空的花瓶。第二天进城给他买了一支我所能找到的价格最为昂贵的自来水笔。

四十一

1959年春，逾越节三周前，米海尔完成了博士论文。

他的论文对帕兰荒原的沟壑侵蚀影响做了全面研究。研究工作是借鉴世界各国从事侵蚀理论研究的科学家的最新成果来进行的。详细探讨了这一地区的形态结构。全面研究了单面山、外成内成因素、气候影响、构造学原理。结论一章甚至提到了对这些研究成果的运用。论证本身缜密合理。米海尔对这一极其复杂的课题已颇有研究，为此他整整花了四年时间，认真地完成了论文。无论是论题本身的难度还是个人困难都没有使他浅尝辄止。

逾越节后，米海尔会把手稿交给打字员打印、装订。然后他会把论文交给地质界权威人士审阅。他将在常规科学论坛举行的演讲和讨论中论证结论。他准备将这一论文献给已故的严谨、正直、谦虚的耶海兹克尔·戈嫩，以缅怀他的希望、爱心和奉献。

也就是在那段日子，我们同挚友哈达萨及其丈夫阿巴话别。阿巴被派往瑞士两年，做经济专员。他向我们吐露说，他在内心深处期待能够谋到一个永远住在耶路撒冷的合适的官职，而不是像听差僮仆那样匆匆奔波于外国首都。他仍旧想着离开政界，到金融界自由发展。

哈达萨说：

“汉娜，有朝一日，你也会很幸福。我相信这一点。终有一天你会实现自己的目标。米海尔那么勤奋，你又总是那么聪明。”

哈达萨的离去及其临别赠言令我感动不已。听到相信我们能够实现目标时，我哭了。是不是除我之外，其他的人均与时间、奉献、努力、勤勉、抱负、成就达成一致呢？我不使用孤独、绝望之类的字眼。我感到忧郁，屈辱，遭受了欺骗。十三岁那年，先父警告我要警惕坏男人，他们用甜言蜜语引诱女人，之后又无情地将其抛弃。他对自己所言进行系统的阐述，好像两性关系是这个世界上滋生痛苦的不正当行为，是一种男女双方竭尽全力才能减弱其恶劣后果的不正当行为。我并未被下流、蠢笨的男人引诱过。也没有反对两性关系的存在。但是，某种欺骗却令我感到屈辱。别了，哈达萨。多给遥远的耶路撒冷、汉娜和巴勒斯坦写信。在信封上贴上漂亮邮票给我丈夫及儿子。给我讲讲那巍巍高山、皑皑白雪。讲讲那客栈，讲讲那散落在山谷中无人光顾的小屋，风吹屋门，铰链吱吱作响。哈达萨，我不在乎。瑞士没有海，我的“龙”号和“虎”号搁浅在圣皮埃尔、密克隆群岛港口的船坞。船员们到山谷去寻找新的姑娘。我不忌妒。这不干我的事。我休息。3月中旬，耶路撒冷依旧是细雨绵绵。

邻居格里克先生在逾越节前十天去世。他死于内出血。米海尔和我参加了葬礼。大卫耶林街的正统派犹太教商人用慷慨激昂的意第绪语，谈论耶路撒冷有家不守合礼的肉铺开门营业。雇来的身穿黑礼服、体格单薄的领唱者在敞开的坟墓前念葬文，天空回以滂沱大雨。杜芭·格里克太太见祈祷和骤雨齐头并进，不觉兴味大发，爆发出一阵狂笑。格里克夫妇没有子嗣。米海尔与之毫无干系。但他继承了先父耶海兹克尔的生活之道与做人品格，故而承担起安排葬礼的使命。多亏杰妮娅姑妈相助，米海尔在慢性病老年患者医院为格里克太太找到一块栖身之地。那正是杰妮娅姑妈现在工作的那家医院。

我们到加利利过节。

我们应邀到诺夫哈里姆基布兹同母亲及兄长一家参加逾越节庆祝仪式。离开了耶路撒冷。远离了偏僻的街道。远离了在阳光下缩成一团的正统派犹太教老妪，她们就像栖在矮凳上的恶鸟扫视着地平线，仿若正在巡视的是广袤无垠的平原，而不是一座狭窄的城市。

外面一派春意盎然。路边野花盛开。湛蓝的高空上，迁飞的群鸟一字排开。挺拔秀丽的松柏、枝叶繁茂的桉树安详地给大路遮阴蔽日。红顶白墙的村落。看不到阴森森的石墙，看不到锈铁栏杆环绕的破敝阳台。这是一片洁白的世界，绿油油的世界，红艳艳的世界。所有街道都挤满了人。许多人到远方旅游。公共汽车上，乘客们的歌声不绝于耳。他们是青年运动中的一伙年轻人。他们笑着，唱着从俄文翻译过来的爱情、田园歌曲。司机一只手抓住方向盘，另一只手扣动着车票打孔器，有节奏地敲击着仪表板。节奏明快。不时捻着胡须，打开喇叭。给我们讲有趣的故事，声音活泼、圆润。

一路上阳光和煦。碎铁片闪闪发光，玻璃碴儿熠熠生辉。放眼望去，绿荫与蓝天在广袤平原的尽头交会在一起。每到一站，人们上上下下，拎着箱子、帆布背包、手枪，以及簇簇水仙、银莲、毛茛、万寿菊、兰芪。抵达拉姆拉，米海尔给我们每人买一支柠檬冰棍儿。到了卢德路口，我们买了柠檬茶和花生米。公路两边是一块块遍布着横七竖八的灌溉水管的方地。暖暖的阳光照射在水管上，将其化作光彩夺目的飘逸缎带。

远山微蓝，薄雾迷蒙。空气潮乎乎、暖融融的。米海尔和他的儿子一路上大谈独立战争以及政府正在筹建的水利工程。我露出自己最甜美的微笑。深信政府能够实施所有大型水利工程。我一个接一个地给丈夫和儿子剥橘子，分成瓣，揭下白丝，用手绢给亚伊尔擦嘴。

途经阿拉山谷，村里的百姓伫立路旁朝我们招手。我摘下绿丝巾冲他们挥动，直到他们从我的视线中消失了，我还在不停地挥动。

阿富拉正在举行重大庆典。蓝白旗在城市上空飞舞，空中悬挂着彩灯。城西入口换上装饰一新的铁门。欢迎标语在轻风中摇曳。我的秀发也随风飘逸。

米海尔买了一份逾越节之夜的专版报纸。里面登有政治佳讯。米海尔解释着。我抱住他的肩膀，轻轻吹拂他那头剪得极短的头发。从阿富拉到太巴列，亚伊尔一直躺在我腿上打盹儿。我目不转睛地盯着儿子的方脑袋，结结实实的下巴，苍白凸出的脑门儿。透过缕缕蓝光，我当即断定，儿子日后定会长成一个漂亮强健的男子汉。身着紧绷绷的军装。前臂上长出黄汗毛。我会在大街上倚靠他的臂膀，成为耶路撒冷最骄傲的母亲。为什么非耶路撒冷不可呢？我们可以住在阿什克隆，纳塔尼亚。在大海岸边，观看泛起泡沫的波涛。我们可以住在白色的小平房内，屋顶是红的，有四个一模一样的窗户。米海尔会成为一个技工。屋前是一片花圃。每天早晨，我们到海滩拾海贝。泛着咸味的海风吹进窗子。我们的皮肤总是晒得油黑发亮，身上散发出一股咸味。炽烈的阳光终日炙烤着我们。各个房间里无线电的歌声不绝于耳。

到了太巴列，司机说休息半小时。亚伊尔睡醒了。我们边吃炸豆泥边沿湖边走去。三个人都脱掉鞋子，走在水里。水暖洋洋的。湖面波光粼粼。成群结队的鱼儿在深水中遨游。慵懒的渔夫斜倚栈桥栏杆。他们身体剽悍，结实的双臂长满了汗毛。我朝他们挥舞绿丝巾，竟然有所收获。其中一人见状，冲我喊道："乖乖！"

接下来，我们乘车行驶在高山环绕的翠绿山谷中。路右侧的鱼塘闪闪发光。群山倒影在水中颤抖。这颤抖轻微和缓，像做爱时人的躯体。黑黝黝的玄武岩散在四周。古老的居民区灰沉沉的一片宁静：米戈达尔、洛什品纳、伊素德哈马腊、麦哈纳伊姆。大地在旋转，像醉汉一样摇摇晃晃，仿佛孕育着某种内在的疯狂。

在谢莫纳镇附近，一位酷似30年代老先锋的老检票员上了车。司机显然是他的故交。他们神侃逾越节期间将在拿弗他利山上举行的猎鹿活动，老年队的所有司机都将应邀参加。吉塔、阿布、玛什瑞、马考维奇、赞姆巴兹，他们都很硬朗。女人们不许参加。要大闹三天三夜。伞兵部队会去一名著名的降伞信号员。全世界都没有能够与之比拟的狩猎行动。从马纳拉，经过巴拉伊姆，到哈尼他，再到洛什哈尼克拉。伟大的三天。看不到妇女和泣婴。只有一群老家伙。枪都准备好了，还有美式宿营地呢。那谁还不去?！体内仍有余力的老狼和老狮子们。就像逝去的辉煌岁月。“人人都去参加，一个也不落下。我们奔跑着跨过山冈，等到火光冲天。”

行至谢莫纳镇，公共汽车沿拿弗他利山盘旋而上。道路狭窄，崎岖不平。汽车一个急转弯绕开一块山石。这是个令人炫目的疯狂旋转。满车人发出恐惧而欢快的尖叫。司机为使人更加刺激，快速地打着方向盘，车身轻轻擦过悬崖边。接着，司机佯装拉着我们直朝山壁撞去。我也不禁发出欣喜而恐惧的尖叫。

日落之前，我们来到诺夫哈里姆。人们穿着整齐。他们刚刚沐浴过，头发湿漉漉的，精心梳理过。胳膊上都搭着毛巾。欢蹦乱跳的孩子们在草坪上嬉戏。新剪刈过的草地散发着芬芳。洒水车喷出水花。黄昏微光映衬在水珠上，像五光十色的珍珠泉。

诺夫哈里姆俗称“鹰穴”。在陡峭山顶的房子似乎悬浮在半空。山谷里，一块块方田星罗棋布。下瞰奇观妙景，令人心旌摇荡。远处，掩映在丛林和鱼塘中的村庄依稀可见。茂盛的果园。松柏丛中小径弯弯。水塔洁白。远方山峦蔚蓝一片。

我哥哥同辈的诺夫哈里姆成员大多三十四五岁。他们精力充沛，喜气洋洋，充满责任感。我从他们身上看到了坚定而自制的品格。总是那么富有情趣，总是那么心悦诚服地遵从某种约定俗成的决定。我喜欢他们。我喜欢登高望远。

站在伊曼纽尔家中远眺基布兹边上的围栏，那里即是黎巴嫩边界。洗冷水澡。品尝橘子水和母亲烤制的蛋糕。换上夏装。小憩一阵。嫂子瑞娜目光中含着微笑。伊曼纽尔给亚伊尔要熊把式。与孩提时代的伊曼纽尔令人笑出眼泪的表演一模一样。即便现在我们也忍俊不禁，笑个不停。

侄子尤西主动去招呼亚伊尔。二人手拉手，到外面看牛羊。正值光线暗淡、影子深长的黄昏时分。我们躺在草坪上。夜幕低垂之际，伊曼纽尔拉出一盏长线电灯，挂在树梢。哥哥与丈夫的观点小有差异，不久便几近和解。

之后便是母亲玛尔卡眼含幸福的泪花，吻我们，问这问那。用支离破碎的希伯来语祝贺米海尔完成了博士论文。

母亲近来患有严重的血液循环失调症。她似乎快不行了。母亲在我心目中是那么微不足道。她是父亲的妻子，仅此而已。偶尔有那么几次，她高声顶撞父亲，我挺恨她。除此之外，在我心中便没有了她的位置。我深深懂得，偶尔应该跟她谈谈自己，谈谈她，谈谈年轻时的父亲。我知道，这一次我不愿拉开话题。我也知道，也许从此以后再不会有其他机会，因为妈妈看样子快不行了。但这些想法并未减少我的幸福感。它们在我周身汹涌澎湃，仿佛具有独立的生命力。

我没有忘记逾越节夜晚的那场聚会。弧光灯闪烁。杯盏交错。基布兹歌唱团。举麦捆仪式。午夜后篝火旁的烧烤。跳舞。我几乎每次都要跳。嘴里唱着歌。让魁梧的舞伴搂着，一圈圈旋转。甚至将惊恐万状的米海尔拖到中心。耶路撒冷那么遥远，再也不会将我困扰。也许就在此时，她已被四面八方的仇敌攻占。也许她已经化作尘土。她命该如此。遥远的我再也不爱耶路撒冷了。她希望我坏。我盼她不好。在诺夫哈里姆，我度过了一个如醉如痴、快快活活的夜晚。食堂里散发着炊烟味、烟草味和汗臭味。口琴一直吹个不停。我狂欢。我陶醉。我投入。

黎明将近之际，我独自出门，站到伊曼纽尔家的阳台。眼前是带刺铁丝网。黑压压的丛林。晨光熹微。我面对北方。山峦轮廓依稀可辨，那是黎巴嫩边界。古老石村上方的灯光无精打采，一片昏黄。不可接近的山谷。远处积雪覆盖的群山。山顶上孤零零的那座建筑是修道院，要么就是碉堡。深谷里怪石林立。寒风习习。我瑟瑟发抖。我想离开。这是一种多么强烈的渴望啊！

快五点时，一轮红日喷薄而出。在浓雾中冉冉升起。低矮的灌木丛朦朦胧胧齐地而起。对面斜坡上站着一个阿拉伯牧童。灰山羊在他四周贪婪地吞嚼。远方钟声悠扬。仿佛另一个耶路撒冷来到身旁，出现在优美的梦中。这是一种阴郁沉闷、令人毛骨悚然的条件反射。耶路撒冷困扰着我。车灯光亮耀眼，我什么也看不见。巨大的古树茁壮成长。空旷的山谷里盘旋着雾气。这是凝固窒息的混乱场面。寒光笼罩着这块陌生的土地。

四十二

我曾在某页手稿中写道："事物中有一种神奇的魔力，也是我生命的内在旋律。"现在看来，这些词句过于浮华，我意欲舍弃"神奇的魔力"和"内在旋律"。1959年5月，终于出事了，但方式却很拙劣。是一种可怜、荒唐的模仿。

5月初，我怀孕了。第一次妊娠时我曾出现轻度并发症，所以有必要进行医疗检查。家庭保健医生乌巴赫去年初冬死于心脏病，所以由隆布洛佐医生为我主持检查。新大夫并未找到什么令人担心的依据，但是却说，三十岁的女人和二十岁的姑娘差别很大。我万万不可过于劳神，忌食辛辣食品，从今往后直至生产，不能与丈夫同房。双腿上静脉又开始肿胀。眼边又开始出现黑晕。恶心。总是那么疲倦。5月间，有几次我竟想不起把东西或衣物放在何处。我把它当成一个记号。从那时到现在，我什么也没有忘记。

同时，雅德娜主动提出为米海尔打毕业论文。作为回报，米海尔帮她准备那已拖得不能再拖的期末考试。因此，米海尔每天晚上又干净又整洁地去大学旁边雅德娜的宿舍。

我承认，整件事情近乎荒唐可笑。我从心底里一直期待它发生。我并没有被搅得心绪不宁。晚饭时分，米海尔显得局促不安、心神不定。不住地摆弄用银针固定的朴素领带。笑容捉摸不定并带有歉疚。烟斗总也点不着，总是一惊一乍地问我是不是需要帮忙。拿这拿那，抖落东西，打扫房间，布菜。已经用不着劳神去侦察了。

坦白地说，我认为米海尔只不过产生了一些羞怯的意念和想法而已。我找不出雅德娜许身米海尔的理由。同时也找不出她应该拒绝的原因。但“原因”一词在我眼里没什么意义。我不知道，知道了也不在乎。我不是忌妒，而是在暗暗发笑。米海尔至多像我们的小猫白白，白白有一次可怜巴巴地纵身跳起来，去抓天花板上扑腾着的飞蛾。十年前，我和米海尔在爱迪生影院看嘉宝主演的电影。影片中的女主人公向一个小人献出了自己的身心。我回忆起她的痛苦和他的鄙俗，这一切在我看来就是简单方程式中的两项，记得我也没有费神去解这个方程式。我斜视着银幕，直到图像转换成一串五颜六色的光点，在以浅灰为主体色调的黑白幕布上跳荡。

我也不费苦心去澄清、去解决了。我冷眼旁观。只是自己疲惫多了。而且，这么多年烦琐的生活之后，某些东西一定发生了变化。

岁月荏苒。其间，米海尔把双臂放在方向盘上，或冥思苦想，或昏昏欲睡。我向他道别。我不介入。我让步。还是个八岁的小姑娘时，我深信假如我行动上像男孩，就会长成一个男人，而不是女人。真是枉费心机。我不必像疯女人那样气喘吁吁地跳起来，而是睁大双眼。别了，米海尔。我站在玻璃窗前，在模糊一片的玻璃上画画。倘若你愿意，会想到我是在向你打招呼。我不会让你幻想成空。我并未和你在一起。我们是两个人，不是一个人。你不能再做我整天沉思的长子了。大概对你说我什么都不依靠你、你什么都不依靠我，还为时不晚。米海尔，还记得吗？许多年前我们坐在阿特拉咖啡馆时，你说，我们父母要能见面该有多好。仔细想想那个场面。仔细想想我们死去的父亲。约瑟。耶海兹克尔。米海尔，请别再微笑了。努把力。集中精力。想象一下这幅画面：你我是兄妹。有多种可能的关系。母与子。山与林。石与水。湖与舟。形与影。松与风。

但留给我的并不仅仅是词语。我现在尚能打开一把沉重的铁锁，推开两扇铁门。放出双胞胎兄弟。他们会遵我之命冲进夜幕。我指挥他们前行。

夜晚，他们蹲在地上准备武器。褪色军用帆布包。炸药。雷管。导火索。弹药。手榴弹。寒光闪闪的利刃。在一片漆黑的小破屋内是英俊潇洒的哈利利与阿兹兹兄弟，我叫他们哈利兹兹。他们不说话，嗓子眼叽里咕噜。动作有节制。手指柔韧强健。形体极为般配。轻柔而有力地挺起。冲锋枪挂在肩上。肩膀宽阔棕红。脚着胶底鞋。深色军装紧绷在身。没戴帽子。他们借最后一缕微光一同起身。从小屋滑向陡坡。胶底鞋踏在肉眼看不见的路上。他们运用简单的手势表情达意。轻抚、私语，像恋爱中的男女。指触肩膀。手摸脖颈。鸟儿悲啼。秘密口哨吹起。峡谷中荆棘高大。老橄榄树浓荫密布。大地默默地任其行事。他们身体瘦削，面容憔悴，轻轻走向弯弯曲曲的深谷。内心深处潜藏着痛苦的紧张感。他们曲身向前，似纤细的幼苗在微风中摇曳。夜幕将控制、笼罩、吞噬他们。蟋蟀唧唧。远处狐鸣声声。

他们蜷身穿过一条公路。动作似悄无声息地滑行。幽暗的树林窸窣一片。铁丝网被野蛮地切断。星星成了帮凶。他们闪闪烁烁，似乎在传递命令。远方的山峦似块块黑云。下面平原里的小村庄灯光闪闪。弯弯曲曲的水管里流水潺潺。

洒水车水花飞溅。他们通过皮肤、胶鞋、手掌、发根感觉到声音。悄悄绕过峡谷中隐藏的骑兵。侧身穿过一小块黑压压的果园。小石沙沙作响。有信号。阿兹兹打头阵。哈利利蜷身一堵矮墙后面。一只胡狼凄厉地尖叫，接着陷于沉默。冲锋枪子弹上膛，一触即发。锋利的匕首寒光闪闪。沉闷的呻吟。泛着咸味的冷汗。不屈不挠。无声地勇往直前。

明亮的窗前，一位疲倦慵懒的女人探出身子，关上窗户，消失了。睡眼惺忪的打更人剧烈地咳嗽着。双胞胎兄弟在荆棘丛中匍匐行进。雪白的牙齿咬断手榴弹导火索。声音嘶哑的打更人打着饱嗝，转身走了。

巨大的水塔沉重地耸立着。棱角在黑暗中十分柔和，投下阴影。曲曲弯弯的四肢伸向四周，像是在翩翩起舞，像是在做爱。如同出自一体。电缆。计时器。导火线。雷管。点火器。他们冲下小山，冲向空旷的远方，脚步轻盈。潜行在毗连地平线的斜坡上，渴慕爱抚。脚下的矮小植物平展挺直。仿若一叶轻舟滑过宁静的水面。石径。山谷口。周围的秘密伏兵。黑压压的松柏。果园。羊肠小道。他们轻巧地依附在悬崖峭壁上。耸起鼻孔。手指摸索着攀缘物。西天边上划过一道闪电。随之是一阵既突如其来又在意料之中的沉闷雷鸣。回声时断时续，在山洞里回荡。

继之爆发出一阵大笑。狂野，嘶哑，颤颤巍巍。迅速握紧拳头。山上孤零零的角豆树荫。草棚。一盏乌黑油灯。开始时说的话。欣喜的叫喊。安睡。外面是一个紫色的夜晚。山谷里降下浓重的雨露。孤星闪闪。山脉绵绵。

我送走他们。黎明时分他们将回到我这里。衣衫破损，但周身发热，汗气弥漫。

微风和煦，轻拂松枝。天边渐渐现出鱼肚白。浩渺的太空一片死寂。

奥兹致中国读者的一封信

亲爱的读者：

我的五本书首次被译成中文，从亚洲最西部的一个小国到同一大陆的东方大国旅行。我的文学创作能够为架设世界上两个最古老的文明之间的心灵桥梁尽微薄之力，我深感荣幸和愉快。中文和希伯来文都存在了数千年之久，两种语言都留下了世界文学中最伟大的创作。泱泱华夏与区区以色列均面临着将源远流长的古代遗产同充满活力的现代创造协调一致的困难。我们有许多地方要互相学习，有许多地方要互相了解。

我的小说主要探讨神秘莫测的家庭生活。家庭是最古老的社会构成单位，大概也最为神秘。现代中国和以色列之间尽管差别很大，但我相信，我们在家庭生活的组合、家庭生活的温情、家庭生活的深处等方面有共同之处：传统与现代、价值观念与情感通常带有普遍性。我不但希望我的小说在富有人情味上让中国读者倍觉亲切，而且要在战争与和平、古老的身份与全面的变化、深邃的精神传统以及改变与重建文化的强烈愿望方面唤起人们对现代以色列状况的特殊兴趣。

犹太人民曾多次遭受欧洲人的欺凌。对中国人民来说，我们确有许多共同之处。互相阅读对方的文学或许是了解对方思想与灵魂的最佳途径。愿大家在中国读我的书就像是在我们两种文化之间进行一场私人谈话。

谨致由衷的问候。

阿摩司·奥兹

1997 年 5 月于以色列

译后记

完成《我的米海尔》初译稿是在我抵达特拉维夫大学做访问学者的第二十个月。

说起来不失为一种奇妙的巧合。1994年10月，以色列特拉维夫大学校长丁斯坦教授率代表团初访中国社会科学院，与常务副院长汝信研究员签下学术交流协议。不知是阴错阳差，还是命定在天，我竟在面试时被当时特拉维夫大学历史系兼东亚系主任、中英比较史专家谢爱伦教授选中，遂于1995年10月中旬只身飞往旧日曾是“希望之乡”而今却战患频仍、纷争不已的以色列。在这里，我一边协助东亚系教古代汉语，一边主攻希伯来语言和文学。

以色列朋友告诉我，“希伯来语是能够与上帝对话的唯一语言”，而我则叹惜这上帝离我们中国人太遥远。我依旧清楚地记得最初同新移民一起学习希伯来语的情景，从基本的字母、单词到简单的句型、语法，酷似婴儿学语。新移民虽来自不同国家，但许多人自幼便唱诵《托拉》和赞美诗，可谓老师一点即透。而对从零起步的我，美若天籁之音的希伯来文仿佛谶言讳语，难以理解。诸多华人学子在一级级淘汰考中的失利令我忧心忡忡。也就是从那时起，在特拉维夫这座终年绿茵叠翠、姹紫嫣红的海滨城市，我这个从十五岁起即开始跻身中文系殿堂的人，才真正领悟到何为“感时花溅泪，恨别鸟惊心”，何为思乡伤怀。夜晚，挑灯夜战自不必说，偶尔，独自伫立空旷的平台，聆听地中海阵阵涛声，远眺天涯深处故乡之所在，不免心中怅然，慊慊思归。就这样一天天挨到尝试用希伯来文阅读的1996年夏。

友人推荐给我的是约书亚的《面对森林》，但此篇东西对我来说似乎有些沉重。我想到奥兹的《我的米海尔》。1996年春季在特拉维夫大学留学生中心学现代希伯来文学时我读过该书英译本，并看过电影，感觉相当不错。果然，希伯来文版开篇那简约优美的行文又一次将我带入了一个动人心弦的新鲜世界。我于是边读边尝试着将其译成中文，想将它献给中国读者。

不料一段时间过后，希伯来文老师给我拿来一份报纸，上面登载了奥兹的五部作品即将在中国翻译出版的消息，其中包括《我的米海尔》，撞车事件发生了。远在国外的我一面请《世界文学》编辑部朋友帮助询问是哪家出版社欲出此书，是否已找到译者等事宜，一面决定忍痛放弃这丹青初染的“半壁江山图”。1996年8月，中国驻以色列大使馆文化处一秘车兆和先生邀我同访希伯来文学翻译学院，从曾与我们《世界文学》合作过的尼莉·科恩女士那里得知，南京译林出版社计划出阿摩司·奥兹选集，目前正在筹划中，可能尚未找到译者。我在她的建议下致信译林，自报家门请缨。译林毕竟是译林的风格，我那封异国来信经几位同志辗转，三周后便得到回复。于是，我便在上帝脚下，用我们古老的文字同“先知”（指本书作者，他的名字阿摩司取自《旧约》一先知名）及“选民”（指犹太人）继续一种特殊的交流。

翻译是艰苦的创造性劳动，我们要做的不仅仅是把原作从一种语言转化成另一种语言，而且要准确地传达出原作的风格、语气、文本意义、文化背景及民族精神，以便在人物与读者、作家与读者之间架起一座桥梁。我国几代翻译工作者所追求的信、达、雅堪称理想的境界，但欲达此种境界则十分困难。曾同在特拉维夫大学东亚系执教、称得上语言天才的美国普林斯顿大学浦安迪教授对我说：“翻译中最难的不是语言，而是另一种文化。”我深有同感，文化语境的差异是翻译过程中最难逾越的一大障碍。阿摩司·奥兹的语言“十分激越”（希伯来文学评论家格肖姆·谢克德语）、“丰富”（作家约书亚语），有时热情澎湃，有时平易舒缓，不但节奏感强，而且有许多层面。有些词语在希伯来文中本来有意义，如男主人公名字“戈嫩”在希伯来文中意为“保护人”，“汉娜”的第一个字母与“戈嫩”的第一个字母拼在一起为“节日”“快乐”之意，只可惜这种神韵用英文和中文均无法直接传达出来。有些成语、短语及方言倘若硬译会令中国读者摸不着头脑，只好在汉语中寻找类似的表达方式。

许多事就是无巧不成书。1996 年秋，奥兹应邀到特拉维夫大学讲学，我有机会能够在课后蒙他点拨。令我惊诧不已的是，听众往往提前半小时便去排队，等候入场，容纳五百人的讲堂整整一学期爆满，常常是掌声不断。

许多人说，他们不仅喜欢读奥兹的书，而且喜欢听他说话，难怪以色列前工党领袖西蒙·佩雷斯称奥兹有“外交部长的天赋”。另外值得一提的是，1997 年 2 月，我应本-古里安大学之邀前去参加阿摩司·奥兹国际研讨会，整个会议群情振奋，高潮迭起。奥兹好友西蒙·佩雷斯前来助兴，并在闭幕式上讲话，较深入地论述了现代希伯来文学现象，奥兹本人则大谈创作《我的米海尔》的经历。也正是在那次会议上，我有幸与著名的英译者尼古拉斯·德朗士被安排在同一轮作发言。我忐忑不安地告诉他，由于我的希伯来文水平不够，所以一直参照他的英译本。这位造诣深厚的剑桥学者莞尔一笑，答道："谢谢你，能够帮你我非常高兴。"那温文尔雅的君子风范令我迄今记忆犹新。

奥兹不仅帮我解决了翻译过程中遇到的诸多难点，而且多次鼓励我要在希伯来文学翻译与研究领域里坚持不懈。说实话，我很幸运，正是围绕《我的米海尔》一书的种种工作，我才步入了真正的希伯来文学世界。希伯来文比较简洁精练，词汇意义十分清晰；英文的词汇意义相对来说比较灵活丰富。初译此书时，我的希伯来文刚学至三级，没英译本则无法工作。一年后，希伯来文达到六级，光持英译本则让我有点隔雾看花的感觉，不敢贸然下笔，但愿这是一个进步。译林出版社那位通过各种通信手段已经熟悉但是从未谋面的顾爱彬先生不时交给我支支令箭，也无形中促使我在这个世界中向前深入，至少在对阿摩司·奥兹其人及其作品的研究与把握上是这样。

而今，我已结束特拉维夫大学为期两年的访问学者生涯，欣然回国，继续从事我所喜爱的编辑译介工作。《我的米海尔》一书也经过长途跋涉，同广大中国读者见面了。

夜阑人静，往事悠悠，命运之神就是这样在砥砺人拉紧生命的纤索、咬住牙关前行。我作此后记，意在记住自己最初步入希伯来文学神殿的甘苦，记住与阿摩司·奥兹、尼古拉斯·德朗士、译林出版社的一段书缘。

应该说明的是，《我的米海尔》在翻译过程中参照了1968年特拉维夫阿姆·奥维德希伯来文版、1976年纽约班塔姆图书英文版、1991年伦敦维塔奇英文版等多种版本。英文版十分精彩，在文法结构及用词等方面总体上保持了原作风貌，只是个别章节有增译、漏译及句式变通的现象（其中第3章、第40章、第42章等较为明显），不同的英文版本之间也略有变动。奥兹本人也曾宽容地允许我省略一些地名，允许我对行文中不太符合中国读者习惯的地方稍加调整。但为了让读者看到原书全貌，我还是决定将所有地名译出，译名按1968年希伯来文版及1991年英文版加以统一。

最后，请允许我在此向前文提到的有关人士，向我曾经工作学习过的特拉维夫大学东亚系、希伯来文学系、希伯来语言研究中心（乌勒潘）、留学生中心，向希伯来文学翻译学院、本–古里安大学阿摩司·奥兹图书馆，向我在国外求学之际关心支持我的领导、师长、同事和亲友致以深深的谢意。

钟志清

1998年元月于北京

图书在版编目（CIP）数据

我的米海尔／（以）阿摩司·奥兹（Amos Oz）著；钟志清译．—南京：译林出版社，2021.10
（阿摩司·奥兹作品）
书名原文：My Michael
ISBN 978-7-5447-8820-5

I.①我… II.①阿… ②钟… III.①长篇小说－以色列－现代 IV.①I382.45

中国版本图书馆 CIP 数据核字（2021）第 174848 号

著作权合同登记号　图字：10-2017-716号

我的米海尔 ［以色列］阿摩司·奥兹 ／ 著　钟志清 ／ 译

责任编辑　彭　波　张　睿
装帧设计　孙晓曦（PAY2PLAY）
校　　对　戴小娥
责任印制　颜　亮

出版发行　译林出版社
地　　址　南京市湖南路 1 号 A 楼
邮　　箱　yilin@yilin.com
网　　址　www.yilin.com
市场热线　025-86633278
排　　版　南京展望文化发展有限公司
印　　刷　南京爱德印刷有限公司
开　　本　850 毫米 × 1168 毫米　1/32
印　　张　10.625
插　　页　4
版　　次　2021 年 10 月第 1 版
印　　次　2021 年 10 月第 1 次印刷
书　　号　ISBN 978-7-5447-8820-5
定　　价　65.00 元